이미지

# 이미지

유평근 · 진형준 공저

살림

## 머리말

우리가 상상력 혹은 상상계에 관심을 갖고 그 분야의 연구를 계속해 온 지 벌써 20여 년이 넘었다. 물론 현재의 학제 상으로 볼 때 우리는 불어불문학과에 속해 있으며 프랑스 문학을 전공하고 가르치고 있다. 문학을 전공하고 가르친다는 것은 그 자체로 이미 인간의 상상력에 대한 적극적인 관심을 대전제로 한다. 문학을 연구하고, 비평을 하고, 가르친다는 것 자체가 상상력을 연구하고 가르치는 것과 결코 무관할 수 없다. 하지만 우리는 우리의 전공을 문학이라기보다는 상상력이라고 스스로 생각해 왔으며 그렇게 이야기해 왔다. 그렇다면 문학을 전공한다는 것과 상상력을 전공한다는 것은 과연 어떻게 다른 것인가?

우리가 애당초 문학에 관심을 가지게 된 것은, 좀 거칠게 말하자면, 어느 정도 규범적이고 정형적인 사유의 밖에 있는 사유, 한편으로는 자유로우면서 다른 한편으로는 변방화된 사유에 대한 취향 때문이었으며, 그러한 관심을 통해 인간에 대한 총체적 이해가 가능하리라는 생각 때문이었다. 따라서 문학을 전공하면서도 우리는 줄곧 인간과 사회의 다양성, 복합성을 총체적으로 이해할 수 있는 길을 모색해 왔다. 그런 의미에서 하나의 전문적 학문으로서의 '문학'이라는 영역에 칩거해, 문학을 위한 순교자의 길을 택했다기보다는 문학 외적인 곳을 기웃거리면서 문학이 다른 분야와 맺고 있는 관계에 더 관심을 기울여 왔다고 할 수 있다. 예컨대 우리는 문학이 다른 예술, 즉 미술·음악·연극 등과는 어떻게 다른가, 문학이라는 장르가 다른 예술들과 구별되는 고유의 성격, 즉 문학성은 무엇인가를 우리의 화두로 삼았다기 보다는, 각 예술들이 지니는 그 변별성 너머에서 각 예술들을 하나로 묶어줄 수 있는 공통분모는 무엇인가에 더 관심을 기울여 왔다. 그리고 그 공통분모의 자리를 차지하고 있는 것이 바로 상상력이라고 확신하게 되었다. 상상력 연구를 통해 우리는 각 예술의 독자성과 공통성을 동시에 염두에 둔 유기적 관계 맺음이 가능하다고 믿었고 또 그 가능성을 확인했다.

그러나 상상력 연구를 통해 우리가 얻은 진정한 소득은, 상상력이 예술의 토대로서의 공통분모에서 그치는 것이 아니라, 인간의 삶 전체에서 하나의 근본/토대를 이루고 있다는 것이다. 다양한 인간의 인식, 삶, 문화를 하나의 유기적 구조물로 이해하기 위해서는 무엇보다 인간을 '상상적 동물'의 관점에서 바라보아야 한다. 그러나 인간을 '상상적 동물'의 관점에서 바라보고 이해한다는 것은, 인간의 모든 인식, 행동, 문화를 규정하고 구획 짓는 유일한 잣대로서 "상상력"을 내세운다는 것과는 의미가 사뭇 다르다. 그것은 인간에 관한 것이면 그 어느 것도 낯설지 않다는 포용적인 관점을 획득하는 것, 폭넓은 관점을 갖는 것을 의미하며 그러한 폭넓음이 어떻게 인간에 대한 정교하고 섬세한 이해로 이어질 수 있는가가 바로 우리의 관심사였다. 우리는 이제 우리의 제법 긴 모색의 결과물을 두 권 정도의 책으로 묶어낼 계획을 품게 되었고, 이번 책이 그 첫 번째 결과물에 해당한다. 따라서 『이미지』라는 제목이 붙어 있는 이 책을 통해 우리가 보여주고 싶은 것은, 단지 현대의 이미지 범람시대를 견주어 하나의 이미지 연구 방법론을 제시하는데 국한되지 않고 이미지와 상상력에 대한 올바른 이해를 통해 새로운 인간 이해, 사회 이해의 방법을 폭넓게 제시하는데 목표가 있다.

언제나 그렇듯이 애초의 의도대로 흡족한 책이 되었다는 생각이 들지는 않는다. 하지만 우리는, 이 책을 쓰는 것으로 우리의 연구가 어느 정도 정리될 수 있는 계기를 마련하였으며, 상상력이나 이미지에 대해 관심을 갖고 있는 분들에게 작은 길잡이가 될 수도 있으리라는 생각에 어느 정도는 만족하고 있고 또 기쁘기도 하다. 우리에게 이러한 작은 기쁨을 느낄 수 있도록 도움을 준 주변의 많은 분들, 서울 상상계 연구회(CRI)회원들, 특히 책에 삽입된 이미지를 공들여 선정해준 박기현 선생과 그리고 정말 성실하고 꼼꼼하게 이 책이 제 모양을 갖출 수 있도록 도움을 준 살림출판사 김은정 차장에게 고마움의 말을 전한다. 또한 바쁜 와중에도 기꺼이 표지 디자인을 맡아주신 정병규 선생께 깊은 사의를 표한다.

# ■ 차례

# 이미지들이 홍수처럼 범람하는 시대
## – 이미지론은 왜 필요한가?

2000년대에 접어든 오늘날 우리는 이미지의 시대에 살고 있으며 또한 디지털 혁명의 시대에 살고 있다고 흔히들 말한다. 영화, 텔레비전, 만화, 현란한 광고물 등 우리가 눈을 뜨는 순간부터 온갖 이미지들이 우리의 눈을 현혹하고 정신을 물들이며 욕망을 자극하고, 우리들을 세뇌하고 유혹한다. 한마디로 우리는 이미지들의 홍수 속에 함께 휩쓸려 가고 있다 해도 지나친 말이 아닐 것이다.

그리고 인간의 과학 기술 문명의 첨단이라 할 수 있는 디지털 정보화 기술은 이미지들의 신속한 대량 생산·유포를 더욱 용이하게 해 준다. 그래서 우리는 우리가 살고 있는 오늘날을 일반적으로 새로운 '정보·이미지 시대'라고 규정한다.

이러한 새로운 '정보·이미지 시대'의 도래에 대한 지식인들의 반응은 대개 부정적이라고 볼 수 있다. 이미지의 범람이 가져올 인식론적·가치적 혼란을 경계하면서, 온갖 현란한 시니피앙 記表 signifiant으로서의 이미지 그물 속에 휩싸인 현대를 몰가치적이고 환상적인 시대로 규정하는 목소리를 우리는 흔히 접할 수 있는 것이다.

예를 들어 장 보드리아르 Jean Baudrillard는 현대의 삶을 "현실 자체가 사라진 현실"로 규정하고 롤랑 바르트 Roland Barthes는 현대사회를 "믿음을 소비하는 사회, 한마디로 육체가 없는 눈만 가진 인간의 사회"로 규정하고 있으며, 우리의 지적 풍토에서 이러한 부정·비판적 인식이 영향력을 행사해온 것 또한 사실이다.

하지만 이런 비판과 우려의 목소리에도 불구하고 이미지에 대한 새로운 인식의 필요성이 조심스럽게 제기되고 있으며, 상상력에 대한 새로운 가치 부여가 필요하다는 인식도 확대되고 있다. 즉 새로운 '정보·이미지 시대'의 도래를 단순한 매체 기술의 변화가 아니라 훨씬 더 근원적인 문명사적 변동을 야기할 사건으로 보고, 이의 인식론적 의미를 천착해야 그러한 문명사적 변동에 올바르게 그리고 능동적으로 대처할 수 있다는 주장이 제기되고 있는 것이다.

그러나 20~30년에 걸쳐 이미지와 상상력에 대해 지속적인 관심을 기울여온 우리들로서는 요즈음 갑자기 일고 있는 이미지와 상상력에 대한 관심의 증대 현상을 그저 반갑게만 맞이하고픈 심정은 아니다. 그것은, 이미지와 상상력에 대한 최근의 관심이 인간의 인식 활동과 표현 활동에 대한 오랜 동안의 폭넓은 천착에서 비롯된 것이라기보다는 새로운 현상, 새로운 지식에 대한 조급한 호기심에서 비롯된 것은 아닌가라는 혐의가 짙기 때문이다. 우리는 요즈음 우리의 지적 풍토에서 일고 있는 이와 같은 이미지와 상상력에 대한 관심의 홍수에 대하여 다음과 같은 두 가지 혐의점을 지적할까 한다.

첫째, 이미지가 중요시되고 널리 유포되는 것이 과연 현대가 맞이한 새로운 현상인가? 라는 질문이다. 하나의 대상에 대한 개념적 표현에 대립된다고 할 수 있는 이미지적 표현은 오히려 합리적 추상화 작업에 앞서 보다 원초적인 것이 아닌가? 우리는 질문을 이렇게 바꿀 수도 있다. 이미지 폭발 시대인 오늘날을 이미지를 낳는 힘, 즉 상상력이 한껏 개화한 시대라고 규정할 수 있을까? 상상력은 과학 기술 문명이 발달한 오늘날보다는 옛 사회에서 훨씬 더 개화했던 것 아닐까? 따라서 이미지와 상상력에 대해 관심을 기울인다는 것은 21세기를 맞이한 인간이 새로운 현실에 대해 관심을 갖는다는 것을 의미한다기보다는 인간의 보다 원초적 인식기능에 대해 새로운 인식을 지니려는 노력을 의미하는 것이 아닐까?

우리가 그러한 질문을 던질 수밖에 없는 것은, 이미지와 상상력에 대한 관심이 당대의 현상에 대한 일회적 관심에서 그치지 않고 보다 폭넓은 인식론과 인류학으로 나아갈 수 있는 방향을 제시해줄 수 있어야 한다고 믿기 때문이다.

둘째, '정보 · 이미지 시대' 라는 표현은 과연 합당한 표현인가, 디지털적 사유 방식과 이미지적 표현 방식을 아무런 여과 장치 없이 쉽게 동질성을 지닌 것으로 간주할 수 있느냐 하는 것이다. 우리가 첫번째 제기한 질문과 맞닿아 있는 두 번째 질문은 오늘날 우리가 맞이하게 된 이미지의 폭발과 범람 현상이 과연 어떻게 하여 야기된 것인가에 대한 성찰을 우리에게 요구한다. 두말할 필요 없이 그것은 현대 과학 기술 문명이 발달한 덕분이고, 더 정확히 말한다면 이미지의 생산 · 유포 · 소비 기술(사진 · 영화 · 비디오 · 전자 매체 등등)의 발달 덕분이다. 그런데 그러한 과학 기술 문명은 합리적 이성을 중시해 온 서구의 이원론적 합리주의가 낳은 결과이다. 달리 표현한다면 합리적 추론·분석·이성의 이름으로 이미지·상상력을 폄하해 오고 억압해 온 결과 이미지의 폭발적 생산을 가능케 한 과학 기술 문명의 발전이 이루어진 것이다. 그렇다면 디지털 기술은 이미지와 상상력을 억압하는 사유 방식의 결과인 동시에 이미지의 다량 생산·유포·소비를 가능케 해주는 하나의 생산 방식을 낳았다는 역설과 마주하고 있는 셈이다. 따라서 우리는 디지털 기술이 이미지의 다량 생산을 가능하게 해주었다고 해서 디지털적 사유 방식(분석적 사유)이 이미지적 사유(유추적 사유; 아날로그)를 가능케 했고 그 우위에 있다라고 단순하게 결론을 내려서도 안 되고, 정보와 이미지를 동질 항으로 묶어서도 안 되며, 그 두 사유 방식의 관계를 보다 본원적으로 밝힌 후에 이미지 시대가 도래한 의미에 대해 사유해야 한다.

이미지 폭발 시대를 맞이하여 이미지에 대한 올바른 인식론을 세우는 길은 이미지를 억압해 온 사유 방식과는 다른 사유 방식의 존재론에 대해 성찰을 하고 그 가능성을 모색하는 것이다. 그런 의미에서 '이미지 폭발 시대'라는 오늘날은, 그러한 다른 사유 방식에 대한 성찰의 길을 열어 놓았다는 의미를 지니는 것으로, 이미지 중심적 사유 방식이 저절로 활성화되었다는 것과는 거리가 멀다.

바로 그러한 이유에서 이미지와 상상력에 대한 올바른 인식 정립의 필요성은 더욱 커질 수밖에 없다. 이미지와 상상력에 대한 올바른 이해 없이 이미지의 다량 생산을 가능케 한 디지털적 사유 방식의 결과물로 이미지를 종속시켜 놓으면, 세계가 다시 서구의 합리주의 중심으로 재정립되는 것을 막을 수 없으며 종국에는 이미지 자체의 부정적 가치와 기능만을 다시 경계하고 강조하는 방향으로 되돌아오게 될 것이다. 이미지의 세계, 상상계는 서구식으로 문명화되고 합리화된 인식의 입장에서 보자면 결국 야생적이고, 비합리적인 원시 세계이며 따라서 혼돈만을 보여 줄 뿐이다.

이러한 여러 가지 전제 하에 우리는 이 책을 쓰는 이유를 아래 몇 항목으로 요약할 수 있다.

첫째, 이미지의 대량 생산·유포·소비 시대에 살고 있으면서, 이미지를 경시하는 사유 방식에 익숙해 있는 모순에서 벗어나기 위해서이다. 그러나 그것이 곧 모든 이미지는 선하고 훌륭한 것이라는 옹호론으로 이어지는 것은 아니다. 우리의 노력은 오히려 합리적·논리적 사유 방식을 이미지적 표현과 상상력의 일부분으로 포섭하는, 보다 인식의 방향을 폭넓게 하는 쪽으로 행해질 것이며, 바로 이러한 노력을 통해 이미지의 넓고 깊은 의미가 밝혀질 수 있고, 이미지 범람시대에 우리가 이미지를 어떻게 올바로 수용할 수 있는가 하는 방향도 동시에 고민하게 될 것이다.

둘째, 이미지에 입각한 새로운 인식론과 인류학의 가능성을 모색하면서 우리는 이미지를 경시해 온 서구의 주된 인식론을 객관적으로 점검하는 기회를 갖게 될 것이다. 또한 이미지·상상력에 대한 관심이 증가되면서 그것이 서구 자체 내에서 어떻게 새롭고 폭넓은 인식론으로 정립되어 가는가도 살펴보게 될 것이다.

셋째, 우리의 삶의 형태와 문화 형태를 보다 객관적인 안목에서 살펴보기 위해서이다. 우리가 그동안 진보주의 신화에 입각한 서구의 인식론을 하나의 모델로서 받아들였던 것이 서글프긴 하지만 부정할 수 없는 사실이다. 이미지에 입각한 인식론은 그러한 전체주의적 보편 논리를 부정하고 다원주의로의 열린 인식을 가능하게 함으로써 타자에 대한 인식뿐만 아니라 자기 자신에 대한 객관적 이해를 가능하게 하는 폭넓은 틀을 제시할 수 있다.

넷째, 보다 실용적이고 현실적인 목적으로써, 상상력과 이미지에 대한 논의가 점차 증가하고 있는 요즈음 상상력과 이미지의 올바른 사용 방법을 모색하기 위해서이다. 그 자체 가공할 힘을 지닌 이미지는 그것이 부정적으로 사용되면 몹시 위험한 존재로 작용할 수도 있으며, 그것이 효과적으로 사용되면 인간 사회 존재 자체에 의미를 주고 인간을 맺어주는 매개가 될 수도 있다. 이미지가 범람하고 있는 시대에 우리 곁에서 우리를 건드리고, 영향을 주고, 감동을 주는 것이 과연 무엇이냐라고 진지하게 물어보는 것, 그리고 이 가상 현실의 시대에 우리는 가상 현실을 부정하고 현실 세계의 법칙을 여전히 준수하고 따라야 하느냐, 아니면 우리가 창조한 가상 현실인 이미지를 수락하고 그것을 따르며 살아야 하느냐를 묻는 것은, 우리 존재의 윤리와 관련되는 문제인 것이다.

끝으로, 이것이 이 책의 목표라기보다는 입장을 밝힌다고 보는 것이 옳겠는데, 이미지론은 기존의 학문 분류에 따르면 특정 분야의 전공에 속하지 않는다. 그것은 이미지에 대한 연구가 전문적 학문 연구 분야에서 제외된다는 것을 의미하는 것이 아니라, 각 학문이 추구하는 나름대로의 진리들, 그리고 그것들이 각자 유일한 진리라고 믿는 만큼 스스로 어느 정도 폐쇄적일 수밖에 없는 한계성을 극복하고, 학문 간의 상호 소통의 자리에 이미지 연구가 설 수 있다는 것을 의미한다. 그런 의미에서 이미지 연구는 다른 모든 학문 밖에 있는 것도 아니고, 그 위에 우뚝 서는 것도 아니며, 그런 학문들을 맺어주는 구체적 직물 같은 것이 될 수 있다는 것에 주목해야 한다. 바로 이런 희망 때문에 이 책은 이미지의 전 분야를 망라하는 총체적이고 일반론적인 성격을 띤다. 이 책을 기초로 하여 제반 학문 즉, 철학·사회학·역사학·문학 등의 인문학과 미술·음악·건축·영화·연극 등의 예술학, 더 나아가 경영학·정치학·법학 등의 응용 전문 학문 분야까지 두루 포함해서, 모든 학문이 나름대로의 전문성을 지니면서 타학문과 소통의 길을 모색하고 그리하여 학문의 새로운 패러다임이 창출될 수 있는 계기가 되었으면 한다.

사실상 이 책은 이미지·상상력에 대해 우리가 기획하고 있는 두 권의 책 중 첫째 권에 해당된다. 이미지의 종류, 이미지에 대한 인식의 갈래 및 이미지 해석 방법, 이미지의 기능 등으로 이루어질 이 책에 이어, 우리는 이미지·상상력을 중심으로 한 인간의 사회 문화 연구에 대한 구체적 연구 방법론에 관한 책을 또 한 권 기획하고 있다. 이 책에서 우리는 이미지에 대한 총체적 이해와 이미지의 이해에 입각한 새로운 인식론의 가능성을 모색하게 될 것이며, 다음 권에서는 이미지와 상상력의 역동적 구조에 입각하여 이미지와 상상력을 구체적으로 해독하고 연구하는 방법론을 소개하고 끝으로 우리의 사회 전반을 거대한 상상계로 간주하며 한 사회를 거시적으로, 또한 심층적으로 해독하는 신화방법론에 입각한 상상계의 사회학을 써냄으로써 우리의 계획을 마무리 짓게 될 것이다.

# 제1장

## *image*

### '이미지' 라고 흔히 말하지만 그것을 설명하기란 결코 쉽지 않다

이미지란 무엇인가; 이미지의 분류 및 정의

# ❶ 이미지의 그리스어 어원은 아이콘, 에이돌론, 판타스마

이미지란 무엇인가? 그러나 우리는 이 질문을 던져 놓고 금방 딜레마에 빠져든다. 그것은 이미지가 그 어떤 대상(객관적 혹은 물질적)에 대한 개념적 또는 추상적인 의미 규정과는 달리 대상을 구체적이고 감각적으로 재현해 낸 것이기 때문이다.[1]

규정이나 논리에서 벗어나 있다고 여겨지는 것, 즉 우리의 현실 속 그 어느 곳에나 편재해 있어 통일된 의미 부여와 실체 파악이 불가능해 보이는 대상에 대해 의미 규정을 내려야 하는 어려움이 우리 앞에 놓여 있다.

게다가 이미지를 바라보고 인식하는 주체가 이미지에 대해 어떤 가치를 부여하느냐에 따라 이미지의 정의는 달라질 수밖에 없다는 어

---

[1] 더욱이 어떤 대상에 대한 이미지적 표현은 대상에 대한 정확한 지식이나 정보를 우리에게 전달해 주는 것이 아니라 항상 그럴 듯하고 근사한 표현만을 우리 앞에 보여줄 뿐이다. 따라서 이미지는 그 자체 비논리적이고 비규정적이라고 우리는 생각할 수 있다.

려움도 우리 앞에 놓여 있다.[2]

뿐만 아니라 이미지는 그것의 발생·형성의 관점에서만 보더라도 수없이 다양하다. 그것의 심리적·정신적 측면에서 이미지를 이해하느냐(심상 心像이라고 우리는 부른다), 우리의 눈앞에 하나의 객관적 실체로 드러난 대상을 이미지로 간주하느냐에 따라 이미지는 각기 다른 방식으로 이해되기 마련이다. 실제로 이미지 연구와 관련된 학문 분야를 나열하더라도, 언어학, 수사학, 인식론, 형이상학, 신학, 예술사, 심리학, 정신분석학, 사회학 등 거의 전 분야에 걸쳐 있으며 이미지와 관계되는 용어들도, 기호 signe, 상징 symbole, 우의 allégorie, 메타포 métaphore, 엠블렘 emblème, 유형 type, 원형 archétype, 전형 prototype, 표상 schème, 스케마 schéma, 도표 diagramme, 엔그램 engramme, 모노그램 monogramme, 형상 figure 등 각기 어원이 다른 표현들과 잔해 vestige, 흔적 trace, 초상 portrait, 인장 sceau, 각인 empreinte 등 그 표출 양상이 각기 다른 표현들로 이루어져 있다.

너무나도 자명한 듯이 보이지만 실제로는 대단히 복합적으로 이루어져 있는 이미지라는 용어의 개념을 파악하기 위해 우선 어원적으로 그 뿌리를 추적해 보기로 하자.

아이콘 Eikon: 이미지를 이해하는 핵심적 단어로서 어원적으로 닮음 resemblance의 뜻을 갖는다. 그리스어에서 호머 이래로 시각적

---

2) 하나의 대상에 대한 이미지적 표현을 놓고 주관적 가치 부여의 다양성을 인정하는 입장이라면 "근사 近似하다"라고 말할 것이고, 객관적인 진리만을 중시하는 입장이라면 "사이비 似而非"라고 말할 수도 있을 것이다.

경험을 표현하기 위해서 쓰였으며 실재 實在 réalité를 닮은꼴로 재생해 내는 것을 의미했다. 꿈속의 이미지 등 정신적 재현을 표현하는 데도 사용했고 초상화, 조각상 등 물리적 현실의 물질적 표현에도 사용했다.

에이돌론 Eidolon: 모양, 형태를 의미하는 에이도스 Eidos로부터 파생된 용어로서 그 뿌리는 '본다'는 뜻의 바이드 weid이다. 에이돌론은 비가시적 현상 혹은 비현실과 굳게 맺어져 있어 때로는 거짓과 연관되기도 한다.

판타스마 Phantasma: 의미상 에이돌론과 근접해 있으며, 빛나게 해서 보이게 한다는 파이노 phaino라는 동사에 뿌리를 둔다. 환영 vision, 꿈 songe, 유령 fantôme의 뜻으로 쓰인다.

이미지의 그리스어 어원인 아이콘, 에이돌론, 판타스마 외에도 라틴어 어원인 이마고 Imago가 있지만, 이 용어는 오늘날의 이미지와 거의 동의어로 쓰인다.

이상에서 확인해 본 바와 같이 이미지는 가시적인 형태(동일어로는 독일어의 빌트 Bild와 게슈탈트 Gestalt, 영어의 그림 picture, 형상, 유형 pattern, 틀 frame 등이 그 예)를 지칭하는 경우와 비현실적이고 가상적인 것이며 존재하지 않는 것의 산물을 지칭하는 경우 등 그 의미 규정이 광범위하다는 것을 알 수 있다. 이미지가 어원적으로 지니고 있는 이러한 의미론적 가변성으로 인해서, 그 단어에 어떤 속성을 부여하느냐에 따라 이미지에 대한 정의와 이해의 방식이 달라지게 되는데 그 범주는 크게 셋으로 분류할 수 있다.

첫째, 이미지가 모든 지각적 인상 impression perceptive을 포괄하는 감각적 표현으로 간주되는 경우; 이때 이미지는 대상이 부재해 있는 경우 그것을 재현해 내는 상상력의 활동에 국한되지 않고 우리의 감각적 직관이 작용한 모든 표현으로 확장된다. 있는 그대로의 대상에 주관적, 직관적 인상이 가미되면 그것은 모두 이미지에 해당된다는 입장이다. 이는 스토아 학파의 철학으로부터 현대의 경험 심리학에 이르기까지 모든 지각이론 théorie de la perception에서 취하고 있는 입장으로서, 이미지-인상 L'image-impression은 인간의 정신에 하나의 객관적 내용을 전달하는 모든 표현과 동일한 것이 된다.

둘째, 이미지가 단순히 감각적 표현에 국한되지 않고 보다 추상적인 관념의 표현으로까지 확장되는 경우; 우리의 지적 知的인 내용은 모두 구체적 경험으로부터 온다는 경험주의적 전통에서 취하고 있는 입장으로서 이 입장에 따르면, 그 어떤 정신적 표현 속에도 감각적 요소는 들어 있기 마련이다. 한마디로, 이미지와 관념이라는 용어가 혼용되고 있는 것이다(특히 18세기의 경험주의). 그 결과 이미지는 인간의 모든 지적 활동을 포괄하는 것으로까지 확장된다. 그러므로 이미지-관념이 최초의 인상이냐 아니면 성찰의 단계를 거친 것이냐의 구분이 필요해 보인다.

셋째, 이미지라는 용어를 지각이나 개념과는 대립되는 제한된 경우로 사용하는 경우; 이 경우 이미지는 기억에 의해 직관을(직관이 부재해 있는 경우) 고정시켜 놓는 표현, 상상력에 의해 그것을 변형시키는 표현들을 일컫는 것이 된다. 이미지는 현존하는 현실과의 정서적 접촉인 지각과도 구분되며 경험적 요소 전체를 추상적으로 집약시킨 개념과도 구분된다. 달리 말해 순수한 지각과 지각된 사물에 대한 개념의 중간에 위치해 있다고 할 수 있다.

이렇듯 감각적인 것과 지적인 것 사이를 큰 폭으로 움직이는 이미지라는 용어를 정의 내리기는 정말로 쉽지 않다. 이미지라는 용어의 범주에 온갖 것을 다 포함시키려다가는 오히려 이미지 자체의 통일성을 잃고 그 함의를 역으로 빈약하게 만들어 버릴 위험이 있으며, 그렇다고 해서 이미지를 비현실적이고 가상적인 표현에만 국한시켜 버리는 것 또한 위험한 일이다. 하지만 이미지에 대한 정의와 이해의 폭이 넓고, 단순한 정의가 어렵다는 사실이 곧 이미지에 대한 성격 부여가 불가능하고 성찰 자체가 불가능하다는 것을 의미하는 것은 아니다. 이와 같은 대립적인 정의가 가능하다는 것은, 이미지 자체가 그 극단적인 입장들을 각기 인정하면서 그것들을 때로는 혼합시키고 때로는 대립시키면서 나름대로 폭넓은 성격을 지니고 있다는 것을 의미할 수도 있다. 요컨대 이미지는 하나의 학문적, 의미론적, 해석적, 인식론적 고정틀을 가지고 있는 것이 아니라 그 모든 것을 연결해주는 구체적 직물로 존재하며, 그 구체성에 바로 이미지 존재의 핵심적 의미가 있고, 그 구체성이 바로 이미지의 편재성을 낳게 하는 것이다.

결론적으로, 이미지는 우리의 직관에 나타나 있는 그대로의 객관적 실재로 환원시킬 수도 없고(이미지는 이미 그 무엇의 표현이므로 대상과는 거리를 지니며, 어떤 경우에는 대상 자체가 현실 내에 부재해 있을 수도 있다), 경험적 현실에 대한 추상적 개념, 사고(이미지라는 구체성이 결여된 추상적 사고, 추상적 개념은 불가능하다)로 환원시킬 수도 없다. 그러나 그 말이 이미지가 직관이나 개념화와는 무관한 또 다른 영역으로 환원되어 설명될 수 있다는 뜻은 아니다. 다시 이야기하지만 이미지는 그 각기 상이해 보이는 입장·영역들을 연결시켜 줄 수 있는 매개체이면서, 또한 우리가 이 책을 통해 확인하게 되겠지만 그러한 입장·영역들을 낳는 원천이기도 하다.

그렇다면 우리는 이미지가 무엇인가를 알기 위해 이미지를 개념적으로 정의 내리려 애쓰기보다는 그러한 광범위한 이미지의 영역을 구체적으로 탐사해 보는 것이 훨씬 유익한 방법이 될 것이다. 단지 그 탐사에 들어가기 전에, 우리가 이제까지 살펴본 바를 토대로 이미지에 대해 우리들이 일반적으로 가지고 있는 편견을 시정하기 위한 두 가지 전제사항에 대해 잠시 언급하기로 하자.

첫째, 이미지는 시각이나 영상 이미지만을 일컫는 것이 아니다. 오늘날 이미지의 범람이 시각 이미지의 범람을 의미하는 것은 사실이지만 이미지를 생산하고 수용하는 우리 신체의 감각은 시각에 국한되는 것이 아니라 청각·촉각·후각 등 전신의 모든 감각으로 확대되며, 그 결과물도 영상 이미지뿐만 아니라 문학이나 음악 등 여러 분야의 이미지로 나타난다. 따라서 이미지 시대의 도래에 대응해 이미지 인식론을 정립한다고 영상 이미지만을 대상으로 하는 것은 지나치게 편협한 태도이다.

둘째, 우리가 이미지라 일컫는 것은 물질적으로 혹은 구체적으로 표현된 것만 가리키지는 않는다. 이미지의 영역이란 그러한 구체적 결과물을 낳게 한 의식·무의식적 동인 및 이미지를 낳게 한 심리적 원인 모두를 포함한다. 따라서 이미지의 영역에 대한 탐사는 그 모든 부분에 대한 탐사를 의미한다.

## ❷ 시각 · 청각 · 후각 · 미각 · 촉각 등이 이미지의 형성에 참여한다

우리는 이미지를 일반적으로 그 어떤 감각적 내용을 물질적 대상을 통해 구체적으로 표현한 것으로 생각하기 쉽다(그림, 사진, 영상 등등). 하지만 우리가 인위적으로 만들어 낸 이미지는 그것을 표현해 내는 주체의 정신적 · 심리적 존재가 미리 전제되지 않으면 존재할 수 없다. 그리고 하나의 이미지가 존재하려면 그것은 반드시 우리의 지각 知覺을 통과해야만 한다. 따라서 이미지의 다양함은 우리의 감각(오감 五感)의 다양함에서 기인하는 것이고, 특히 우리 몸의 감각이 감각적이고 구체적인 이미지의 형성에 참여한다라고 말할수 있다.

물론 이미지의 그리스어 어원인 아이콘의 경우에서 볼 수 있듯이 이미지는 그 무엇보다 우리 눈앞에 3차원의 공간을 펼쳐 보이는 시각적 경험과 관련이 있다. 하지만 이미지의 발생에 관한 신경 생물학

neuro-biologie과 경험 심리학 psychologie expérimentale 분야의 많은 연구에 의해 우리의 몸 전체가 기호 및 이미지의 생산에 참여한다는 것이 밝혀졌다. 우리의 시각 · 청각 · 후각 · 미각 · 촉각 등 오감의 활동이 이미지의 형성에 참여하며 거기에 전신 감각 cénesthésie도 포함시켜야 한다는 것이다.

시각뿐만 아니라, 청각 · 촉각 · 후각 · 미각도 자극에 대해 생물학적인 반응만 보이는 것이 아니라 주체의 경험과 섞여 가치 부여가 이루어지고 따라서 청각 · 촉각 · 후각 · 미각에 대한 표현도 이미 하나의 이미지가 되는 것이다. 인간이 몸으로 받아들이는 그러한 감각이 이미지 생성의 동력이 되어 하나의 표현을 만들어 내는 과정에 대한 성찰은 일단 뒤로 미루고, 여기서는 시각 이미지와 청각 이미지에 초점을 맞추어 그 차이점을 설명해 보기로 한다.[3]

그것은 시각적 이미지와 청각적(언어적) 이미지를 어떻게 분류하고 이해할 것인가의 문제가 현대의 현상학, 언어의 분석철학, 인지과학 사이에서 일고 있는 다양한 논쟁들의 바탕을 이루고 있기 때문이며, 인간의 표현활동이 과연 언어적 표현에 바탕을 둔 것인가, 혹은 인간의 모든 표현은 논리 언어적 표현(디지털한 표현)과 회화적 표현(아날로그한 표현)이라는 양립 불가능한 두 영역으로 나뉘어 질 수밖에 없

---

3) 후각 · 미각 · 촉각 등이 이미지 형성에 관여하는 과정 및 우리 신체의 전신 감각이 이미지 및 상상력과 맺고 있는 관계를 자세히 알고 싶으면 아래의 책들을 참조할 것.
   · 뷔넨뷔르제, 『이미지의 철학 La philosophie des images』, P.U.F., 1997, pp. 9~17.
   · 리보, 『창조적 상상력에 대하여 Essai sur l'imagination créatrice』, Alcan, 1900.
   · 빌레, 『보이는 세계에서의 맹인, L'aveugle dans le monde des voyants』, P.U.F., 1987.

는가를 결정하는데 큰 몫을 차지하게 될 것이기 때문이다.

눈과 귀, 보이는 것과 들리는 것 사이의 관계를 우리는 어떻게 이해할 것인가? 이미지를 형성하는 이 두 주요한 기관과 기능은 서로 결합하는가, 대립하는가? 우선 그 둘을 분리시켜 차이점을 살펴보기로 하자.

## 1) 시각 이미지는 유추적 사유를, 청각 이미지는 분석적이고 디지털한 사유를 지향한다

시각 이미지가 회화적 표현으로 나타난다면 청각 이미지는 언어나 음악으로 표현된다.

우선 시각은 대상에 대한 그 어떤 지식이나 명칭과는 상관없이 우리에게 대상 그 자체를 직접적으로 경험할 수 있게 한다. 언어적 이미지가(비유나 상징을 사용하여 우리로 하여금 그 이미지를 구체적으로 느끼게 하는 경우라도) 우리를 대상과 일정한 거리를 유지하게 만드는데 반해 시각은 우리의 직관과 긴밀하게 연결되어 있어 그 어떤 대상이 공간 속에 현존하는 모습, 그 어떤 존재가 이 세상에 최초로 드러내는 모습을 직접 목격할 수 있게 한다. 즉 시각은 일정한 학습과 수련을 필요로 하는 언어적 이미지와는 달리 우리의 직관, 정서에 직접 작용한다. 또한 추상적이고 디지털한 표현과는 달리 이 세계라는 존재(형태, 색 등)를 우리에게 한꺼번에 일목 요연하게 드러내주어, 담론이나 기호가 지니는 선조성 linéarité과 시간성 temporalité의 한계를 지니지 않는다.

그런 의미에서 바라보는 주체, 그 무언가를 회화적으로 재현하는 주체는 듣는 주체, 말하고 쓰는 주체보다 대상과의 관계에 있어서 더 원초적이다. 시각적 이미지의 그러한 원초성이 바로 프로이트의 정신분석학적 연구의 핵심을 이루는 것인데,[4] 프로이트에게 있어 인간의 정신기제는 욕망을 시각적인 경험으로 나타낸 이미지들로 구조화되어 있으며, 꿈속의 사고는 시각적 이미지로 구성된다.

그와는 반대로 청각적, 언어적 표현은 그 표현하고자 하는 대상을 추상적 기호로 대체함으로써, 언어적 표현이 지시하는 대상과 그 표현을 인식하는 주체 사이에 단절을 가져온다. 하지만 언어적 표현이 지닌 그러한 특징은 그 표현과 이미지를 보다 유연하고 폭넓게 사용할 수 있는 장점을 부여한다. 지각에 의한 아날로그한 표현들은 물리적인 제약(빛에 의존한다든지, 시각이 지닌 제약성 등등)을 갖는데 비해 청각적 표현들은 그런 물리적인 환경으로부터 비교적 자유롭다(시야는 제한되어 있지만 소리는 멀리 간다).

또한 소리 이미지를 옮겨 놓은 언어적 표현은 그 표현 대상과 어느 정도 거리를 갖는 대신에 무한히 새로운 기호를 만들어 낼 가능성을 충분히 지니고 있다. 인간의 표현능력 중에 언어 표현능력을 우위에 두는 로고스 중심주의 logocentrisme는 자신의 입장을 정당화하기 위해 시적 언어가 공간 속에 갇혀 있는 시각적 표현들이 지니고 있는 상대적 빈약성에 비해 무한한 창조성을 지니고 있음을 강조한다. 그리고 물질화 된 이미지는 그 의미가 닫혀 있는 데 반해 단어는 다의성 多義性을 지닐 수 있다는 점도 지적한다.[5]

---

4) 프로이트, 『꿈의 해석, *L'interprétation des rêves*』, P.U.F., 1976.

그런데 이미지에 대한 이러한 시각적 논리와 청각적(언어적) 논리의 차이는 그중 어느 논리를 중시하는 문화냐의 차이에 따라 각기 다른 이데올로기, 도덕 등을 낳는다. 유태교와 같은 유일신 사상의 종교·문화적 전통 내에서는 언어의 우위성에 의해 신성한 존재에 대한 시각적 표현은 금기시 된다(태초에 말씀이 있었다, 우상을 만들어 섬기지 마라 등). 보이지 않는 절대적인 존재에게서 애초에 들려온 것은 절대 진리로서의 말씀이며(신을 본 것이 아니라, 신의 말씀을 들었다), 보이지 않는 절대 진리를 시각적 이미지로 표현하는 것은 절대 진리에 인간의 숨결을 섞는 왜곡 행위, 즉 우상을 만드는 행위가 된다.

반대로 시각적 이미지 문화를 옹호하는 이들은 언어가 현실을 포착하는데 언제나 한계가 있다는 점을 지적하며, 시각적 이미지만이 언어가 지닌 관념성의 한계를 넘어서서 구체성을 획득할 수 있다고 말한다. 예술 장르로 옮겨서 말한다면, 시적인 언어는 그 언어가 이미 지니고 있는 본래의 의미라는 관념적 테두리에서 벗어날 수 없는데 반해 조형예술은 그러한 의미의 테두리라는 것을 전제로 하지 않기 때문에 창조와 해석의 영역이 훨씬 광범위하다. 또한 문학은 그것이 의미를 갖기 위해서는 그 형태적 완결성을 필요로 하지만 회화는 애벌 그림만으로도, 혹은 한 줄의 선, 간단한 스케치만으로도 그 의미가 온전히 드러날 수 있다는 뜻에서 개인이나 집단의 상상계의 영역을 드넓힐 수 있다고 주장한다.

다시 정리한다면 시각 이미지가 유추적 analogue 사유를 지향하는

---

5) 우리는 뒤에 기호와 상징의 차이에 대해 설명하면서 이미지의 다의성에 대하여 언급할 기회를 갖게 될 것이다.

경향이 있다면, 청각 이미지는 분석적 analytique이고 디지털 digitale한 사유를 지향하는 경향이 있다고 말할 수 있다. 바로 그 때문에 청각적 이미지를 중시하는 문화는 절대적 진리 Vérité, 절대적 존재 l'Être Absolu에 대한 믿음을 갖는 종교적 이원론으로부터 객관적 진리, 과학적 진리를 믿는 합리주의적 이원론으로의 자연스런 이행이 가능해지며, 종국에는 시각적 이미지뿐만이 아니라 청각적 이미지마저 억압하는 논리적·분석적·실증적 합리주의의 세계관을 갖게 되는 것이다. 오늘날 우리가 디지털 문명이라고 일컫는 것은 바로 그러한 분석적·합리적 사유를 지향하는 흐름이 야기한 하나의 극단의 모습으로서, 그 사유는 시각적 이미지만 억압하는 것이 아니라 논리·사유·객관성의 이름으로 이미지적 표현 전체를 억압한다.[6]

하지만 인간의 삶과 인식, 그리고 문화는 절대적으로 시각적 삶, 시각적 인식, 시각적 문화와 청각적 삶, 청각적 인식, 청각적 문화로 확연하게 구분되어 이루어질 수는 없고 그것들은 어떤 식으로건 뒤섞여 있을 수밖에 없다.

### 2) 시각 이미지의 범람이 곧 인식의 경박화, 천박화를 불러오는 것은 아니다

시각 이미지와 청각 이미지의 구조 및 기능은 긴장 관계에 놓여 있으며 더 나아가 대립적이기도 하다. 하지만 인간의 삶과 인식과 문화

---

6) 다음 장에서 서구의 성상파괴주의 iconoclasme의 흐름을 설명하면서 다시 자세한 언급이 있게 될 것이지만, 서구의 합리주의는 청각적 이미지를 중시하는 문화가 낳은 대표적인 인식의 하나이다.

는 대립적인 요소들 간의 균형과 화합으로 이루어져 있지 하나의 요소만으로 일차원적으로 이루어져 있지는 않다. 우리가 서구 문화를 청각(문자) 이미지 위주로 이루어져 있다고 말할 때, 이는 청각 이미지를 중심으로 한 이원론 dualisme이 우위를 이루고 있다는 뜻이지 시각 이미지 인식이 완전하게 배제되어 있다는 뜻은 아니다.

게다가 언어 자체도 그 표현의 측면에서건 소통의 측면에서건 이중적이다. 문자는 소리를 시각적인 기호로 표시한 것이라는 의미에서 이미 시각 이미지와 청각 이미지의 결합이며, 언어가 소통되려면 구전의 경우 입과 귀라는 상이한 감각기관의 도움을 필요로 하며 문자 표현도 쓰는 손과 읽는 눈의 결합으로 이루어지며 당연히 그 문자를 읽는 자의 시각적 수용을 필요로 한다. 즉, 시각에 고유한 유추적 논리 logique analogique와는 무관하게 형성된 언어가, 그것이 사용되기 위해서는 여러 감각 기관의 도움을 필요로 하게 되며 특히 시각과 긴밀하게 결합되어 있다.

또한 문자 자체도 알파벳 식의 표음 문자(소리 · 청각 위주)만 존재하는 것이 아니라 한자, 이집트 상형 문자(상형성 위주)도 존재하므로 언어 활동 자체를 모두 청각적이라고 규정하기는 힘들다.

한편 종교와 예술사를 살펴보더라도 시각적 이미지와 언어적 이미지는 자주 결합되어 왔음을 알 수 있다. 문자가 없던 사회에서는 그들의 신앙이나 제의 祭儀를 상징적인 서사 書寫 기호 signe graphique(시각 이미지) 및 구전으로 소통되는 신화적 이야기(청각 이미지)를 동시에 이용하여 객관화 · 제도화하며 서구 기독교 사회도 기본적으로는 성서에 기초하여 그 믿음을 유지시켜 온 것이 사실이지

추사 김정희의 「화법서세 畫法書勢」에
나타나는 것처럼 동양의 서예는 시각적인
것과 언어적인 것이 결합되어 하나의 상징적
이미지를 형성하는 대표적인 경우이다.

만 그와 동시에 성화로 신앙을 강화하는 전통이 꾸준히 유지되어 왔
다.[7] 그리고 서구 예술사, 특히 회화사와 시사 詩史에서는 시각적인
것과 언어적인 것의 결합이 두드러진다. "시는 회화와 비슷하다"는
호라스 Horace의 발언은 여러 시대에 걸쳐 호응을 얻고 실현되기도
했다. 19세기의 상징주의와 초현실주의 시인이나 화가들은 언어적인
것과 회화적인 요소를 즐겨 결합했으며 아폴리네르 G. Apollinaire의
상형시 calligramme 같은 것이 그 대표적인 예이다. 또한 동양의 서

---

7) 성상파괴주의와 성상숭배주의 간의 싸움은 서구 정신사에서 대단히 중요한 흐름을 이룬
 다. 우리는 이 책의 뒷부분에서 그에 대해 다시 언급할 기회를 갖게 될 것이다.

예 calligraphie는 시각적인 것과 언어적인 것이 결합되어 하나의 상징적 이미지를 형성하는 대표적인 경우라 할 수 있으며 만화의 경우도 그러한 예의 하나에 속한다고 볼 수 있다.

그렇다면 우리는, 시각적 기능과 언어적 기능은 이미지의 발생에 있어 서로 다른 갈래에 속하지만 그 둘 사이에 명확한 단절은 없다라고 결론을 내리기로 하자. 언어적 이미지의 고유한 추상지향성 때문에 그 표현의 상징성을 상실하고 사전적 기호의 의미로 전락할 우려가 있을 때 언어적 이미지는 시각적 이미지의 도움을 요청하며(구상시, 도형시의 경우) 시각적, 회화적 이미지의 구상성이 상징적 의미를 환기할 능력을 상실할 경우 역으로 추상화 推象化의 길을 걷게(추상미술의 경우) 된다는 사실은, 언어적 이미지와 시각적 이미지가 각기 고유 기능과 성격을 간직한 채 서로 결합할 수 있음을 보여주는 좋은 예이다.

따라서 시각적 이미지와 청각적 이미지의 결합 양태, 그것의 변모 양태는 우리들이 사회에 대하여, 삶에 대하여 어떠한 관련을 맺고 있고 또 어떤 인식을 갖고 있는가를 보여주는데 중요한 단서가 된다. 시각 이미지가 범람하고 있는 시대에 우리가 살고 있다는 것은 무엇을 의미하며 어떻게 대처해야 하는가? 라는 우리가 잊지 말아야 할 그 질문에 최소한 한 가지 답은 할 수 있다. 그것은 시각 이미지, 청각 이미지가 모두 이미지의 생성에 있어 동일한 무게를 지닌 근원적 뿌리이며, 시각 이미지의 범람이 곧 우리의 인식 자체의 경박화, 천박화 및 인식의 혼란을 가져오는 것은 아니라는 사실이다. 하기사 인간의 사회, 인간의 문화는 시선보다는 왜곡이 덜 심하고 보다 더 진리에 가까운 듯이 보이는 언어를 더욱 중시하는 경향이 있는 것이 사실이다. 하지만, 그것은 여러 진리들보다 유일한 진리의 존재를 선호하는 한 주체의 주관적 선택이 아닐까? 우리가 이미지를 연구한다는 것 자체가 이미, 그런 유일한 진리를 향한 믿음 자체를 인간의 다양한 주관성들 중의 하나로 간주하겠다는 태도를 전제로 하는 것이 아닌가?

## ❸ 이미지를 연구한다는 것은 감각적인 것과 지적인 것 사이의 인간의 모든 표현을 연구한다는 것이다

### 1) 지각 · 기억 · 예견 이미지

이미지 생산에 참여하는 신체 기관에 따라 이미지를 분류하면서 우리는 이미지가 시각 이미지에 국한되지 않고 다양한 형태로 나타날 수 있음을 확인했다. 이제는 이미지를 그 표출 · 표현 형태에 따라 분류해 보기로 하자. 표출 형태에 따른 이미지의 분류는 크게 보면 두 범주로 묶일 수 있다. 첫째는 이미지를 만들어 내는 주체와는 독립된, 객관적 형태화에 이르지 못한 심리적 · 정신적 이미지이고—우리가 흔히 심상이라 부르는 것—다른 하나는 객관적인 물질화의 형태로 나타나서 사람들의 수용 réception이 가능한 이미지들이다. 물론 상징이나 원형처럼 이 두 범주에 모두 적용이 가능한 경우도 있지만,[8] 일단은 크게 이 두 범주에서 벗어나는 이미지는 없다고 보는 것

---

8) 바로 이 이유 때문에 우리는 다음 장에서 상징과 기호의 차이를 지적하는데 한 부분을 할애하게 될 것이다.

이 옳을 것이다. 한편 우리가 현재 지각하고 있는 대상을 이미지로 표현하느냐, 아니면 지나간 과거의 것을 재현해 내느냐, 그도 아니면 현재 부재해 있는 것을 표현하느냐에 따라 이미지군들을 지각 이미지 l'image perceptive, 기억 이미지 l'image mnésique, 예견 이미지 l'image anticipatrice로 나눌 수도 있을 것이다. 우리가 이미지를 시간에 따라 그렇게 셋으로 나눌 경우, 그 각각의 이미지들이 보여주는 차이점이 분명히 존재하지만 그 각각의 이미지들은 그러한 차이점을 지니고 있으면서도 우리가 하나의 이미지를 재현해 낼 때 그것이 현재나 과거에 주어진, 혹은 주어졌던(경험했던) 대상의 수동적 모방이나 기계적 모방은 결코 아니라는 특성을 공통적으로 지니고 있음을 지적해야 한다.

현재 우리의 감각에 주어진 대상을 재현하는 지각 이미지의 경우에도, 그것을 지각하는 우리의 의식은 수동적이거나 기계적이기는커녕 객관적이고 주관적인 요인들에 의해 언제나 달라지는 하나의 가변성인 것이다. 따라서 지각 이미지는 그러한 요인들이 종합된 결과라고 말해야 하며, 더욱이 어떤 이미지는 우리가 의식하지도 못한 채 지각되기도 하고(영화의 경우 우리가 의식하기 힘든 빠르기로 이미지를 투사한다), 어느 경우는 이미지가 우리에게 왜곡되게 나타나기도 하고(착시현상) 또한 하나의 대상을 받아들이는 주체의 정신 상태에 따라(황홀경, 들린 상태, 마약 섭취 상태) 환영이 나타나기도 한다.

한편 기억 이미지의 경우도, 과거의 생생한 이미지가 약화되어 나타난 것, 혹은 과거 있었던 사실의 충실한 재현이라기보다는,[9] 과거와 그 과거를 회상하는 현재의 의식(무의식을 포함)의 결합으로, 마르

셀 프루스트 Marcel Proust의 『잃어버린 시간을 찾아서 *A la recherche du temps perdu*』라는 소설이 보여주듯 과거를 재현한다는 것은, 과거의 경험 내용과 현재의 경험 내용을 일치시키는 것으로 그 자체가 하나의 창조 행위가 되는 것이다. 프루스트는 현재 자신이 받은 지각-인상을, 과거에 경험했으나 기억 속에 이미지로밖에 존재하지 않는 것과 결합시켜, 현재의 삶을 한결 응축된 것으로 만들고 과거와 현재를 동일화시킴으로써 시간의 유한성에서 벗어날 빌미를 마련한다. 그런 의미에서 기억 이미지는 그것을 회상하려는 주체의 현재 의식 · 무의식의 능동적 참여에 달려 있지, 단순한 과거의 재생 이미지는 아닌 것이다.

또한 현재나 과거 · 현실 속에 존재하지 않던 것, 존재하지 않은 것을 그려 보인다는 의미에서 우리가 흔히 쓰는 상상력이라는 단어에 가장 부합하는 듯이 보이는 예견 이미지는 이미 그 성격상 수동적이고 객관적인 대상의 재현과는 가장 거리가 멀다.

이 예견 이미지에 대해서는 조금 더 자세히 알아보기로 하자. 예견 이미지를 낳는 원천은, 구체적 행동의 필요성, 알고픈 욕구, 욕망 등 여럿을 들 수 있지만(우리의 모든 행위, 일상적으로 걷는 행위, 기업을 관리하는 행위 등등 모든 행위는 미리 미래를 염두에 두고 그에 적합한 행위를 이끌어 내야 한다는 의미에서 이미 예견을 전제로 한다), 그중 가장 중요한 것은 바로 우리의 욕망이라고 할 수 있다. 그 무언가 소유하지 못

---

9) 인간의 기억에 관해 자세한 내용은 아래 책들을 참고할 것.
  · 플로르, 『기억 *La mémoire*』, P.U.F., 《Que sais-je?》시리즈, 1992.
  · 들레, 『기억의 질병들 *Les maladies de la mémoire*』, P.U.F., 1970.

하고 있거나 그 무언가가 되지 못했음의 징표이면서 바로 그 결핍 때문에 발생하는 인간의 욕망은 현재 결여되어 있는 비현실적 이미지를 낳는 원동력이 되는 것이다. 그러한 이미지적 표현은 현재 결여되어 있는 것을 겨냥하되 주체가 그것의 실현을 기대할 때 나오게 된다. 이러한 예견 이미지는 여러 가지 유형으로 나타날 수 있는데, 우선 논리적으로 보건, 경험적으로 보건 절대적으로 불가능한 비현실적 이미지로 나타날 수도 있고(사각형원, 황금산), 물리적으로 실현이 불가능한 이미지로 나타날 수도 있다(빛의 속도보다 빠른 비행기). 또한 있을 법하지 않지만 가능하다고 여길 수 있거나(기적), 미래에 실현이 가능한 경우(과학적 발전에 의한 미래상을 점치는 경우) 등 여러 이미지로 나타날 수도 있다. 한편 예견 이미지는 초이성적 형태인 예언 prédiction, prophétie 등으로도 나타날 수 있으며, 전통 사회에서는 실제로 이루어질 세상을 미리 예시하는 예언적 이미지에 대한 믿음이 존재했다.[10] 한편 우리가 주목해야 할 것이 유토피아 Utopie의 이미지인데, "어디에도 존재하지 않는다", 라는 뜻을 가진 '유토피아'의 이미지는 그것이 사회 · 정치적 실존 상황에 적용될 경우 어떤 이에게는 실현 불가능한 망상으로 간주되는가 하면 다른 이에게는 현실 속에서 인간이 행동에 의해 실현시켜야 할 '예언적 선언'으로 간주되기도 한다. 이처럼 예언적 이미지는 그것을 수용하는 이의 태도

---

10) 심층 심리학자인 융은 사람의 꿈속에 나타나는 이미지에 미래에 일어날 사건을 미리 예고하는 기능이 있다고 주장했다. 심층자아의 집단 무의식적 구조가 그런 예언을 가능케 한다는 것인데 융의 심층 심리학에 대해서는 제3장에서 자세히 다룰 기회가 있을 것이다.

에 따라 그 함의가 달라질 수 있음을 보여준다.[11]

요컨대 예견 이미지가, 어떤 의미로는 상상력의 활동에 가장 부합한다고 볼 수 있다.

지각 이미지, 기억 이미지, 예견 이미지의 영역을 우리가 간단히 살펴본 것은, 그것이 현재의 지각에 관계되건 과거의 경험에 관계되건 미래에 대한(부재한 것에 대한) 예견이건 모든 이미지는 주어진 외부 현실의 객관적 재현도 아니고, 감각적 주체의 기계적 반응의 결과도 아니라는 것, 이미지의 생산은 그러한 양극의 상호 작용에 의해 이루어진다는 것을 강조하기 위해서였다.

이제 앞서 이야기한 대로 이미지의 박물관을 심리적, 정신적 이미지와 물질적 이미지의 두 범주로 나누어 구체적으로 살펴볼 차례이다. 여기서 우리는 심리 정신적 이미지의 범주를 이미지를 낳게 한 기원에 따라 무의식적 이미지, 언어적 이미지, 모태적 이미지의 셋으로 나눌 것이다.

### 2) 무의식적 이미지

우리가 앞서 이미지를 시간에 따라 분류하면서 확인한 대로 설사 우리가 현재 우리의 감각이 지각하고 있는 것을 하나의 이미지로 재현해 내는 경우라 하더라도 그 재현은 우리의 명백한 의식 내에서만 이루어지는 것은 아니며 기억 이미지, 예견 이미지의 경우에는 더더

---

11) 유토피아에 대해서는 이렇게 말하고 싶다. 객관적 현실로서의 유토피아는 절대로 실현이 불가능하지만 현재의 삶에 결여된 것을 실현시키기 위한 꿈꾸는 행위로서의 유토피아의 꿈은 언제나 가능하고 또 언제나 존재해야 한다고.

욱 그러하다. 그런데 우리의 이미지적 표현이 우리 의식의 지배만 받는 것이 아니라 무의식의 지배도 받는다는 사실을 체계적으로 밝혀 낸 것은 프로이트를 시조로 하는 정신분석학 psychanalyse이다.

이미지를 지각한 내용의 재현이나 경험했던 사상 事象의 기억으로 국한시키는 경우에 이미지는 명백한 의식의 산물로 간주된다. 하지만 프로이트는 인간 심리의 기층에는 거대한 무의식의 저장소가 존재하고 있다고 말한다. 그는 "인간의 정신적 과정은 그 자체로서 무의식적이며 의식적 과정은 심리 활동 전체 중 부분적인 활동에 불과할 뿐이다"[12] 라고 단언하며, 어떤 이는 "프로이트의 독창성은 무의식을 만들어낸 데, 또한 그것의 존재를 증명한 데 있는 것이 아니라, 무의식이 하나의 유기적인 체계임을 보여줌으로써, 무의식의 기원 및 메커니즘을 과학적으로 명백히 한 데 있다"[13]라고 지적한다.

요컨대, 인간의 정신활동 및 그 정신활동의 산물인 문화는 인간의 무의식적 충동이 억눌린 채 밝은 의식의 면모만 지니고 있는 것이 아니라 어두운 무의식의 그림자가 함께 깃들어 있다는 것이다.

그런데 밤에 꾸는 꿈에서 생성되는 무의식적 이미지 l'image inconsciente는 의식적 삶을 가능하게 하는 그늘이면서 오로지 즐거움의 원칙, 욕망 충족의 원칙에만 충실한다는 측면에서 현실 원칙, 현실 논리와는 전혀 다른 원칙, 다른 논리의 지배를 받는다. 즉, 프로

---

12) 프로이트, 『정신분석 입문 *Introduction à la Psychanalyse*』, 이용호 역, 백조, 1969, p. 15.
13) 미셸 무르, 『현대 사상 사전 *Dictionnaire des idées contemporaines*』, Edition Universitaire, p. 313.

이트가 주장하는 무의식적 이미지는 우리가 의식적·현실적이라고 믿고 있는 이미지를 지배하고 있으면서, 그 무의식의 원칙 그대로 표출될 수 없는 운명과 한계를 지니고 있다.

하지만 그에 대한 자세한 언급은 생략하기로 하고 프로이트가 주장하고 있는 무의식의 이미지는 주로 시각적 이미지의 영역에 속한다는 사실만 지적하기로 하자. 우리가 꿈을 꾸면서 무의식적으로 사유를 한다고 할 때, 그 사유는 모두 시각적 이미지로 이루어진다. 그 말은 그 시각적 이미지가 논리화·합리화의 과정을 아직 거치지 않았거나, 논리화에 이르기 어려운 사유와 인식을 표현하고 있다는 뜻으로 볼 수 있다. 그러나 그 말이 곧 시각 이미지적 사유는 논리에 이르기가 어렵다는 뜻은 아니다.[14] 단지, 우리가 뒤에서 다시 확인하게 되겠지만, 언어·청각적 이미지를 위주로 해온 서구 문명에서 프로이트가 무의식적 이미지의(종래의) 중요성을 강조했다는 사실이 서구의 로고스 중심주의(말 중심주의)에 대한 자기반성의 첫 걸음이 될 수 있다는 사실만 지적하기로 하자.

한편 심층 심리학자인 융은 리비도 단일 원칙에 입각해 프로이트가 밝혀 낸 인간의 무의식 영역을 한층 깊게 탐사하여 인간의 무의식 속에 내재해 있는 정신적 에너지의 영역을 복수화 複數化하며, 무의식과 의식 사이에는 단순히 억압·검열 관계만이 존재하는 것이 아니라고 주장함으로써 이미지를 인간 심층 의식의 어두운 구석으로부터 밝은 창조적 영역으로까지 끌어내는 데 성공한다.

---

14) 서구적 논리가 결여된 문명, 결여된 사회를 비논리적, 비과학적 문명, 야만적 사회라고 규정할 수 없는 것과 마찬가지이다.

그러나 이미지를 생성하는 힘, 즉 상상력을 잠든 가운데서 행해지는 무의식의 활동이 아니라 인간 속에 내재한 또 다른 의식의 활동임을 드러낸 공로는 전적으로 바슐라르 G. Bachelard에게로 돌아간다. 프로이트가 내세운 잠든 꿈 대신에 깨어있는 꿈 rêve éveillé, 몽상 rêverie의 개념을 더 중요시한 바슐라르에 의하면, 인간이 만들어내는 이미지는 무의식적 욕망이 현실 원칙과 대립하면서 왜곡 표현된 것이 아니라 인간 내면 속의 합리성을 지향하는 의식과는 다른 의식의 활동 결과로서, 그 자체 놀라운 창조성의 발현이고 인간의 합리적인 사유를 보완해주는 중개 역할을 하는 것으로 그 지위가 상승된다.

한편 바슐라르의 제자인 뒤랑 G. Durand은 인간의 상상력과 이미지에 대해 바슐라르가 이룩한 '코페르니쿠스적 업적'을 고스란히 받아들이면서 인간의 무의식과 의식, 논리와 상상력, 인간의 본원적 충동과 물질적 환경 사이의 역동적 관계를 체계적으로 구조화하여 종합적으로 설명하겠다는 보다 큰 야심을 갖고 '상상계 l'imaginaire'에 입각한 '인류학적 구조'를 세우는 데 이른다. 일종의 이미지 중심주의 imagocentrisme라고 부를 수 있는 뒤랑의 종합적 체계 내에서는 합리적인 것과 비합리적인 것, 논리와 비논리, 의식과 무의식 사이의 이원론적인 구분이 사라지고 로고스 중심주의가 인간의 상상계의 한 부분으로 포섭된다.[15]

---

15) 우리가 지나치게 간략하게 설명한 지그문트 프로이트, 칼 구스타프 융, 가스통 바슐라르, 질베르 뒤랑 등에 대하여는 제3장에서 다시 상세하게 설명할 기회를 갖게 될 것이다.

### 3) 언어적 이미지

우리는 이미지 생산에 참여하는 신체기관에 따라 이미지를 분류하면서 시각적 이미지와 청각적 이미지 둘로 크게 나눈바 있고, 그중 청각적 이미지는 언어화의 길에 접어들기 쉽다고 말한 바 있다. 하지만 이 말이 청각적 이미지만이 논리화의 길에 쉽게 접어들 수 있다는 뜻은 아니다. 가령 우리가 사용하는 언어의 대부분은 그것이 비단 문학적인 표현이 아니라 할지라도 분석적·논리적이라기보다는 오히려 비유적이고 은유적이다.

사실 순전히 기호적인 관점에서 본다면 사고의 내용을 쉽고 빠르게 전달하여 타인과 의미소통을 원활히 하는 것이 언어의 본래 기능이다. 그런 뜻에서 단 하나의 확실한 의미를 정확히 전달하는 것이 목표가 아닌 언어의 이미지적 사용은, 언어의 독특한 사용 유형에 속한다고 볼 수 있다. 언어 이미지란 하나의 단어가 지니고 있는 문자 그대로의 의미 sens littéral나 본의 本意 sens propre가 확장되어 사용된 경우를 말한다. 이때 이미지는 일반적으로 추상적이고 자의적 恣意的인 기호의 영역에 구체적이고 감각적이며, 정서적이고 시적인 영역, 더 나아가 우주적인 영역을 도입하는 형식을 취하게 된다. 우리가 다음 번에 상징적 이미지와 기호적 이미지에 대해 설명하면서 다시 언급하겠지만, 언어적 표현에 있어 발생론적으로 말해, 기호적 표현이 우선이냐, 혹은 상징적 표현이 우선이냐는 입장 차이에 따라, 언어 이미지적 사용이 언어의 본래 의미의 전용 轉用에 해당한다고 볼 수도 있으며, 반대로 언어의 본의에 대한 지시적 기능은 이미지적 표현이 역사적으로, 문화적으로, 더 나아가 사전적으로 협소해진 경우로 보는 견해도 있을 수 있다. 언어를 이미지적으로 사용하는 가장 전형적인 경우가 우리가 일상어 혹은 문학에서 접하는 수사법이다. 비유(직유 · 은유 · 환유 · 제유 · 난유), 과장, 활사, 우의, 반어, 대조 등 여러 예를 들 수 있는 언어적 수사법은 한 사람이 어떤 수사법을 주로 사용하느냐에 따라 그 사람의 세계관 혹은 세계상을 밝혀주는 중요한 단서가 된다. 하지만 우리는 여기서 수사법—언어의 이미지적 사용—에 대한 자세한 설명은 생략하기로 하자. 단지, 그 모든 이미지적 표현에 공통되는 특성을 하나 들라면 언어의 그런 이미지적 사용을 통해 그 언어가 지니고 있던 본래의 의미가 다른 의미, 즉 일종의 형상적 의미 sens figuré로 변질된다는 점이다. 인간의 언어를 연구하는 데 바쳐진 제반 학문—음이 연결되어 나타나는 뜻을 연구하는 음운론, 언어의 형식적 측면에 초점을 맞추어 언어의 의미 변화를 연구하는(파생어, 복합어, 어미활용 등등) 형태론, 언어의 배열 원리를 규명하고 문법적 설명에 주력하는 통사론, 특수 언어의 어휘체계를 연구하는 어휘론, 사용된 언어의 전달자, 수신자 환경에 따라 의미 작용이 어떻게 변화하는가를 연구하는 화용론, 같은 계통에 속하는 언어를 비교하는 비교 언어학, 그리고 인간의 모든 표현을 하나의 의미 작용으로 보고 그 의미 작용 체계를 연구하는 기호학까지 포함해서—은 좀 거칠게 말한다면 언어가 지니고 있는 본의에 중점을 두고 있는 학문들이다.

이런 의미에서 본다면 언어의 이미지적 전용은 언어가 예외적으로 특수하게 사용된 경우일 뿐이며, 심한 경우는 왜곡된 언어를 사용해 진실을 훼손하는 경우도 생길 수 있다. 실제로 형식주의 언어학의 전통에 충실해 있는 사람은 언어를 시적으로 사용하는 경우를 아주 예외적인 경우로 간주하면서 이렇게 말하기도 한다. "언어의 코드를 위반하고 언어학적 일탈 écart을 행하는 경우가 있으니 그것이 고대의 수사학이 그러했듯이 이른바 언어의 상형적 사용의 경우로서 언어에 대한 그러한 사용은 오로지 시의 경우에만 제대로 이루어질 수 있다."[16]

언어적 이미지를 그렇게 평가하는 태도는, 우리가 이미 알고 있고 실제로 존재하는 모델로서의 대상과 관련지어 볼 때 그것에 대한 시각적 표현은 언제나 그 본래 존재하는 모델에 대한 훼손을 가져올 뿐이라는 태도와 너무나 흡사하다고 볼 수 있다(객관적 의미와 대상에 이미 주관적 가치 부여 작용이 행해졌다는 의미에서). 즉 형상적 표현, 이미지적 표현이 진실을 왜곡할 뿐이라고 말하는 것은 이 세상에 선험적으로 객관적 진리가 존재하며 언어의 합리적, 과학적 사용만이 그 진리를 보증해준다는 생각을 말해주는 것이다.

하지만 언어의 이미지적 사용은 단순히 본의의 왜곡이 아니라 본의에 그 무언가를 덧붙여 우리의 정신을 고양시키고 대상을 총체성 속에서 종합적으로 파악하는 것을 가능하게 해주는 것이다. 문학에 종속되는 듯이 보이는 수사학이 경시된 것은 이미지를 억압해 온 서구의 과학(언어학도 과학이다)이 발전해 온 결과이며 19세기 실증주의 시대에는 문학이 스스로 과학의 시녀임을 선언하기도 했다(자연주의 문학론). 하지만 자연주의 문학론을 내세운 에밀 졸라 Emile Zola 자신이 오늘날도 위대한 소설가로 간주되는 것은, 다시 말해 삶의 구체

---

16) 코헨, 『시적 언어의 구조 Struture du langage poétique』, Flammarion, 1978, p. 43.

적 진실들(추상적인 유일한 진리가 아니라)을 우리에게 여전히 보여주고 있다고 간주되는 것은, 그의 소설 속 이미지들이 본의 sens propre만을 나타내는 과학적 언어로 이루어져 있지 않고 상상력이 동원된 이미지적 표현으로 이루어져 이 세상과 인간의 맛과 색조를 전하고 있기 때문이다. 한편 20세기 후반기 신비평의 한 갈래인 주제 비평은 한 작가가 작품 속에서 드러내는 이미지가 바로 그 작가의 세계관을 보여주는 것이라고 주장했다. 따라서 문학의 수사학은 단순히 보기 좋게, 읽기 좋게 하거나, 설득력을 갖게 하거나, 그 어떤 시적인 감동을 불러일으키기 위한 목적에서 부수적으로 사용된 것이 아니라 작가에게 언제나 새로운 진실을 드러내거나, 작가가 언제나 새로운 의미를 부여할 준비가 되어 있는 이 세상과 만나면서 작가가 새롭게 형성해 나가는 자신의 구체적 진리로서의 세계관을 보여주는 것이라고 주장한다.

사실, 문학적 이미지뿐만 아니라 모든 이미지에 대하여 본의가 우선이고 중요하냐, 아니면 형상적 의미가 우선이고 중요하냐의 문제는 인식론의 중요한 핵심과 관련이 있는 문제로서 아래와 같이 간단하게 요약할 수 있을 것이다. 우선 형식주의적 언어학의 입장에서라면 언어의 비유적 표현인 이미지는 언어가 지니고 있던 본래의 의미가 전이된 것이고 이동된 것이다. 소쉬르의 언어학 이론이 밝히고 있듯이 언어의 기표는 그 자체 아무런 의미가 없고 하나의 단어나 구문의 의미는 그 단어와 구문이 속해 있는 체계에 의해서만 드러날 수 있을 뿐이다. 이때 하나의 표현에 정확히 대응하는 하나의 의미가 그 표현이 지니고 있는 본래의 의미이다. 이미지가 드러내는 의미를 본의가 전이된 부수적 현상의 결과로 보는 견해는 인간끼리의 소통을 그 무엇보다 우위로 두는 입장에서 오는 것이며 다음 장에서 보듯 이미지를 실증주의적이고 과학적으로 연구하는 줄기와 이어진다.

반대로 상징적 인류학, 해석학 등은 이미지에 발생론적인 우위성을 부여하여 상징적인 이미지 해석을 행하는 바, 문자 그대로의 의미(사전적 의미)를 하나의 표현이 지닌 원초적 의미가 아니라 원래의 상징적 의미가 약화되고 축소된 2차적(부수적) 의미로 간주한다. 언어 이미지는 과학적이고 정보소통적 언어와는 달리, 기호학적인 언어 영역 속에서 제한된 예외 지역에 속해 있는 것이 아니라 인간 전체의 인식론적인 풍요의 영역에 속한다. 순수 기호적인 표현이 의미가 사라진 껍질로서의 추상적인 표현에 속하고 그러한 추상화가 표현 주체(자아)와 대상(세계)과의 분리를 낳는다면 이미지는 한 주체가 대상과 만났을 때의 매개 없는 즉각적인 표현으로서의 원초성을 가지며 결국 이 세계를 주체와 분리되지 않은 모습으로, 다시 말해 개념으로 추상화되기 전 그대로의 맛과 색을 지닌 것으로 드러난다. 그리하여 이미지는 인간을 인간 존재의 근원에 닿게 한다는 것이다.

### 4) 모태 이미지

무의식적인 심리 속에서건 구체적 물질을 통해서건 아직 명백한 표현을 얻지 못한 이미지의 영역이 있는데, 그 영역을 아직 태어나지는 않았지만, 태아 상태처럼 분명히 존재한다는 의미에서 모태 이미지 Les images matricielles라고 부르기도 한다.[17] 이미지에 대한 이러한 분류는 현상적인 것이라기보다는 발생론적인 것으로써 하나의 이미지를 낳게 하는 원초적 힘으로서의 여러 이미지형들의 전형, 근본 유형이라 할 수 있는 원형 같은 것이 그에 속한다. 하지만 이미지의 생성을 여러 층위로 나눌 때 그 분류는 좀더 다양해지는데, 우리가 통틀어 모태 이미지라고 부를 수 있는 것들을 용어별로 설명해보자.

표상 Schème: 인간의 온갖 표현의 근본 토대를 이루는 것으로, 태어날 이미지의 씨앗을 형성하고 있는 일종의 동적인 힘이다. 칸트가 감각적 직관으로부터 유래하는 경험적 내용을 받아들일 준비를 갖추고 있는 비어 있는 형태라고 일찍이 정의한 바 있는 표상은 뒤랑에게 와서 그 풍요로운 역동성을 함께 부여받게 되었다. 뒤랑은 표상이란 언제고 그 충동을 만족시킬 대상과 긴밀하게 결합하여 하나의 표현을 얻어내고자 하는 동적인 힘이라 했다.

원형 archétype: 신플라톤주의의 전통에서 이미 오래 전에 사용되었던 개념으로, 감각적 현실을 만들어 내는 원천으로서, 아직 활성화되지 않는 표현들이 응축되어 있는 것이다. 원형의 개념이 한껏 중요한 가치를 부여받게 되는 것은 융에 이르러서인데, 그는 원형이란 어떠한 행동의 근간이 되는 본능 같은 것으로서 자궁 속에 있는 잠재적 이미지들 같은 것이라고 했다. 융이 예로 들고 있는 대표적인 원형이 아니마와 아니무스인데, 그 원형은 마치 수정의 결정축 結晶軸처럼

---

17) 한 가지 사실은 분명히 해두기로 하자. 무의식적인 이미지는 무의식 속에 하나의 구체적 이미지로 표현된 것을 의미한다면, 모태 이미지는 그러한 이미지를 낳게 한 원천을 뜻한다. 따라서 무의식적 이미지와 모태 이미지를 혼동하지 말기로 하자.

물질적으로는 실존하지 않으나 그 형태를 결정하는 전형태 前形態 préforme 같은 것이다.[18]

하지만 뒤랑은 원형을 표상에 비해 이차적인 것으로, 표상들이 특수한 형태로 결정된 것이라고 본다. 뒤랑은 원형이 형용사적인(높은↔낮은) 형태로도, 실사적인(빛↔그림자) 형태로도 나타날 수 있으며 (동사적인 표상이 구체화되는 과정) 문화적 함축성에 따라 변화한다고 했다. 그리고 이러한 원형이 하나의 문화 내에서 구체적인 표현을 얻어 어느 정도 지역화되면 좁은 의미의 상징이 되고, 그러한 상징이 하나의 사회 속에서 일의적 一意的인 종합소 synthème가 되면 기호의 차원으로 전락한다.[19]

이 두 중요한 개념 외에 부차적이라고 할 수 있는 개념들을 소개하면 다음과 같다.

유형 type: 플라톤이 정의한 바대로, 끊임없이 똑같은 형의 이미지들을 만들어 낼 수 있게 하는 물질적이고 정신적인 틀을 말한다.

전형 prototype: 일련의 특징적인 성격들을 결합해 놓은 전범적인 이미지로서 모든 복제 이미지들의 모델이 되는 것을 말한다.

스테레오 타입 stéréotype: 그 내용이 빈약하고 규격화된 이미지를

---

18) 원형 개념의 자세한 내용은, 융, 『신화학 정수입문 *Introduction à l'essence de la mythodologie*』, Payot, 1974 및 『심리학적 유형들 *Types Psychologiques*』, Georg, 1984 참조.

19) 뒤랑에 따르면 표상으로부터 기호에 이르는 과정이 바로 발생론적인 측면에서의 상징의 발생과 소멸과 재생의 과정이다. 자세한 내용은 졸저 『상상적인 것의 인간학』, 1992, 문학과 지성사 및 뒤랑, 『상상계 탐사 *L'Exploration de l'imaginaire*』, L'Espace bleu, 1988, 참조.

말한다.

패러다임 paradigme: 플라톤 학파에서 모범이란 뜻으로 쓰인 것으로서 그 자체 아주 단순한 이미지지만 여러 영역으로 옮겨져 적용될 수 있는 의미 있는 이미지를 말한다.

이상형 type idéal: 구체적인 현상의 다양한 양태들을 축약해서 하나의 형상 속에 공통되는 특징들을 집약해 놓은 이미지를 말한다.

이미지를 이렇게 원초성, 근원성 측면에서 접근하는 방법은 이미지가 어떻게 생산·형성되는가를 밝히는 데 큰 도움이 되며 다양하기 그지없는 이미지들 간의 일관성을 세우고 이미지의 상징적 의미를 밝혀낼 수 있게 해준다.

이제 표현 형태에 따른 이미지의 분류를 행하면서 마지막으로 우리가 통상 이미지라 부르는 것들, 즉 구체적인 물질과 만나 우리의 눈에 가시적인 형태로 드러난 이미지들을 일별해 보기로 하자.

### 5) 물질적 이미지

우리의 눈앞에 가시적으로 드러나 존재하는 물질적 이미지 Les images matérielles들은 사실상 분류가 불가능할 정도로 현란하고 다양하다. 우리는 그것들을 편의상 다음과 같이 네 항목으로 나누어 일별해 보기로 한다.

#### ⅰ) 표현 매체에 의한 분류

이미지는 유동적이거나 덧없이 사라질 수 있는 물질에 나타날 수도 있고(액체 표면의 반영), 단단한 부동의 물질에 나타날 수도 있다(돌, 종이, 필름 등등). 그리고 후자의 경우도 사진이나 조각처럼 고정된 이미지로 나타날 수도 있지만 기계장치의 조작에 의한 영화처럼 연속적으로 움직이는 이미지가 될 수도 있다.

ii) 표현 형태에 의한 분류

이미지는 오로지 선에 의한 형태로만 나타날 수도 있고(형상, 윤곽, 도면 등) 선에 의한 테두리 없이 오로지 색으로만 나타날 수도 있으며 그 둘이 함께 혼합될 수도 있다.

선으로 이루어진 데생을 더 중시하느냐 아니면 색을 더 중시하느냐의 문제는 미술사에서 르네상스 미술에서부터 시작되어 중요한 논란

「레우키포스의 딸들의 납치」, 루벤스, 1618, 뮌헨, 알테 파나코테 미술관
푸생과는 달리 루벤스는 역동적인 움직임과 색채를 대표하는 화가이다.

거리가 되어 왔는데, 특히 17세기에 프랑스 아카데미에서는 데생을 중심으로 하는 푸생 Poussin을 지지하는 파와 색채를 중심으로 하는 루벤스 Rubens를 지지하는 파로 나뉘어 격렬한 논쟁을 벌였고, 낭만 주의 시대에는 데생 중심의 앵그르 Ingrs와 색채 중심의 들라크르와 Delacroix로 나뉘어 그 논쟁이 다시 재현되었다. 한편 이미지는 주어 진 모델을 그대로 복사하지 않고 특징적인 면만 잡아 미완적으로 표 현함으로써(초안, 스케치, 크로키, 프로필, 실루엣 등등) 보다 암시적이 될 수도 있다. 또한 모노그램, 도표, 그림기호(교통표지), 설계도, 지 도처럼 방대한 실제 모델을 양식화하여 단순하게 표시하는 경우도 있다. 끝으로 이미지는 사진처럼 가시적인 대상을 사실적으로 재현 해 내거나, 비가시적인 가상현실을(가상의 괴물, 신의 형상) 가능한 한 그럴 듯하고 현실감 있게 재현해 내는 경우도 있다.

### iii) 이미지 생산 기술에 의한 분류

우리 눈앞에 드러나 보이는 이미지는 여러 다양한 생산 과정을 통 해 만들어질 수 있다. 끌이나 붓, 전기 등의 도구를 통해 만들어질 수 도 있고(눈의 매개를 통한다), 눈의 매개가 없이 물리적 현상으로 이미 지를 생산할 수도 있고(사진), 요즈음의 디지털 영상처럼 디지털 정 보를 통한 종합적 재구성으로 이미지가 형성될 수도 있다.

또한 이미지는 그 기법에 따라 여러 차원으로 나타나기도 한다. 자 연 현상 내에서의 그림자, 거울의 반사, 혹은 데생 등은 2차원적으로 표현된 이미지라고 볼 수 있다. 한편 조각, 주조 鑄造, 부조처럼 3차 원으로 표현될 수도 있으며, 이런 경우도 각인, 흔적, 유적(화석)처럼 대상이 되는 모델이 부분적으로 나타나기도 한다. 또한 평면 화폭에 3차원적인 물체 조각들을 덧붙여 이차원·삼차원의 기법을 혼합하는 것도 가능하다. 그런데, 앞서 표현 형태의 경우에서도 잠깐 언급했듯이, 이러한 이미지 생산기법의 차이는 말 그대로 단순한 기법의 차이만을 보이는 것이 아니라 이미지를 생산하는 자들 간의(물론 인위적으로 생산된 이미지의 경우로서 자연적인 이미지는 제외한다) 인식의 차이를 드러내주는 것이다. 하지만 그에 대한 자세한 내용의 소개는 미술학 쪽으로 넘기기로 하자.

### iv) 재생 양태에 의한 분류

우선 인간의 손이라는 매개를 거치지 않은 자연 이미지가 있을 수 있는데, 물 표면에 비친 반사 이미지가 그 대표적인 경우라고 할 수 있다. 하지만 우리가 이미지라 부르는 것의 대부분은 인간의 손이라는 매개를 거친 것들이다.

이런 재생된 이미지는 유일한 이미지로 존재할 수도 있고(회화, 조각 등 예술 작품), 사진이나 판화처럼 여러 이미지로 복사할 수도 있다. 또한 재생된 이미지들이 주형에 의한 주조물처럼 모델에 충실할 수도 있고, 겉보기에만 재생이라고 보일 뿐 실제로는 모델과 상관이 별로 없이 겉만 비슷한 환영적 이미지, 시뮬레이션, 더 나아가 시뮬라크르 simulacre(환상에 가깝다), 트롱프뢰이으 trompe l'œil(실물로 착각할 만큼 정밀한 그림을 일컫는다)가 되어, 실제로는 존재하지 않는 것을 존재하는 것인 양 착각하게 할 수도 있다. 이러한 시뮬레이션은 표면적 효과를 크게 하기 위해 사실적 형태를 변형시켜 만들 수도 있고 전적으로 인위적이고 자의적인 방법(디지털 이미지의 경우)으로 만들 수도 있다.

그러한 이미지가 재현된 이미지 너머에 그 무언가 모델까지 의미가 연장되면 아이콘 icône이라고 부를 수 있으며, 반면에 이미지 자체의 의미가 스스로에게 닫혀서 스스로 하나의 모델인 양 행세하려 할 때 우리는 그것을 우상 idole이라 부를 수 있을 것이다.

지금까지 이미지들의 각종 유형들을 살펴보았다. 이러한 작업을 통해 우리가 확인할 수 있는 것은 이미지는 다양할 수밖에 없다는 것이고, 이미지의 모든 형태를 한꺼번에 융합시키거나 통합시키는 논의는 별 의미가 없다는 것이다. 그리고 이미지의 실재들이 드러내는 그 현란한 존재 양태는 오늘날의 영상 이미지의 범람 현상에 대한 현상학적이고 당대적인 대응과 분석만으로는 진정한 의미의 이미지론을 쓴다는 것은 불가능하다는 것을 다시 한 번 확인시켜준 셈이다.

영상 이미지, 즉 시각 이미지의 범람은 개념이나 논리에 대한 이미지의 승리나 범람을 의미하는 것이 아니라, 그 방대한 이미지군들 중에서 영상 매체를 통한 시각 이미지(영화·텔레비전)와 디지털 기술을 통해 생산된 시각 이미지의 범람을 의미할 뿐이다. 따라서 그런 이미지들은 문학 이미지, 무의식적 이미지, 모태 이미지, 시각 이미지 외의 다른 감각이 참여해 만든 이미지들과는 구분될 수밖에 없는 것이다. 즉 이미지를 영상으로 번역하는데 국한시켜 이미지의 존재론·인식론을 살펴보는 것은 편협한 태도가 될 수밖에 없다. 또한 기억 이미지, 지각 이미지, 알레고리적 이미지, 문학 이미지, 신성성을 표현한 아이콘, 예견 이미지, 과학적 이미지 등등 각기 다른 이미지들을 동일한 접근 방식과 동일한 판단을 가지고 적용시키려 한다면 부분을 전체로 삼아 전횡을 부린다든지 하나의 예를 가지고 전체를 논하는 우를 범하게 될 것이다.

이는 결국에는 인간의 다양한 주관성의 구체적 발현인 이미지를 하나의 논리 속에 가두고, 자신의 논리를 다시 확인하는데 이용하는 태도로 귀결될 우려가 있다. 우리가 이미지의 종류를 비교적 경험적으로, 가능한 한 여러 분류법을 사용하여 길게 소개한 것은 바로 이미지에 대한 기존의 편견과 아울러 이미지를 연구한다고 하면서 기실은 자신의 독단적 논리나 인식을 강화하는데 힘쓰는 태도를 경계하기 위해서였다.

그렇다면 이제 우리에게도 똑같은 질문이 남는다. 그렇게 하나의 범주로 묶을 수 없는 이미지를 우리는 어떻게 체계적으로 연구할 수 있는가? 이미지가 그렇게 다양한 존재 양태를 보인다면 이미지가 속해 있는 영역에 따라 전문적인 연구를 행하는 방법밖에는 없는 것일까? 예컨대 정신적 이미지에 대한 연구는 심리학자의 손에 맡기고, 예술 이미지는 예술 평론가가 전담하고, 매스미디어의 이미지 연구는 아이콘을 연구하는 신학자의 연구와는 전혀 무관한 영역에 남겨둘 수밖에 없는 것일까?

하지만 이미지의 영역이 그렇게 현란하다고 해서 그 이미지들에게 공통되는 부분이 없다고는 말할 수 없다.

우리는 지각 知覺의 관점에 따라 현존 혹은 부재하는 물질적 대상(의자 등)이나 관념적 대상(추상적인 숫자)을—이 대상들이 바로 지시 모델이다—구체적이고 감각적으로 재현해 낸 것을(재생산이거나 복사를 통해) 이미지라고 부르는 것이 타당할 것이다.[20]

　이미지가 "구체와 추상, 현실과 사고, 감각적인 것과 지적인 것의 중도에 있는 혼란스럽고 혼란된 범주를 구성하고 있다"[21]라고 말하면서 뷔넨뷔르제가 내린 이미지에 대한 위와 같은 정의는 일견 모호해 보이는 듯 하면서도 이미지들이 지니고 있는 공통분모를 가장 극명하게 보여준다. 그것은 이미지라는 표현양식이 감각과 의미, 즉 한 존재의 즉각적 존재 양태로서의 감각적인 것과 인간의 순수한 사고의 내용으로서의 지성적인 것의 중도에 있으며 그것을 맺어준다는 것이다. 그렇다면 우리가 이미지를 연구한다는 것은 바로 감각적인 것과 순수 지적인 것 사이의 인간의 모든 표현을 연구한다는 것이 된다. 그것은 인간을 감각적인 존재라든가 지적인 존재로 두고 선험적으로 판단하는 태도에서 벗어나 인간의 온갖 표현을 구체적으로 참조함으로써 존재론적으로 또한 인식론적으로 인간을 연구한다는 것을 의미한다. 그것은 인간의 다양성을 인정하면서 인간에 대한 환원적, 부분적, 전문적, 독단적 규정에서 벗어나 인간을 그 총체성 속에서 바라보는 것을 의미한다.
　우리가 이 책의 제2 · 3장에서 살펴볼 것이 바로 그러한 정신에 입각한 이미지 연구 방법론이며 그러한 방법론이 가능하게 열어 보일

---

20) 뷔넨뷔르제, *Op.Cit.*, p. 1.
21) *Ibid.*, p. 3.

수 있는 새로운 인식론, 새로운 인류학이다. 하지만 곧바로 그러한 방법론으로 넘어가기에 앞서 우리는, 이미지가 감각적인 것과 지적인 것의 중도에 있으면서 그 둘을 연결하는 것이라면, 그 모든 이미지적 표현은 어떻게 발생하는 것이며, 그런 이미지적 표현의 의미작용은 어떻게 일어나는가를 간략하게 살펴보기 위해 이전까지와는 전혀 다른 방식으로, 조금 포괄적으로 이미지의 분류를 행해보기로 한다.

# ❹ 모든 이미지는 기호적 이미지와 상징적 이미지의 양극단 사이에 존재한다

우리는 이미지가 단순한 지각이나 감각과는 다르다는 사실을 지적했다. 그 말의 뜻을 조금 더 자세하게 설명하면 우리의 감각이나 지각은 우리에게 주어지거나 우리의 외부에 존재하는 사물에 대하여 직접적으로 반응하는 경우이고, 그에 반해 이미지적 사유나 표현은 그 대상을 간접적으로 제시한다는 것을 의미한다. 예컨대 우리의 유년기에 대한 기억, 화성의 풍경을 상상 속에서 그려보는 것, 죽음 이후의 세계를 그려 보는 것 등은 폭넓은 의미에서 이미지를 통한 간접적 표현에 속한다.

하지만 직접적 사유나 간접적 사유를 그렇게 확연하게 구분하는 것이 쉬운 일이 아니다. 그보다는 이미지가 두 극단 사이를 직·간접적으로 여러 단계로 물들이고 있다고 말하는 것이 옳을 것이다. 우리는 편의상 양극단의 한쪽은 우리가 지각하는 것을 아무런 변형 없이 완전하게 표현해 내는 쪽으로, 다른 한쪽은 영원히 그 의미하는 바를 표현해 내기 힘든 쪽으로 구분할 수 있을 것이며, 그 양극단이 좁은 의미에서의 기호와 상징이라고 말할 수 있다. 그리고 하나의 기표를 통해 그 어떤 기의를 표현해 내고자 한다는 의미에서 상징은 넓은 의미의 기호의 영역에 속하는 것으로 간주할 수도 있다.

그런데 우리가 사용하는 기호들의 대부분은 우리가 감지할 수 있고 검증할 수 있는 기의를 보다 경제적으로 간략하게 표현하기 위해서 만들어 낸 것들이다. 하나의 신호는 그 신호가 지칭하는 대상이 존재하고 있음을 간략하게 알려주는 것이며(기나긴 설명 대신에), 하나의 단어, 약호, 산식 등은 기나긴 개념적 정의를 하나의 기표로 간략하게 표현한 것이다.

우리가 그러한 기호를 사용하는 것은 두말할 필요 없이 인간 사이의 소통을 원활히 하기 위해서이며, 과학적 산식과 기호의 경우 그것은 이 세상을 법칙, 원칙으로 추상화시켜 세상을 보다 잘 설명하기 위해서이다. 그리고 그러한 소통을 원활하게 하기 위해 우리는 우리가 사용하는 기호들 간에 하나의 약속 체계를 만들어 놓는다. 따라서 우리의 소통을 돕기 위한 기호는 하나의 기표에 하나의 기의가 긴밀하게 밀착되어 있어야 한다. 누군가에게 '물'을 좀 갖다달라고 했을 때 그러한 의사가 정확하게, 빨리 전달되기 위해서는 '물'이라는 기표가 즉각적으로 그 기표가 의미하는 기의를 환기시켜야지 모호한 여러 개의 기의를 가지면 안 된다. 바로 그것이 엄밀하게 좁은 의미에서의 기호이고 기호의 역할이다. 그런데 우리가 조금 유심히 살펴보면, 그 상황에서의 '물'이라는 기호는 기의와 긴밀하게 밀착되어 있는 듯 보이면서 실상 '물'이라는 기호가 의미하는 기의가 꼭 '물'이라고 표현될 아무런 필연성은 없다는 사실을 발견하게 된다. 예컨

언어학자인 소쉬르는 기표와
기의 사이에 필연적이고
자연적인 관계는 존재하지 않는다는
기호의 자의성을 주장하였다.

대 똑같은 것을 표현하면서도 영어로는 water로 표기하고 불어로는
l'eau라고 표기한다. 기의는 하나인데 기표가 여럿일 수 있다는 것
은, 그런 기표가 그런 기의를 갖도록 하자는 약속 체계에 의해 의미
가 전달된다는 뜻이지 그러한 기표와 기의 사이에 필연적이고 자연
적인 관계는 존재하지 않는다는 것을 뜻한다. 그것이 유명한 언어학
자인 소쉬르가 주장한 기호의 자의성 恣意性이다.

　기표와 기의의 관계가 자의성으로 맺어져 있는 예를 우리는 얼마든
지 들 수 있다. 우리들이 각자 지니고 있는 이름이 그러하며, 세종로,
을지로, 퇴계로 등의 거리 이름이 그러하다. 예컨대 세종로라는 거리
와 세종대왕과는 그렇게 맺어질 아무런 필연성을 지니고 있지 않다.
그런데 우리가 조금 유념해 보면 우리가 좁은 의미에서 기호라고 일
컬을 수 있는 표현 내에서의 기의는 우리가 구체적으로 감각하거나
실재하는 것으로 보여줄 수 있다는 사실을 알 수 있다. "물 좀 갖다
달라"는 경우의 물이 그러하고 우리 각자의 이름의 경우가 그러하며
거리 이름의 경우가 그러하다.

　하지만 인간의 언어, 인간의 표현들은 그런 좁은 의미의 기호들로

만 이루어져 있지 않다. 인간은 자신을 둘러싸고 있는 구체적 사물에 대해서만 구체적으로 말하고 표현하는 것이 아니라, 정의, 용기, 두려움, 사랑, 고통, 공포 등 단번에 드러내 보여줄 수 없는 보다 추상적이고 심리적인 내용도 표현하면서 살고 있고 심지어는 죽음 이후의 세계, 꿈의 세계, 도저히 표현할 수 없는 감정이나 느낌까지도 표현하면서 살고 있다. 그리고 사실을 말하자면 우리가 사용하는 표현 중 엄밀한 의미에서의 기호 표현이 차지하는 비중은 그리 크지 못하다고 할 수도 있다. 그런데 우리가 즉각적으로 지각하거나 표현할 수 없는 그러한 의미 내용을 표현하고자 할 때 앞서 지적했던 기호의 자의성이 약해지는 현상을 우리는 목격하게 된다.

아주 쉬운 예로 우리는 흔히 "사람 좀 되거라"라는 표현을 쓴다. 그 경우 우리가 그 표현을 문자 그대로 기호적으로 해석한다면 그 문장은 성립이 안 된다. 이미 사람인 사람한테 사람이 되라는 것은 사람이라는 표현이 '구체적인 사람'을 의미하는 한, 문장 자체의 의미를 상실해 버린다. 이때의 '사람'이란 구체적인 사람이 아니라 올바름, 정직함 등등의 추상적 개념을 나타내기 위해 쓰여진 기표이다. 그런데 '사람'이라는 기표가 올바름, 정직함 등의 약간 모호하고 추상적인 기의를 갖기 위해 사용되는 경우, 그 기표는 어느 정도 적절한 것으로 선택되어야 한다. 예컨대 "사람 좀 되거라"라는 표현 대신 "개가 좀 되거라"라든지 "소가 좀 되거라"라고 표현할 수는 없다는 것이다. 즉, 기표와 기의의 자의성이 약해지는 대신 기의의 확실성도 약해지는 것이다. 몇 가지 예를 더 든다면 죄를 벌하는 인물이나 죄를 사하는 인물, 또는 저울의 개념을 통하여 정의를 나타낸다든지, 죄를 지은 인물이나 동물이 벌을 받게 되는 이야기를 통하여 올바른 태도를 가르치는 경우도 이에 속한다고 볼 수 있으며, 사랑의 감정(표현하기 어려운 감정)을 표현하기 위해 애매하고 엉뚱하기까지 한 표현을 쓰는 경우도 그에 해당된다.[22]

그리고 더 극단적인 경우, 예컨대 꿈의 세계, 죽음 이후의 세계, 환각의 세계 등 기호의 논리성을 완전히 벗어난 세계를 기호로 표현하고자 할 때, 기호의 자의성은 완전히 사라지는 대신 기표가 의미하고자 하는 기의는 그 명확성을 상실하고 모호해질 수밖에 없게 되는데 그것이 바로 엄밀하게 좁은 의미에서의 상징의 세계이다. 그리고 이러한 상징적 표현은 우의적 표현이 하나의 추상적 개념을 표현하기 위해 구체적 형상의 힘을 빌리는데 반해 그 자체가 하나의 형상이면서 동시에 개념의 원천이라는 의미에서 우의적 표현과도 다르다. 즉 상징적 표현은 표현할 수 없는 것, 도달할 수 없는 것이 형상 자체로 나타난 것으로써, 기표와 기호는 긴밀하게, 가장 자연스럽고 적합하게 연결되어 있으면서 역으로 기호와는 달리 모호할 수밖에 없는 경우이다.[23]

우리가 기호와 상징의 차이점에서 추출해 낼 수 있는 것은, 기호는 일의적이고 명확하며 세계의 설명에 적합하고 그 기호의 소통은 약속된 코드에 의해 가능하다는 것이다. 반면에 상징은 다의적이고 모

---

22) 이 경우 우리는 우의적 표현을 쓰는 것이라고 할 수 있다. 그때 우리가 쓰는 표현은 좁은 의미의 기호가 지니고 있는 기표와 기의의 일대 일 대응에 기댈 수가 없으므로 그 표현이 의미하는 현실의 일부를 구체적으로 형상화하여 나타내는 수밖에 없다.

23) 엄밀한 의미의 상징이 지니고 있는 성격에 대해서는 질베르 뒤랑 저, 진형준 역 『상징적 상상력』의 서문인 「상징주의의 어휘들」 참조. 문학과 지성사, 1998.

호하며, 그것은 상징적 표현을 쓰는 주체의 세계 이해의 표현으로서 약속된 코드, 관습으로부터는 벗어나 있다는 것이 될 것이다. 따라서 인간의 정신활동은 원초적으로 이 세상 법칙에 대한 정확한 이해를 바탕으로 세상 원리를 설명하고 진실을 발견하는 데 있다고 생각하게 되면 기호적 표현이 원초적이고 우의적이거나 상징적인 표현은 그것의 변형이거나 세상에 대한 '정확한 이해'를 획득하지 못했을 때의 부수적이거나 하위적 표현이 되어 기호에 흡수된다. 그리고 그러한 생각이 극단화되면 정확성에서 벗어난 모든 이미지적 표현은 필경 폄하될 수밖에 없다.

반대로 상징적 표현이 보다 원초적이라고 생각하는 쪽에서는 인간의 인식활동은 그 무엇보다 자신을 둘러싸고 있는 이 세상에 대한 이해를 바탕으로 하고 있고 인간 사이의 소통은 그 부수적 결과이며, 인간의 이성의 능력이라는 것도 이 세상에 대한 인간의 간접 표현 수단의 하나라고 주장한다. 또한 기호적 표현은 인간의 상징적 표현이 그 다의성을 상실하고 역사적으로, 문화적으로 그 의미가 축소된 경우일 뿐이라고 간주하면서 상징적 이미지가 발생론적으로나 그 의미상으로나 원초적이라고 주장한다. 그러한 입장에서는 기호적 표현도 넓은 의미의 상징적 이미지의 발생과 소멸의 한 단계에 속하게 되어 하나의 이미지로 포섭이 되는데, 그러한 논리를 토대로 서구식의 과학적 이론 · 추론이 존재하지 않는 사회는 존재할 수 있어도 제의 · 신화 · 상징 · 시 등이 존재하지 않는 문화는 존재할 수 없다는 사실을 내세운다.

하지만 우리는 아직 서둘러 그 두 입장 중 어느 한쪽을 옹호하거나 두둔할 때가 아니다. 단지 이미지의 제국은 그러한 양극단에 광범위하게 펼쳐져 있으며 우리가 접하는 이미지, 우리가 만들어내는 이미지는 그 광범위한 영역에 두루 산재해 있어 그 의미작용이 달라진다는 잠정적 결론만 내리기로 하자. 이미지에 대한 인식의 갈래 및 이미지 이해의 방법을 논할 제2·3장에서, 이미지론을 쓰는 우리의 입장은 자연히 밝혀질 수 있을 것이다.

# *image*

## 왜 이미지는 실재하는 만큼 중요한 대접을 받지 못했는가

이미지에 대한 인식의 갈래

제 1장에서 우리는 이미지가 무엇인가라는 질문을 던지고 이미지의 제국이 펼쳐 보이는 현란한 파노라마를 살펴보면서 이미지가 어느 특정 분야에 국한되어 존재하는 것이 아니라 우리의 삶, 우리의 표현 전 분야를 물들이고 있음을 확인한 바 있다. 우리의 의식 활동뿐만이 아니라 우리의 무의식 활동에서도 이미지는 형성되며, 그러한 이미지의 생성에 우리의 신체 전 감각이 참여하며 심리적·정신적 이미지가 있는가 하면 구체적인 물질을 통해 표현된 이미지까지 이미지의 범주는 한없이 넓다는 것, 그리하여 인간 표현의 양극단인 상징적 표현과 기호적 표현 사이의 전 범주를 우리가 이미지라 부를 수 있음을 우리는 확인했다.

그렇다면, 우리의 삶과 우리 표현의 전 분야를 물들이고 있다는 이미지에 대한 연구나 인식은 왜 빈약한 상태에 머물러 있는가? 세상에 대해, 삶에 대해, 인간 존재에 대해 태고 이래 무수한 성찰이 있었음에도 불구하고 왜 이미지는 그것이 차지하고 있는 중요한 위치만큼의 대접을 받지 못했는가라는 의문이 저절로 들 수밖에 없다. 도대체 인간은 인간 스스로를 어떻게 규정해 왔기에 스스로 이미지를 수없이 생산해 내면서 그 이미지와 이미지를 만드는 힘, 즉 상상력을 홀대해 오게 되었는가? 다시 말해, 이미지가 어떤 성격을 지니고 있기에 이미지를 생산하는 주체로부터 하찮은 대접을 받아 왔는가? 이런 질문들은 우리로 하여금 "과연 이미지란 무엇인가?"라는 이미지가 지닌 근본적인 특성은 무엇인가를 찬찬히 따져보고픈 생각을 갖게 한다. 따라서 제2장 역시, "이미지란 무엇인가?"라는 제1장의 질문의 연장선상에 있지만 1장의 개괄적, 경험적 섭렵과는 달리 이미지가 내적으로 지니고 있는 성격을 규명하는 데 할애될 것이다.

이번 장에서 우리는 우선 '그 무엇의 이미지'라는 이미지의 속성, 이미지는 언제나 이미지적 표현을 낳게 한 모델이 존재한다는 기본 속성에 착안하여 미메시스 Mimésis의 문제에 대해 성찰하면서 이미지의 성격을 규명하려 애쓸 것이다. 이어서 우리는 그러한 이미지를 하찮은 것으로 여기게 된 인식의 바탕을 알아보기 위해 서구의 성상파괴주의 흐름을 살펴보게 될 것이다. 이런 작업을 통해 우리는 서구적 인식론의 바탕을 이해하는 계기를 마련할 수 있을 것이다.

그리고 마지막으로 우리는 서구 합리주의 내에서 성상파괴주의의 압력에도 불구하고 이미지를 중시하는 흐름은 여전히 존재하고 있었음을 살펴보면서 이미지라는 존재의 의미를 다시 확인하게 될 것이다.

# ❶ 이미지는 언제나 '그 무엇(모델)'의 이미지이다; 미메시스와 이미지

발생론적으로 보았을 때 이미지는 언제나 그 어떤 모델로서의 실재 réalité가 존재한다는 것을 전제로 하게 된다. 즉 이미지는 언제나 '그 무엇'의 이미지인 것이다. 그렇다면 미리 전제되어 있는 이 모델과 이미지와는 어떤 관계가 있는 것인가라는 문제가 제기될 수밖에 없다. 이미지가 '그 무엇'의 이미지일 수밖에 없다는 것은 필경 그 어떤 이미지건 '그 무엇'을 상기시키고 환기시키는 유사한 점을 지니고 있어야 한다는 것을 의미한다. 그러나 이미지는 결코 '그 무엇' 자체일 수는 없으므로 '그 무엇'과는 다른 점을 또한 지녀야 한다. 닮아야 하면서 동시에 달라야 한다는 것이 이미지가 지닌 숙명적인 지위이며, 바로 그 역설, 그 모호함 때문에 이미지의 지위 자체는 항상 유동적일 수밖에 없다. 때로는 닮아야 한다는 속성이 강조되기도 하고 때로는 다름이 강조되기도 하며 또한 '그 무엇'이 도대체 무엇이냐, 즉 인간의 눈에는 절대로 보이지 않고 현상으로는 나타나지 않는 절대적인 진리요 가치냐, 아니면 자연현상, 혹은 물질 세계냐에 따라 똑같이 닮음을 강조하면서도 그 결과 도달한 인식은 달라질 수 있으며 다름을 강조하는 경우도 마찬가지이다. 또한 이미지가 '그 무엇'의 이미지로 존재한다는 것을 '그 무엇'의 관점에서 보면 '그 무엇'이 재생산된다는 것은 자신과는 다른 것을 낳는다는 것을 의미한다. 그리고 자신과는 다르지만 자신과 닮은 그 무언가를 낳는다는 것은 '그 무엇'이라는 존재, 현실이 단 하나의 유일한 존재나 현실이 아니라 (최소한 형태상) 그 복사가 가능하다는 것을 의미한다. 그런 의미에서 어느 존재의 유일성, 복사나 복제 불가능성을 주장하는 입장에 서게 되면 당연히 이미지는 현실 자체의 왜곡이나 파괴가 된다.[24]

하지만 이미지 없이 어떻게 현실을 보여줄 것인가? 이미지 없이 어떻게 사고를 보여줄 것인가? 또한 보이지 않는 존재를 도대체 어떻게 이미지로 보여줄 수 있을 것인가? 이미지의 가치를 평가 절하하더라도 이미지적 표현 없이 실재와 사실을 보여주는 것이 가능하다는 주장까지 할 수 있는가?

이렇듯 이미지는 이미지의 지위가 차지하고 있는 그러한 역설 때문에 무수히 다른 인식론적인 태도와 논란을 유발하고 있다. 하지만 이미지에 대한 논란이 많을 수밖에 없다는 것은 이미지가 지닌 지위의 불확실성을 드러내 보여준다기보다는, 때로는 닮음을, 때로는 다름

---

24) 유전자 조작이나 생명공학에 의한 생명의 복제 문제는 이미지의 관점에서 본다면 대단히 복잡한 문제를 야기시킨다. 그것은 복제된 생명체가 원 모델과 닮음-다름의 속성을 유지하지 않은 채, 즉 꼭 닮은 생명체이면서 또 다른 하나의 실재로 존재하게 되기 때문이다.

을 강조하면서 이미지의 성격·지위·가치를 각기 다르게 부여하는 인간의 관점과 인식의 차이를 드러내 준다고 보는 것이 옳을 것이다. 따라서 이미지에 대한 인식의 역사는 이미지 자체의 지위 변화의 역사가 아니라 인간의 인식 변화의 역사로 보는 것이 옳을 것이다. 우리는 그러한 태도를 일단 셋으로 나누어 이번 장에서 살펴보게 될 것인데, 그중 첫째가 이미지의 모방적 차원을 강조하는 입장이고 둘째는 반대로 이미지의 차이를 강조하는 관점이다. 하지만 그 두 관점만으로 과연 이미지가 지닌 모든 면을 다 설명할 수 있을까? 혹시 이미지를 그 모델로부터 분리시켜 이미지 자체로서 그 내적인 존재 이유와 발현 양식을 살펴볼 수는 없을까? 바로 이 질문에 대한 답이 이번 장의 세 번째 부분을 이루게 될 것이다.

## 1) 이미지는 모델과 닮아야 한다

이미지가 필경 그 자신이 아닌 다른 것과의 관계를 전제로 해서 존재하는 것이라면 이미지에 대한 평가는 그것이 얼마나 모델과 충실하게 닮았느냐에 따라 행해지게 될 것이다.

이미지와 모델 간의 닮음 관계에 대한 모색은, 서구에서 고대로부터 깊은 탐구의 대상이 되어 왔는데, 그 탐구는 대개 절대자의 이 세계 창조와 관련을 맺고 있어 신의 세계 창조에 대한 신학적 연구의 모습으로 나타난다.[25]

---

25) 우리는 이 점을 간략히 지적하고 넘어갈 필요가 있다. 서구 기독교나 이슬람교는 유일신 개념을 바탕으로 이 세상이 신의 의지나 행위를 통한 '무 無로부터의 창조 *ex nihilo*'라는 우주관을 지니고 있어 우주는 "누구에 의해 창조되었는가?"라는 질문을 우

하지만 그러한 논리도 미메시스의 개념을 어디에 두느냐에 따라 두 가지의 상이한 방향으로 나뉘어지게 되는데, 첫째는 외형적인 재생을 강조하는 관점으로서 그 어떤 구도에 의해 직품(이 세계)이 만들어졌다는 전제 하에 논리를 전개하는 입장이고(Demiurgos), 다른 하나는 재생을 강조하는 입장으로서, 이 우주는 생명체가 자연의 법칙에 따라 출산되듯이 신이 출산한 것이라는 전제 하에 논리를 전개한다 (Phytourgos). 전자의 입장은 고대 그리스 철학, 특히 플라톤 철학의 핵심을 이루고 있는 것이며, 후자는 육체화된 신 Dieu incarné [26]이라는 개념으로 기독교 신학에서 하나의 전형을 획득한다.

고대 서구에서는 수세기 동안 이미지에 대한 이러한 두 개념이 주류를 이루어왔다.

### ⅰ) 형태적 모방

우리가 첫 번째 다루어야 할 부분이 바로 이미지는 그 어떤 구도에 따라 모델을 충실히 형식적으로 재현한 것이라는 입장이다. 이미지

---

선으로 하고 있다. 하지만 반대로 동양 사회는 "우주는 어떻게 창조되었는가?"라는 질문을 우선하고 있다는 사실이다. 동양적인 세계관에서는 이 세계와 인간을 초월적인 창조주나 신의 피조물로 보지 않고, 따라서 궁극적인 원인이나 의지를 가지지 않은 자발적인 자기-생성적 우주의 중심적 존재들이라 여겨왔다는 것이다. 뒤에 다시 언급하겠지만 동양적 일원론의 세계관은 그런 의미에서 이번 장의 미메시스와 이미지의 관계 중 어느 항목에 해당되는가를 검토해보는 것도 흥미로운 일이 될 것이다.

26) 예수는 신의 피조물이 아니라 신의 핏줄인 것이다. 예수를 지칭하는 호칭이 여럿이 있으나 그 중 '육체화 된 말씀 Le Verbe incarné'이라는 표현은 말씀으로서의 신의 초월성, 훼손 불가능성과 그러한 초월성의 이 세계 내의 현현을 신의 핏줄의 강림으로 보는 생각의 결합을 잘 보여준다. 그러나 이 경우도, 초월계-세속계의 이원론적인 태도는 그대로 유지되고 있다는 점에서 앞서 주 25)에서 설명한 동양적 우주관과는 차이가 있다.

가 하나의 모델을 기술적으로 재생해 낸 것이라는(기술적·인위적 재생산) 생각은, 복사본이 모델에 충실해질 수 있도록 미리 구도가 있고 그 구도에 따라야 한다는 전제를 필요로 한다. 그 구도를 다른 표현으로 한다면 일종의 제작 의도 l'intention fabricatrice로서 바로 그 제작 의도가 모델의 형태를 충실히 재현해 내도록 구속 역할을 한다(플라톤의 표현대로라면 "눈을 모델에 고정하고"라는 금언이 될 것이다). 그 경우 모델과 복사품이 갖는 닮음은 그 무엇보다 외적인 형태에서 유래하게 되며, 따라서 그 형태적 닮음을 재현해 내는 장인적 기술이 필요하게 된다.

따라서 하나의 창조는(인간의 예술적 창조건 조물주의 우주 창조건), 미리 존재하는 하나의 구도(모델을 충실히 재현하겠다는)가 외부화되어 시공 속에 하나의 작품으로 놓이게 되는 과정을 의미하게 된다. 그리고 그 작품(이미지)에는 저자의 흔적과 표시가 남아 있어야만 한다.

이러한 개념을 우주 창조에 적용하게 되면, 아직 창조되기 이전에 모델이 미리 존재하고 있다는 것이 전제가 되고(이데아 Idéa, 절대 형태 Forme), 가시적인 세계의 창조란 조물주(장인 솜씨를 가진 초월자)가 자신이 소유하고 있는 본질을 하나의 모델, 구도, 패턴으로 삼아서 그것을 의도적으로 재생산해 낸 것이 된다.

따라서 지상에 존재하는 생명체들이 보여주는 자연적 출산의 과정들은 나름대로의 내적인 원칙들을 지니고 있는 듯이 보이지만 그것들도 원초적으로는 창조자의 의도와 솜씨에 종속되어 있어, 그리스의 예술이 보여주듯 자연보다는 예술, 기술, 구도가 중시되게 된다. 기술은 인위적 창조의 기술이 아니라 절대적 형태, 이상적 형태의 모방 기술이 되는 것이다.

플라톤의 철학은 바로 이러한 관점에서 절대적 형태로서의 이데아와 그 절대적 형태의 이미지로서의 이 세상을 해석해 낸 것이라고 볼 수 있다. 플라톤에게 이미지란 근원적 형태 la Forme essentielle, 즉 그 자체 en soi 스스로 존재하는 진정한 존재가 지닌 불변적 실체(본질)가 어떤 식으로건 종지부를 찍게 된 현상이다. 이미지란 절대적 형태를 충실하게 복사한 것이라 할지라도 그것이 이미 감각적 시공 속에서 여러 모습으로 표현되었다는 사실은 그 절대성이 상실되었음을 의미한다는 것이다. 따라서 이 세상 전체는 절대적 형태의 모방이자 이미지이지만, 그 절대적 형태의 흔적은 있되 그 절대성은 상실되어 있는 장소이다. 이 말을 뒤집으면 이미지는 절대 존재, 형태와 분명히 거리를 둔 일종의 추락된, 타락된 존재이면서, 동시에 그 원천에 오를 수 있게 하는 열쇠의 구실을 하게 된다. 우리가 경험하는 이 세계의 이미지는 따라서 그보다 앞서 존재하는 것, 그보다 높은 곳에

「아테네 학당」, 라파엘로,
1510/1511년,
스탄차 델라 세그라투라,
바티칸궁, 로마
로마 양식의 건물 입구에서
걸어나오는 두 인물은 그리스
철학자인 플라톤과
아리스토텔레스이다.
플라톤은 오른손 검지로 하늘을
가리키며 정신적인 이데아의
중요성을 강조하고 있다.

존재하는 것으로 이끄는 신비스런 이미지가 될 수도 있다.[27]

바로 그러한 관점에서 이미지는 세 등급으로 분류가 될 수 있는데, 간략히 요약한다면 첫째 가장 높은 위상에 불변의 절대적, 본질적 형태, 유토피아적 세계인 이데아 Eidos가 있고, 다음으로 감각에 직접 와 닿지는 않으나 모든 감각적 표현의 전형 prototype으로서 숫자와 기하학적 형태로 나타나는 이미지가 있으며(피타고라스의 세계관), 마지막으로 외부의 물질로 나타나 불순성과 뒤섞인 이미지가 있다(이 마지막 부분이 엄밀한 의미의 가시적 이미지이다).

### ii) 내적 속성의 재현

앞서 이야기한 대로 하나의 창조가 인위적, 예술적 구도에 따라 만들어진 것이 아니라 마치 부모가 자식을 낳듯 핏줄 관계에 의한 수태와 출산의 관점에서 이미지의 미메시스를 강조하는 입장이 있을 수 있다. 신은 우주의 창조자이면서 동시에 아들의 몸 속에 육화되어 나타난다는 입장으로서, 예수는 신을 외적으로 닮은 것이 아니라 신에 의해 탄생한 '하느님의 아들'이 되는 것이다.

서구의 기독교는 우리가 앞서 살펴본 바 있는 조물주의 구도에 의한 이 세계의 창조(신은 자신의 모습을 본 따서 인간을 만들었다)와 신이 낳은 자식을 통한 이 세계로의 현현(예수, 구세주)이라는 미메시스에 모두 입각해 있으나 그 내용은 상이한 개념을 결합하여, 신이 자신의

---

27) 흔히 플라톤주의를 관념과 물질세계를 명백히 구분한 이원론적 환원주의로 규정짓는 것은 플라톤 이해의 추상성에서 비롯되는 것으로, 이미지에 대한 플라톤의 생각을 검토해보면 이데아-물질의 이원론적 구분에는 단계별 소통의 가능성이 존재한다.

본질의 외적인 모방에 불과한 이 세상에 직접 현현할 수 있다는 이율배반을 해결하고 있다. 그러나 미메시스에 대한 이러한 개념은 반드시 구세주 강림이라는 종교적 교리에서만 나타나는 것이 아니라, 다른 예술적 표현에서도 나타난다. 흔히 놀라운 작품을 창조해 낸 후 예술가가 "이 작품을 정말로 제가 만들었습니까!"라고 찬탄하는 경우가 그것으로서, 비잔틴 예술의 성상 icône처럼 하나의 이미지가 인간의 손을 거치지 않고 나타나거나 새겨지는 신비스런 현상 같은 것이 된다. 성모의 얼굴이나 예수의 얼굴이 돌 위에, 혹은 벽면에 신비스럽게 나타난다는 믿음이 그중의 하나로써, 이 경우 그 이미지는 신의 현현 그 자체로서 변형이 불가능하다는 의미에서(임의 창조가 아니라 완벽한 복사이므로), 엄격한 전통적 규칙(명암, 원근 배제된)이 세워지게 된다.

### iii) 미메시스 논리의 정신사적·예술적 발현

하나의 이미지가 그 형태상으로나 내용상으로 모델과 비슷한 요소를 지니고 있어야 한다는 모방이론은 서구 사상과 예술에서 꾸준히 그 세력을 유지해 왔다. 이제 우리는 그러한 기본 사상을 바탕으로 하여 어떠한 인식과 어떠한 예술 사조가 탄생할 수 있는가를 조사해 볼 차례이다.[28]

플라톤주의와 신플라톤주의에 입각한 중세의 기독교 신학은 우리의 눈에 보이는 이 가시적인 세계가 신의 초월적 형태를 비추는 거울이자, 동시에 인간의 정신을 그 절대로 이끄는 매개자로서의 하나의

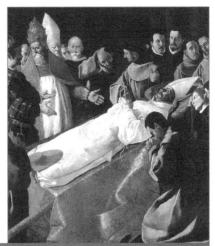

**「성 보나방튀르의 시신 안장」,
주바란, 1629년, 루브르 미술관**

성 보나방튀르는 가시적인
세계와 비가시적인 세계를 모두
포함시켜, 이 세계를 하나의 모델
역할을 하는 영원 불변의 절대 형태,
감각적인 그림자로서의 가시적 세계,
이 가시적 세계에 새겨진 영원성의
흔적, 이렇게 셋으로 구분하였다.

이미지라는 생각을 했다. 성 프란체스코 François d'Assise의 청빈주
의의 뒤를 이은 13세기 성 보나방튀르 Saint Bonaventure의 모범주
의는 바로 그 생각을 체계화한 것이다. 그는 가시적인 세계와 비가시
적인 세계를 모두 포함시켜, 이 세계를 하나의 모델(모범) 역할을 하
는 영원 불변의 절대 형태와 감각적인 그림자로서의 가시적 세계, 이
가시적 세계에 새겨진 영원성의 흔적, 이렇게 셋으로 구분했다. 따라
서 신의 창조란 신의 구도를 높은 곳으로부터 낮은 곳으로 비추이는

---

28) 물론 우리가 주의해야할 점이 하나 있다. 하나의 사상 및 예술 사조, 그중에서도 특히
   하나의 예술 사조는 여러 원형적 요인들이 어느 정도 복합적으로 어우러져 형성되지 단
   차원적으로 이루어지지는 않는다는 점이다. 하지만 그렇더라도, 하나의 사조가 그렇게
   형성되는데 주도적 역할을 하는 요소는 분명히 존재한다. 따라서 우리는 '미메시스-닮
   음'을 강조하는 입장이 비교적 큰 역할을 맡은 그런 사상 및 예술 사조를 언급하게 되
   는 것이지, 그러한 입장의 단순한 변형을 언급하는 것이 아니다.

거울의 작용과 비슷한 것으로 비교되었다. 그리하여 신을 향해 인간이 걸어야 할 길은 감각적 세계로부터 출발해 점점 더 높은 신을 향해 나아가는 길이 되며, 그것을 가능하게 해주는 것은 바로 이 가시적·감각적 세계에 새겨진 신의 흔적이다. '감각적 세계의 사물들이란 신이 표시한 보이지 않는 완성의 표현' [29]을 그 흔적으로 지니고 있기 때문이다. 따라서 신성의 이미지만이 그 이미지를 응시하면서 신성성 자체로 스며들 수 있게 해주는 것이 아니라 창조의 재현인 이 자연, 창조 자체인 이 자연의 모습들이 바로 창조자를 향한 하나의 초대가 된다.

바로 이러한 생각에 숲·바다·바람 등 자연의 신성성을 숭배하는 켈트족(프랑스·벨기에·네덜란드·아일랜드·스코틀랜드)의 감수성이 기꺼이 합류하면서, 성당 건축물에 자연적인 요소를 도입한 고딕 예술이 꽃을 피우게 된다.

한편, 플라톤의 사고를 그 기원에서 살펴볼 때 그것은 다양한 감각적 이미지들을 통해 빛을 발하는 절대적인 미 Beauté를 강조한 것이라고 볼 수 있다. 우리가 앞서 얘기했듯이, 플라톤의 사고에는 기술과 예술을 강조하는 형태주의적 측면이 이미 들어가 있었던 것이다.

그런데 플라톤이 강조했던 이데아는 초감각적이고 비가시적인 위치를 점하고 있었으나, 그 이데아가 예술가의 정신 속에서 구현되어 하나의 표현이 되면서 신플라톤주의가 나타난다. 그때 이데아는 비가시적인 영원불변의 상태로 높은 곳에 존재하는 것이 아니라 예술가의

---

29) 성 보나방튀르, 『신을 향한 정신의 여행 Itinéraire de l'esprit vers Dieu』, J. Vrin, 1990, p. 59.

정신 esprit 속에 존재하게 되며, 예술가는 자신의 정신 속에 깃든 그 이상적 모델을 물리적 세계 속에 복사해 놓는 존재가 된다. 앞서 말한 모범주의와 짝을 이루는 이러한 신플라톤주의 전통에서도 가시적인 세계와 비가시적인 세계 사이에 일종의 위계 位階가 존재한다. 그리고 바로 그러한 위계를 통하여 인간 내면의 눈, 정신의 시선이라고 할 수 있는 인간의 영혼은 신성한 모델을 응시하고 성찰할 수 있는 단계에 도달할 수 있다. 바로 거기서 모범주의와 신플라톤주의는 정확히 합류하게 되는데, 우리의 영혼은 일종의 상승작용을 통해 가장 물질적이고 불순한 이미지들로부터 비물질적이고 근원적인 이미지들까지 두루 섭렵할 수 있게 된다는 것이다. 가시적인 세계와 비가시적인 세계의 등급을 매기고, 가시적이고 물질적인 세계는 절대 불변의 흔적을 간직한다는(그것을 닮은, 그러나 타락한) 생각은 우리가 가시적인 세계에서 접하는 이미지들이 그 자체로 존재하는 것이거나 현실 세계의 모방이 아니라 비물질적인 세계로까지 연장된다는 의미에서 일종의 상징이 된다.

중세의 예술 중 비잔틴 예술의 성스러운 것이 세속적 이미지로 나타날 수 있다는 정신을 이어받으면서 신성을 머금은 인간적 이미지의 형상화에 초점을 맞춘 것이라면, 고딕 예술은 자연 현상 자체가 신성한 것이라는 켈트족의 감수성이 보나방튀르의 모범주의와 합류한 것으로서 성당의 건축물에 자연적인 요소가 도입되게 된 것이다.

또한 르네상스 시대의 수많은 예술 개념들은 우리가 앞서 말한 신플라톤주의에 입각해 있는 것으로서 예술가에 의해 창조된 모든 이미지들은 가시적인 형태의 완성만이 목표가 아니라 그 예술가의 정신 속에 깃든 전형적, 절대적 형태의 복사가 되어야 한다는 공통 분모를 지니고 있었다. 그 방향과 나타난 유형은 조금씩 다르지만 모범주의와 신플라톤수의는 미메시스에 입각한 플라톤주의적 전동의 연장선상에 있었으며 비잔틴 예술과 고딕 예술, 르네상스 예술 등도 바로 그러한 미메시스적 전통에 입각한 예술들인 것이다.

그런데, 비가시적 절대 형태의 존재를 전제로 한 이러한 플라톤적 전통에서 그러한 이데아가 사라지고 그 자리를 가시적 현상계(지각적·경험적 사실과 진리)가 대신하게 되면서, 미메시스의 전통은 사실주의의 범주로 좁혀져서 나타나게 된다. 하나의 구상 작품은 그 모델이 되는 자연 그 자체를 가장 정확하게 모사해야 한다는 것이다. 가시적인 현상계만 진실·진리로 삼느냐, 비가시적인 초월계도 상정하느냐 하는 형이상학적인 커다란 차이가 있음에도 불구하고 미메시스의 입장에서 보자면 플라톤의 형이상학과 사실주의적 전통은 동일선상에 놓일 수 있다.[30]

그 모두—그것이 비가시적 형태건, 가시적인 진정한 현실이건—유일한 존재로서 그것을 복수화 複數化한다는 것은, 그 진정성을 훼손한 모조품에 불과할 수 있다는 것을 대전제로 삼고 있는 것이다.

---

30) 우리가 서구의 성상파괴주의를 다루면서 다시 자세히 논하게 될 것이지만, 현실의 복사로서의 역할만을 이미지에 부여하는 사실주의는 사실상 이미지를 기호로 평가 절하하는 입장에 놓여 있는 반면, 플라톤주의, 신플라톤주의, 모범주의는 이미지가 하나의 상징이 된다는 점을 지적하기로 하자.

## 2) 이미지는 모델과 달라야 한다

### ⅰ) 미메시스의 변형

미메시스에서 닮음을 강조하는 것은, 그 의미가 초현실까지 연장이 되건 가시적인 현실세계에 그치건 일단은 이미지가 재현해 내는 모델의 절대성(유일한 진리)을 강조하는 것과 같으며, 그런 의미에서 하나의 이미지가 드러내는 모델 l'Un과의 다른 모습 l'Autre은 하나의 왜곡이며 훼손이다. 따라서 그러한 생각은 진실-왜곡의 이원적 대립 뿐만이 아니라, 이미지들(서로 상이한 것들) 간에도 등급과 서열을 낳을 수 있다. 하나의 이미지가 지니고 있는 필연적 숙명인 모델과 드러나는 차이점, 또한 이미지들 간의 차이점은 그 자체가 긍정적인 평가를 받을 수는 없는 것일까? 이미지가 지닌 미메시스의 측면을 무시하고 그 차이만을 강조하는 입장을 살펴보기 전에, 우리는 우선 간략하게 이미지의 미메시스적 측면을 전면 부인하지는 않으면서, 그 모델에 절대적인 가치를 부여하는 태도에 대해 문제를 삼는 입장들을 살펴보기로 하자.

첫째, 이미지와 모델 간의 관계를 하나의 유추적 관계로 보는 입장이다. 유추적 사고란 a와 b의 관계는 c와 d의 관계와 같지만 a와 c, b와 d는 전혀 다른 실재에 속해 있다는 사고를 말한다. 예컨대, "삶에서의 늙음이란 하루의 저녁과 같다"라고 표현했을 때 늙음과 저녁은 유추적 관계에 있지만 그 둘은 전혀 다른 현실을 지칭하는 것이다.

기독교 전통에서도 토마스 아퀴나스는 창조주와 피조물의 관계를 이런 유추적 관계로 설명한다. 조물주는 그 자체 권능과 행위가 일치하는 완전자이지만 피조물은 그 완전자의 결과물이기 때문에 개별적으로 지닌 능력과 완성도에 따라 다른 식으로 결정될 수밖에 없으며, 따라서 피조물은 조물주의 닮은 점과 다른 점을 동시에 지니고 있으니 상농적 相同的 관점에서 조물주와 피조물을 바라볼 수 없고 그 둘 사이의 관계는 유추적일 수밖에 없다는 것이다. 따라서, 피조물은 조물주와 비슷할 수는 있으나 영원한 최초의 존재인 조물주에 대한 완전한 인식에는 결코 도달할 수 없게 된다. 즉 그 극단에 이르더라도 인간은 자신의 능력에 따라 어느 정도 절대자를 인식할 수 있을 뿐이다. 인간 인식과, 현상계의 한계를 지적한다는 입장과 이미지들 사이의 위계를 설정한다는 입장에서는 앞서 살펴본 플라톤주의나 신플라톤주의와 같은 입장이라고 볼 수도 있지만, 이미지가 지닌 차이가 강조됨으로 해서 이미지가 신성성까지 가 닿을 수 있는 환기력은 현저하게 약해진다고 볼 수 있다.

둘째, 이미지들이 필경 모델의 복사들임으로 복수성 multiplicité 을 지닐 수밖에 없는 것이라면, 이미지들의 유사성을 객관적·불변적으로 존재하는 모델에서 찾는 것이 아니라 그 모델을 바라보는 주체의 시선에서 찾는 입장이 있을 수 있다.

무한하고 광대한 존재는 그 자체로 모든 것을 포함하고 있지만 동시에 축소된 이미지의 형태 속에서도 지각할 수 있고, 볼 수 있는 존재로 나타난다. 그러한 생각을 바탕으로 할 때, 이미지(아이콘)는 그 자체 가시적 현상이면서 비가시적 절대를 동시에 보여주며, 그 이미지는 가시적 형태를 지우면서 그 형태 너머를 바라보는 주체의 시선에 의해 절대 의미가 드러날 수 있다. 이러한 입장 역시 무한과 유한의 이원적 구분을 폐기한 것은 아니지만 그것 간의 유사성이 객관적 이미지라기보다는 이미지를 바라보는 주체의 시선 속에 존재한다고 생각한다는 의미에서 역시, 모델, 객관적 대상의 절대성을 흔들리게 한다.

셋째, 이미지적 표현을 통해 그 내용은 애초의 성격과는 다른 모양을 한 형태의 중개를 통해 전해짐으로 이미지와 모델과의 유사성을 그 형태에서 찾을 것이 아니라 표현적 기능에서 찾아야 된다는 입장이다. 이러한 원칙을 신학의 입장에서 채택한다면, 신의 뜻은 진리를 외부로 표현한 신의 말씀과 연결되어 있으며, 인간이 신의 이미지로 만들어졌다는 것은 인간이 신과 닮았다는 것이 아니라 신의 말씀에 참여하면서 그것을 각자 나름대로의 형식으로 표현하는 데 있다라는 것이 될 것이다. 또한 이러한 원칙을 인간의 언어적 표현면에서 적용한다면, 동일한 사고 내용이 여러 이미지로 표현될 수 있으며 그 어느 것도 표현하고자 하는 바와는 일치되지 않지만 그 이미지들은 동일한 내용과 동일한 관계를 지니고 있는 것이 될 것이다.[31]

이미지가 나름대로 지니고 있는 고유성(즉, 모델과 직접적 관련을 맺는 것이 아니라 그것으로부터의 일탈)을 강조하면서, 그 고유의 표현성이 모델과 맺고 있는 관계에서만 미메시스의 면모를 찾는 이러한 입장은, 이미지 속의 표현체와 표현된 것, 기의와 기표의 관계를

---

31) 스피노자와 라이프니츠를 거치면서, 이미지 각자가 나름대로의 차이를 지니면서 그것들이 진리와의 관계에 의해 아이덴티티를 획득하게 되는 이러한 표현적 특성을 강조하는 입장은 철학적 발전을 이룩하게 된다. 자세한 내용은 들뢰즈의 『스피노자와 표현의 문제 *Spinoza et le problème de l'expression*』 및 라이프니츠의 『아르노에게 보낸 편지 *Lettre à Arnaud*』, 1687년 10월 9일자, Aubier-Montaigne, 1972 참조.

이론화시킬 수 있는 방향으로도 나아가지만, 점차 닮음보다는 차이를 더 강조하게 되어 종국에는 그 표현체와 표현된 것의 관계가 순전히 기호적이고 유명론 唯名論적인 것이 되고 이미지에 대한 해석이 기호학적 차원으로 낮아지는 결과를 낳는다.

### ii) 미메시스에 대한 고발

미메시스에 근거하여 이미지를 해석하는 논리에 이러한 여러 각도에서의 반발과 새로운 해석이 덧붙여지면서, 미메시스에 대한 본격적인 반론과 부정이 있게 되는데, 헤겔 Hegel의 다음과 같은 표현으로 간략하게 압축될 수 있다.

"모방을 통해 자연과 경쟁하려 한다면 예술은 언제나 자연의 하위에 놓이게 될 것이고, 그 모양은 흡사 코끼리와 어깨를 겨누기 위해 노력하는 벌레와 비교할 수 있을 것이다."[32]

요컨대 인간적 창조에 제대로 된 가치와 의미를 주려면, 그것을 그 지시 대상 référent이나 모델로부터 독립시켜 자율성을 부여해야 한다는 흐름이 근대성의 기본을 이루고 있었다. 그에 따라 이미지에 대한 가치 부여도 달라지게 되고, 급기야 이미지는 그 지시 대상이나 모델과는 유사한 점이 없는 자의적이고 인위적인 기호가 된다. 그 과정을 간략히 살펴보기로 하자.

중세까지 이미지에 대한 논의는 대개 신학의 연장선상에 위치해 있

---

32) 헤겔, 『미학 *Esthétique*』의 「Introduction」, Aubier, 1964, p. 48.

었고 따라서 감각적인 것과 초월적인 것, 가시적인 것과 비가시적인 것 간의 상징적 관계의 맥락에서 이미지를 연구했다. 따라서 회화의 장르에서도 이미지는 주로 성상(아이콘)의 재현과 그것의 해석과 연관되었다. 하지만 르네상스 시대에 접어들면서 미술 장르 중 특히 회화는 가시적인 세계를 일정한 화폭의 틀에 담는 쪽으로 선회했다. 회화는 눈에 보이는 것을 충실하게 재현하는데 열중했으며, 그런 의미에서 비가시적인 세계는 사라지고 현실의 복사로서의 미메시스 전통을 이어받았다고 볼 수 있다.

비가시적인 세계를 상동적 이미지로 재현해 내는 것보다 가시적인 세계를 재현해 내는 것은 어찌 보면 더 쉬운 일이다. 하지만 가시적인 세계를 사실적으로 재현해 내는 기술의 발전은 오히려 회화를 미메시스의 논리에서 벗어나게 하는 계기를 제공하게 되었으며, 실제로 존재하는 대상과 재창조된 예술 공간의 이질성만 더 드러내게 되어 미메시스 자체의 불가능성을 확인시킨 결과를 낳게 된다. 그 과정은 원근법의 창안과 그 결과를 검토해 보면 비교적 쉽게 이해될 수 있다.

회화에서의 원근법은 대상을 사실적으로 표현하고자 하는 의지에서 도입된 것으로 보는 것이 일반적인 견해이다. 즉 3차원적으로 지각된 것을 2차원적인 평면으로 재현하면서 그 대상에 3차원적인 입체감을 부여하기 위하여 원근법이 도입된 것이다. 그러므로 원근법은 대상을 '우리 눈에 보이는 대로' 충실하게 재현하는 것을 그 목표로 하고 있다. 하지만 '우리 눈에 보이는 대로'라는 그 목표 자체가, 재현된 이미지의 인위성과 인습성을 역으로 증명해주고 있다. 보는

「성 삼위일체」, 마사초,
1425년경, 프레스코 벽화,
피렌체, 산타 마리아 노벨라 성당
초기 르네상스 화가인 마사초는
원근법을 이용하여 십자가에 매달린
예수의 뒤로 실제로 깊은 공간이
있는 것 같은 환상을 불러일으킨다.

이의 각도에 따라 대상은 얼마든지 다르게 보일 수 있으며, 또한 보는 이의 정신적 상태·체질·시력에 따라 대상은 언제나 다른 모습을 띨 수 있다. 따라서 원근법에 의해 재현된 그림과 현실 사이에는 자동적인 상동 관계가 전혀 존재하지 않게 된다.

　따라서, 대상을 보다 사실적으로 재현·묘사하겠다는 취지에서 도입된 원근법은, 화가의 눈과 손을 통해 재현된 이미지는 심리적이고 추상적이고 상상적인 공간을 시각화한 것이고, 그것은 대상과는 무관한 인위적인 체계들로 이루어져 있다는 생각을 강화하는데 기여했다. 그리하여 하나의 그림은 그 지시 대상(모델)과의 직접적 관련성을 상실하고, 대상을 그 대상과는 무관한 인위적이고 코드화된 틀로 번역해 낸 것이 된다.[33]

이 세상을 사실적으로 재현하겠다는 생각은, 재현된 이미지의 인위적, 자의적 성격을 두드러져 보이게 해서 이미지 자체가 지니고 있는 내재적 의미를 상실하게 만든다. 예술의 이미지는 본질적인 의미를 지닌 것이 아니라 현실을 재현하는 인위적 기호로 취급되고, 회화 공간은 사물의 내밀한 성격을 표현하는 것이 아니라, 그 사물을 인간이 창안한 인공물이라는, 전혀 다른 성격을 가진 기호로 대체하여 표현하는 것이다. 좀더 풀어서 설명한다면 회화의 이미지는 약속된 규칙대로 색과 형태를 배열해서, 그 그림을 인간이 알아볼 수 있도록 하나의 외관을 만들어 낸 것이 된다.[34]

이미지가 그 내재적 의미를 상실한다는 것은, 이미지와 그 대상과

---

33) 우리는 여기서 두 가지를 지적할 수 있다. 하나의 그림을 사실적으로 인식하게 하는 코드는 약속체계로 그 코드를 사용하는 문화권에서는 하나의 객관적 코드이다. 하지만 그와는 다른 인식 코드를 지닌 문화와의 관계에서 볼 때 그 코드는 부분적이고 주관적이다. 따라서 이 세상을 보이는 그대로 재현하겠다는 객관적인 요구는, 그 시선 코드에 따라 복수적으로 형상화되어 나타날 수밖에 없으며 그 사실은 그런 복수성, 차이 너머에서 삶을 총체적으로 인식하겠다는 그노스적인 인식을 포기할 수밖에 없게끔 만든다.

34) 예술 이미지가 내재적 의미를 상실하고 인위적 가공물이 되는 과정을 앞장에서 우리가 살펴본 상징적 이미지와 기호적 이미지의 구분에 비추어 보면, 상징이 기호화되는 현상이라고 쉽게 납득할 수 있을 것이다.

의 관계에 유사성이 상실되었다는 것을 의미한다. 하나의 이미지는 인위적 가공물일 뿐 그 참조 대상과는 무관하게 하나의 기호로 존재하게 되는 것이다. 이미지가 대상과 맺고 있는 닮음의 속성이 부정되고, 미메시스가 일종의 파문을 당하면서 그 다른 속성만이 강조되어 언어의 자의성에 결정적으로 종속되게 된 것은 데카르트 R. Descartes에 의해서이다.

"그 어떤 이미지도 그것이 재현해 내는 대상과 닮을 필요가 없다"[35] 라고 선언한 데카르트는 플라톤의 미메시스론을 완벽히 뒤집는다. 그는 동판인쇄 그림을 예로 들면서, 원근법을 적용하면 실제로는 원의 모양이 달걀형으로, 사각형은 마름모꼴로 표현되어야 우리가 그것을 원으로, 사각형으로 인식할 수 있다고 하면서, 하나의 이미지가 진실한 것이 되려면, 그리고 보다 완벽한 이미지가 되어 대상을 보다 잘 표현하려면 오히려 대상을 닮지 않아야 한다고 주장한다. 중요한 것은 우리의 지적 판단에 의해 그 지시 대상을 알아 볼 수 있게끔 적절한 기체 基體(토대)를 사용하는 것이다. 합리주의 철학과 고전주의 예술의 시대였던 17세기 프랑스에서 색에 대한 데생의 우위, 시각적인 것보다 언어의 우위가 확립된 것은 바로 그 풍토 하에서이다.

합리주의에 입각한 데카르트의 철학에서 이미지는 자의적인 기호 체계가 되어 표현체와 표현된 것 사이에는 우발적이고 기능적인 관계만 존재할 뿐 자연적이고 적합한 관계는 존재하지 않는다(다시 한 번 상징과 기호에서의 기표와 기의의 관계를 상기할 것). 그러한 인식에서

---

35) 데카르트, 『굴절광학 La dioptrique』, Garnier, p. 685.

회화 이미지가 시대에 따라 그 법칙이 바뀔 수 있는 표현의 코드 형태로 간주되고, 그 코드가 지시 대상을 직접 잘 지시할 수 있느냐 하는 원칙에 따라 실용적으로 변화할 수 있게 된 것은 따라서 당연한 일이라 할 수 있다. 이로써 회화는 구체적이고 감각적인 현실만을 회화적 코드에 따라 재현해 내는 사실주의의 길로 접어든다.

### 3) 모델 없는 이미지—이미지는 창조이다

미메시스에 입각하여 우리는 이미지가 대상과 닮아야 한다고 주장하는 측면과 그와는 반대로 이미지가 대상을 보다 잘 환기시키기 위해서는 대상과는 일탈해서 인위적인 코드 체계를 지녀야 한다는 상이한 두 입장을 검토해 보았다. 그런데 이미지가 모델이 지닌 닮음과 차이 중 한쪽만을 강조하는 이런 상이한 두 입장은 하나의 공통점을 지니고 있다. 그것은 그 어떤 이미지건 그 이미지를 낳은 모델을 필연적으로 미리 상정하고 있다는 것이다. 즉 두 경우 모두 하나의 이미지는 그 모델과의 관련성 하에서 가치 부여의 대상이 된다.

이미지의 자의성을 강조하는 경우에도 그것은 그 이미지의 지시 대상(모델)을 지우는 것이 아니라 오히려 그 지시 대상의 현존성을 더욱 강조하는 것이다. 우리가 기호의 특성에 대한 검토에서 지적했듯이 엄밀한 의미의 기호에서 기표와 기의의 관계는 자의적이지만, 즉 하나의 기표는 그것이 의미하는 바와 아무런 필연적 관련성이 없지만 그렇게 자의적인 기표들은, 그 기표들이 구성하고 있는 체계에 의해 지시 대상과 정확하게 1:1로 대응한다는 사실을 다시 상기하기 바란다. 따라서 그 두 입장에 차이가 있다면 사물이 지니고 있는 의미, 이 세계라는 책이 지니고 있는 의미를 그것을 낳게 한 근원까지 (비가시적인 근원) 거슬러 올라갈 수 있게 하는 유사성에서 찾느냐, 아니면 그 근원적 의미를 지우고 그 사물, 세계의 언어를 인위적으로 코드화된 다른 체계로 번역해 내서 보여주느냐의 차이만 있을 뿐이다. 즉 전자는 발생론적으로 이미지와 그것의 의미와의 관계를 이은 것이고 후자는 그 관계를 끊은 것이지만, 둘 다 하나의 진리, 객관적 진리를 내세우고 있다는 점에서는 차이가 없다. 단지 전자가 내세우고 있는 진리가 본질적이고, 본원적이며, 보이지 않는 절대 진리라면 후자의 진리는 우리가 지각할 수 있고 추론할 수 있으며 검증 가능한 객관적 진리라는 데 차이가 있을 뿐이다.

그렇다면 우리는 이렇게 자문해 볼 수 있다. 우선 모든 이미지에는 반드시 그에 상응하는 전형으로서의 모델이 있어야 하는가? 우리가 구상화라 부르는 그림, 특히 종교화에는 원 모델이 없는 인물들이 수없이 많이 등장하지 않는가? 설사 모델이 있다 하더라도 예술가는 그 모델이 지니고 있는 유일한 진리를 재현하는 것이 아니라 나름대로의 표현을 통해 이제까지 세상에 드러난 바 없는 새로운 진리를 창조해내는 것이 아닐까?

바로 그 점에 있어서 들라크르와 Delacroix의 그림에 대해 언급한 보들레르 Baudelaire의 지적이 시사적이다. 그는 "가시적 세계 전체란 상상력에 의해 상대적 가치와 지위를 부여받게 될 이미지와 기호의 보관소 같은 것이다. 그것은 상상력에 의해 소화되고 변형될 반죽 같은 것이다"[36]라고 말했다.

요컨대 이미지란 자연이 그 자체로 지니고 있는 근원적 의미를 재현하는 것도 아니고 자연을 있는 그대로 객관적으로 재현해 내는 것도 아니라, 그 대상을 상상력을 통하여 숨어 있는 의미, 새로운 의미의 운반자로 변형시키는 것이다.

한편 우리가 앞서 살펴본 신플라톤주의에서도 절대적인 위치를 점하고 있던 이데아가 예술가의 정신 속에서 구현되는 하나의 정신적 표현이 되면서 이미지의 자율성은 크게 강조된다. 신플라톤주의의 시조 격인 플로티누스는 이렇게 말했다. "예술은 직접적으로 가시적 대상을 모방하지 않는다. 예술은 자연적 대상들이 나오게 된 이치로까지 올라간다. 또한 예술은 그 자연적 사물들에게도 유익하다는 사실을 덧붙이기로 하자. 예술은 아름다움을 지니고 있음으로 해서 그 사물들의 결점을 보충해 주기 때문이다."[37] 이들에 의해 이미지는 대상의 재현이 아니라 변형과 보완에 의한 상징적 상상력의 창조물이 된다. 이미지를 그 대상, 진리와 격리시켜 그 나름대로 의미를 지니고 있는, 새로운 진리를 만들어가는 창조물로 인식하는 흐름은 성상에 대한 인식론, 텍스트의 해석학 등의 접근을 통해 꾸준히 이미지 인식의 중요한 한 흐름을 형성해 왔다. 그러나 그에 대한 자세한 언급은 이 책의 다음 장에서 있게 될 것이고, 여기서는 초상화 portrait를 예로 들면서, 하나의 이미지가 그 자체 하나의 창조이고, 최초의 출현으로서의 의미를 부여받게 되는 과정을 간략히 설명해 보기로 하자.

한 인물의 초상을 화폭에 담는 경우 화가는 그 모델의 어떠한 면을

---

36) 보들레르, 『1859년 살롱평, *Salon de 1859*』, *Oeuvres Complètes*, Gallimard, 《La Pléiade》, 1961, p. 1044.

37) 플로티누스, 『*Ennéades*』-뷔넨뷔르제의 『이미지의 철학 *La philosophie des images*』, p. 136에서 재인용.

포착하여 형상화하는가? 화가가 실제로 접한 모델의 얼굴은 실제 삶의 시공 時空 속에서는 수시로 수없이 변화하고 매 순간 그 특징이 다르게 나타날 수 있다. 따라서 초상화는 분명히 모델이 있으면서 모델이 없는 이상한 경우라고 볼 수 있다. 그렇다면 초상화는 무엇을 포착하여 그것을 이미지로 재현해 낼 것인가? 사진으로도 포착하기 어려운 그 무언가 반짝이는 특징을 순간적으로 포착해 내서 재현하는 것인가? 하지만 그런 방식으로라면, 즉 초상화가 결국 그 모델의 가변적인 현실성을 그대로 받아들여 그에 충실하게 그려져야 하는 것이라면 한 인물의 초상화는 수도 없이 여러 번 그려져야만 할 것이다.

그렇다면 초상화란 수도 없이 변화하는 얼굴들을 겹쳐 놓고 그 용모 중 불변하는 모습을 추출해 내서 일종의 기하학적인 모형을 만들어 내는 것일까? 그러나 그렇다면 그 초상화는 하나의 뼈대 같은 것이 되어 그 생명력을 상실하고 기하학적 도형 같은 것이 될 것이다. 하나의 초상화란 그 인물이 그 어떤 모습으로도 변화할 수 있는 가능성을 포함한 본질적 진실을 담고 있으면서, 동시에 그 초상이 매번 새로운 의미와 얼굴로 생생하게 살아 있어야만 한다. 즉 위대한 초상화란 대상의 단순한 복사가 아니라, 우리에게 그 존재의 내면과 일치하게끔 이끌고 그 모델이 타고난 내면적 특성을 파악할 수 있게 해주는 것이다. 초상화가 우리의 눈에 보여주는 이미지는 그 용모들을 이럭저럭 섞어 놓은 것이 아니라, 그로부터 온갖 표현들이 태어날 수 있는 하나의 원천적인 이미지가 된다.

그런데 그 원천이 되는 근원성은, 하나의 가시적이고, 물리적인 어느 시공에 붙박혀 있는 것이 아니라 어느 정도 초월적이고 비가시적

**「모나리자」, 레오나르도 다 빈치, 1503~1506, 루브르 미술관**
「모나리자」는 그 용모 뒤에 숨어 있는 것과 보이는 마스크 아래 있는 것을 표면에 떠오르게 하면서, 우리의 감각에는 보이지 않는 그 원천을 표층에 떠오르게 하는 초상화이다.

인 것이 아닐까? 따라서 우리는 이렇게 말할 수 있을 것이다. 훌륭한 초상화란, 그 용모 뒤에 숨어 있는 것, 즉 보이는 마스크 아래 있는 것을 표면에 떠오르게 한 것, 그 얼굴의 온갖 가시적인 모습들을 태어나게 하는, 우리의 감각에는 보이지 않는 그 원천을 표층에 떠오르게 한 것이라고 할 수 있는 것이다. 르네 위그 René Huygue가 레오나르도 다 빈치 Léonardo de Vinci의 「모나리자 La Joconde」에 대한 글에서 "손과 시선을 통해서 포착할 수 있는 현실들뿐만 아니라 외관을 지니지 않으며 오직 직관을 통해서만 파악될 수밖에 없도록 되어 있는 비물질적인 현실들까지도 회화 속에서 가시적인 것으로 만들고자 하는 방대한 기획을 지닌 레오나르도는, 심리적인 삶을 그것이 현존하는 공간 속에서 또 그것의 시간적인 흐름 속에서 가시적으로 캐치하여 고정시켜 보려는 정도에까지 이르렀다"[38]라고 말한 것을 우

---

38) 르네 위그, 『모나리자의 神秘』, 김화영 역, 열화당, 1977.

리는 여기서 우리의 것으로 삼아도 될 것이다.

따라서 위대한 초상화는 시공 속에서 여러 용모를 갖게 되는 실제의 모델보다도 더 낳은 것을 환기시키고, 실제의 그 모델이 보여주지 못하는 것을 보여주는 하나의 창조가 된다. 모나리자를 바라보면서 우리는 이 세상에 대하여, 삶에 대하여 새로운 비전을 경험하고 마련할 수 있게 되며, 현실 자체가 그 이미지(그림)를 통하여 새롭게 인식될 수 있게 된다.

이미지에, 예술에 그러한 의미를 부여할 수 있게 된다면 이미지가 단순히 모델의 재현이라는 생각은 유보될 수밖에 없다. 이미지는 대상의, 세계의, 실재의 복사가 아니라 대상, 실재, 세계를 그 이미지를 통하여 볼 수 있게 하는 또 하나의 능동적 주체가 된다.

그러한 입장에서 볼 때 예술가란 외부의 사물을 모방하는 사람이 아니라, 우리의 경험 속에서는 접할 수 없었던 이상적이고 본원적인 형태로 그 사물을 복원하는 사람이며, 따라서 예술은 미리 존재하고 있는 형태를 복사한 것이 아니라, 비가시적인 상태에 머물러 있던 것에 처음으로 얼굴과 형태를 부여한 것이 된다. 그렇게 될 때, 실제의 사물(대상, 모델)은 어떤 의미에서는 그것의 복사인 이미지보다 근원적인 것으로부터 멀리 떨어진 범상한 존재일 수도 있다. (「모나리자」라는 그림과 실재 존재했을 모델과 관련지어 생각해 보라. 「모나리자」라는 걸작을 가능케 했던 것은 그 모델의 근원성, 뛰어남이 아니며, 「모나리자」라는 그림의 이미지가 실제 모델보다 훨씬 더 생생하게, 새로운 내적 체험을 가능케 해주면서 모델과는 상관없이 영원히 살아 있다.)

다시 말하자면, 이미지가 그 모델과의 외적인 관련성을 끊는다는 것이 곧 이미지의 자의성을 두드러지게 만드는 것은 아니다. 앞서 살펴보았듯이 이미지의 자의성을 강조하는 경우 이미지는 약속된 코드와 관습에 종속되게 되어 있다. 하지만 이미지의 자율성이 강조되는 경우 이미지는 모델에서도, 약속된 코드에서도 해방된 그 자체가 최초의 출현이 된다. 자연을 화폭에 담는 경우, 좋은 그림은 장엄한 실제의 자연보다 더 많은 감동을 주는 새로운 창조물이 된다. 즉 그림을 통하여 보는 자연은 새롭게 창조된 새로운 세계관이요, 세계 자체가 된다.

하지만 그림 속의 자연은 실제의 자연과는 엄연히 다르게 존재하며, 그림이 우리에게 더 감동을 준다고 해서 실제의 자연을 폐기하거나 무효화시키지는 못한다. 우리가 만드는 이미지가 현존하거나 부재하는 대상의 모방이 아니라고 해서 그 존재 자체를 거부할 수 있게 만드는 것은 아니다. 또한 우리의 삶을 물들이고 있는 수많은 이미지 중에는 그런 상징적 의미로 읽힐 수 있는 이미지가 있는가 하면 모방과 복제에 충실한 이미지도 있고 기호 이미지도 있다. 그렇다면 그 자체가 하나의 존재는 아닌 이미지를 어떻게 존재와 결부시키고, 창조적 이미지와 수동적, 모방적 이미지를 종합한 이미지 인식은 어떻게 가능할 수 있을까?

우리는 그에 대한 해답을 다음 장에서 찾기로 하자. 여기서는 이미지의 창조성과 상징적 상상력으로서의 이미지의 자율적 가치를 강조하면서 이미지는 오히려 절대적 진리나 객관적 진리와는 멀어지고, 쉽게 표현될 수 없는 모호한 함의 含意를 더 품게 된다는 것을 우리가 확인하게 되었다는 사실을 지적하기로 하자. 이미지를 그 지시 대상,

모델과의 관련 하에서 그 닮음을 강조하건 그 차이를 강조하건, 이미지의 자율적 창조성을 강조하건, 이미지는 불변의 진리 혹은 객관적으로 검증된 진리와는 일정한 거리를 유지한다. 바로 그 때문에 객관적이고 유일한 진리를 중시하는 인식이 주된 흐름을 차지하고 있는 문화권에서 이미지는 대체적으로 경시되거나 억압을 받게 되는데, 서구 문화가 바로 그 대표적인 예가 될 것이다. 이제부터 우리가 확인하려 하는 것이 바로 서구 인식의 바탕이 무엇이기에, 어떻게 그리고 왜 이미지가 억압받아왔는가 하는 것이다.

# ❷ 이미지 평가 절하의 흐름—서구 인식론 내에서

## 1) 서구의 인식론은 로고스 중심주의에 입각한 이원론적 세계관

흔히 우리는 서구의 인식론을 로고스 중심주의에 입각한 이원론적 세계관이라고 말한다. 하지만 로고스는 단순히 이성으로, 이원론은 대립되는 두 항을 설정하는 태도 정도로 이해될 뿐 개념 정리가 제대로 되어 있다고 볼 수는 없을 것이다.

우선 이원론 dualisme부터 살펴보기로 하자. 일원론 unicisme과 대비되는 이원론을 우리는 흔히 여러 요소들이 서로 이항대립구조를 드러내거나 혹은 그 요소들을 두루 수렴할 수 있는 상호 대립적인 두 개의 항을 설정했을 경우에 해당되는 것으로 이해한다. 그러나 이원론을 그런 식으로 이해한다면 이 세계를 선/악의 대립으로, 진실/거짓의 대립으로 보는 태도와 이 세계를 음/양의 조화로 보는 경우 사이의 차이가 밝혀지지 않으며 두 태도 모두 이원론에 입각해 있다고 잘못 결론을 내릴 수도 있다.

하지만 이원론적인 태도와 일원론적인 태도는 대립되는 두 항의 설정여부가 아니라 그 대립되는 항 사이의 관계를 어떻게 보느냐에 따라 결정된다. 예컨대 한 사람의 행위를 놓고 그 행위가 선한 행동과 악한 행동의 어느 항 중의 하나이고, 그 둘이 서로 양립 불가능하다고 보는 태도가 이원론적인 태도이다. 즉 엄밀한 의미의 이원론이란 '대립하는 두 항이 너무나 철저하게 상호 부정적이거나 양립 불가능한 까닭에, 두 항 사이에서 그 둘을 아우르거나 통일시킬 수 있는 어떤 상호 관계도 발견할 수 없거나 아니면 발견해 내려는 의지 자체가 아예 배제되어 있는 경우'[39]를 말한다. 따라서 이원론적인 태도는 이 세계를 선 아니면 악, 진실 아니면 거짓 등의 대립으로 파악하면서, 대립 항들 사이에는 그 어떤 동질적 요소도 존재하지 않는 길항적인 관계가 존재하는 것으로 본다. 그리고 그 이원론이 극단으로 흐르면 대립 항들 중 선과 진실의 이름으로 다른 항은 퇴치되어야 한다는 태도가 가능하고 그 태도가 바로 독단론 monisme이다. 즉 대립되거나 이질적인 요소 자체의 존재 자체를 인정하지 않는 것이 이원론이 강화된 독단론이다.[40]

반대로 일원론은 대립되는 두 항목(또는 여러 항목이어도 좋다)이 비록 현상적으로는 이질적인 모양을 하고 있지만 그 안에는 동질적인 요소들을 포함하고 있어 상호 소통이 가능하다는 입장이다.

쉬운 예로 음/양의 대립의 경우를 들어 설명해보자. 개념상으로는 양립 불가능해 보이는 음/양의 대립은 실제상으로는 우리가 생각하

---

39) 兪平根, 「보들레르 연구: 이원론을 중심으로」, (in 『石潭 金鵬九 教授 華甲 紀念論文集』, 民音社, 1982), p. 249.
40) 사전에서 *monisme*을 일원론으로 번역해 놓은 것은 그러므로 커다란 잘못이다.

듯 그렇게 절대적이지 않다. 예컨대 햇빛 쨍쨍 내리쪼이는 한낮의 거리와 불을 켜놓은 실내, 불을 꺼놓은 실내의 밝기를 상호간의 음양 관계로 짝지어 보자. 한낮의 거리와 불을 켜놓은 실내를 대비시켰을 때는 전자가 양이 되고 후자가 음이 된다. 그러나 불을 켜놓은 실내와 불을 꺼놓은 실내를 대비시키면 앞의 대립에서는 음이었던(불을 켜놓은 실내) 것이 상대적으로 양이 된다. 즉 음과 양은 서로 넘나들 수 있으며, 음/양의 대립은 절대적 대립이 아니라 정도의 차이에 따른 상대적 대립이라는 것을 알 수 있다. 또한 음 내부에는 양적인 요소가, 양 내부에는 음적인 요소가 들어있다는 사실을 우리는 알 수 있으며, 현상적으로는 음/양이 대립되는 모양을 하고 있지만 그 현상들을 낳게 한 모태, 최초의 원인은 동일하다는 생각이 음양론에는 들어 있음을 알 수 있다. 그렇기에 일원론은 여러 이질적인 것들 간의 차이를 인정하며 그것들을 유기적인 관점에서 (한 배에서 나왔다는 의미에서) 바라보고 그 차이들 간의 조화와 균형을 중시한다.

요컨대 우리가 일원론, 이원론이라고 했을 때의 원 元의 개념을 우리는 원천, 뿌리라는 뜻으로 이해해야 하며, 모양이 달라도 뿌리는 동일하다는 사고가 일원론이고 모양이 다르면 그 뿌리도 다르다고 주장하는 사고가 바로 이원론인 것이다.[41] 지나는 김에 한 가지만 더

---

41) 이해를 돕기 위해 한 가지 예를 더 들어 보기로 하자.
　우리가 흔히 빚는 오류 중의 하나가 태극 문양 文樣(☯)과 일장기의 문양(●)을 놓고 전자를 이원론적이라고, 후자를 일원론적이라고 규정하는 태도이다. 하지만 사실은 그 정반대이다. 태극 문양의 대립되는 두 항은 서로 조화롭게 어우러져 있기에, 그것들을 조화롭게 만드는 보이지 않는 원리, 즉 그 이질적인 것을 함께 내보낸 동일한 모태를 상상하게 된다. 그러나 붉은 빛의 해를 상징하는 일장기의 경우 해(밝음·빛)와 대립되는

지적하기로 하자. 엄밀한 의미에서의 일원론적인 태도는, 그것이 기본적으로 다양한 인식의 공존 가능성을 인정한다는 의미에서 이원론적인 태도와도 대립되는 것이 아니라 그것을 감싼다는 사실이다. 일원론적인 태도는 세계를 선/악, 참/거짓의 둘로 나누어 보는 태도와는 결별하지만, 세계를 이원론적으로 보는 태도 역시 인간이 이 세계에 대하여 지닐 수 있는 태도요 인식들 중의 하나로서 감싼다. 따라서 상대성을 인정하는 입장에서 절대성조차 하나의 상대성으로 받아들이는 태도가 일원적 태도라고 우리는 말할 수 있다.

서구의 공식적이고 주된 인식론이 이원론적이라는 것은 따라서 서구적 인식론에서는 절대 선, 절대 진리가 배타적으로 내세워져서 이질적인 대립 항들을 상대적으로 억압하거나 평가 절하하여 왔다는 것을 의미한다. 그리고 대립 항이 등장할 때에도 그것은 언제나 한쪽의 절대성을 강화하기 위해서이지 그 자체가 존재 이유를 부여받아서는 아니다. 예컨대 신학에서 악마의 존재는 신의 존재를 더욱 정당화하기 위하여 동원되고, 어둠은 빛을 더욱 빛나게 하기 위하여 동원될 뿐(「드라큘라」영화를 상기하라),[42] 그 둘이 사이좋게 공존하지는 않는다. 그리고 그러한 서구의 이원론적인 인식의 중심에 있는 것이 바로 로고스이다.

우리는 로고스라는 개념을 파토스 pathos와 대립되는 개념으로서,

---

달, 어둠 등은 추방되어 있다. 따라서 두 항을 설정해 놓은 태극 문양이 오히려 일원론적인 세계관을 보여주고, 일장기의 문양은 이원론이 극단화된(이질적인 항목이 제거된) 독단론의 세계관을 보여준다.

42) 우리가 앞서 다룬 문학적 이미지인 수사학에 적용하면 대조법 antithèse(혹은 대립 명제)이 바로 이 이원론적인 사고에 부응한다고 볼 수 있다.

흔히 이성을 뜻하는 것으로 간주해 왔다. 하지만 어원적으로 볼 때 로고스는 본래 고전 그리스어의 말한다라는 동사 *legein*의 명사형이다. 따라서 로고스는 그 어원상으로는 '말씀', '말한 것'으로 이해할 수 있다. 그리고 그러한 '말씀'으로서의 로고스는 기독교적인 구약에서의 '태초에 말씀이 있었다'라는 표현과 상응한다.

앞서 우리가 이미지를 청각 이미지와 시각 이미지로 구분하면서 "유태교와 같은 유일신 사상의 종교·문화적 전통 내에서는 언어의 우위성에 의해 신성한 존재에 대한 시각적 표현은 금기시 된다. 보이지 않는 절대적인 존재에게서 애초에 들려온 것은 절대 진리로서의 말씀이며, 그 보이지 않는 절대 진리를 시각적 이미지로 표현하는 것은 절대 진리에 인간의 숨결을 섞는 왜곡 행위, 즉 우상을 만드는 행위가 된다"[43]라고 썼다. 그리고 그때의 말씀이라는 것은 유일신의 절대성을 보장해주는 청각 이미지이다.

서구가 로고스 중심주의라는 말은 따라서, 단순히 서구의 합리주의적 전통에만 적용될 것이 아니라, 기독교적인 이원론으로까지 거슬러 올라간다. 종교적인 로고스 중심주의에서는 수직적 이원론이 엄격히 적용되어 비가시적인 세계의 절대 진리 Vérité absolue나 성스러운 것과 가시적인 세계, 이 세상, 속세 사이에 단절이 존재하게 된다. 초월자이면서 이 세계의 창조주인 하느님은 하나의 절대적 진리, 객관적 진리로서 현상계 너머에 존재하는 것이다. 서구의 기독교사에서 부침과 우여곡절이 있긴 했지만, 우리가 다음에 살펴보게 될 서

---

43) 이 책의 제1장, p. 32.

구의 성상파괴주의의 근간에는 바로 이런 절대 진리를 중심으로 하는 이원론이 자리잡고 있다. 그리고 그 중심에 창조주인 하느님이 있기에 인간적인(현상적이고, 가시적이고, 운명적인) 특질들은 대개 그 절대 진리의 훼손으로 간주된다. 에덴 동산의 설화에서 그 무엇을 본다는 것(안다는 것)이 하나의 원죄로 설정되는 것은 그 때문이다.

한편 우리가 미메시스의 문제를 논하면서 살펴본 플라톤의 철학에서는 로고스가 절대 형태, 이데아와 같은 뜻이 된다. 로고스는 현상계에 가시적 형태와 대립되고, 가시적 형상으로 나타날 수 없으며, 가시적인 세계는 그 절대 형태의 훼손을 가져올 뿐이라는 의미에서 플라톤주의는 마찬가지로 이원론적인 인식을 보인다. 하지만 절대 형태가 훼손되어 나타난 가시적인 이미지가 그것을 통해 절대 형태에 오를 수 있는 열쇠의 구실을 할 수 있다는 의미에서, 비가시적 절대 형태와 그 절대 형태의 이미지인 가시적 세계 사이의 엄격한 이원론은 어느 정도 완화된다.

하지만 로고스가 비가시적인 세계를 지운 채, 가시적인 세계를 지칭하는 말, 논리 · 이성의 뜻을 갖게 되면서 사정은 달라진다. '인간은 말을 함으로 로고스를 가진 동물이다'라는 정의에서, 로고스를 여전히 중시하면서 인간의 인식 내에서 초월계, 상상계, 비가시적인 세계가 배제될 때, 추론할 수 있는 진리, 검증할 수 있는 진리를 옹호하면서 인간의 이성에 대한 한없는 신뢰를 내보이는(합리주의 · 경험주의 · 실증주의) 새로운 로고스 중심주의가 나타나게 되는데 이 경우 묘하게도 로고스는 시각과 연결된다. 그러나 이 경우의 시각은, '보는 것은 아는 것이요, 아는 것은 힘'이라는 명제에 해당되는 시각으로서, 대상과 일정한 거리를 두고 주체를 확립하면서 대상을 명확히 파악하는 이성의 힘과 동일한 함의를 지닌다.

즉, 절대 진리가 인간이 밝혀 내고 검증할 수 있는 객관적 진리로 대체되면서 절대 진리의 이름 하에서는 금기시 되었던 인간적인 능력(시각 능력)이 그 권능을 회복한다. 그리고 그러한 로고스(이성)는, 문명의 발전, 인식의 발전, 역사의 발전 개념과 합류하여 그에 대립되는 파토스, 야만적 사고, 모호한 사고, 상징적 사유, 요컨대 이미지적 사유 전체를 억압하고 하위 개념으로 설정한다. 대문자 진리 Vérité가 소문자 진리 vérité로 바뀌면서 이루어진 그러한 변모는, 그러나 로고스가 여전히 유일 진리로서 진리-거짓이라는 이원론적인 인식을 유지하고 있다는 의미에서는 큰 변화가 없다.[44] 그것이 검증할 수 있는 것이건, 없는 것이건 유일한 진리는 존재하며 그 진리를 최고의 가치로 내세우는 인식론에는 큰 변화가 없는 것이다.

비가시적인 세계에 존재하는 초월적 진리건, 과학적 검증이 가능한 경험적·실증적 진리건 그렇게 유일한 진리를 상정하고 모든 명제를 참이냐, 거짓이냐의 형식적 논쟁으로 환원시키는 인식론 내에서는, 언제나 모호하고 근사한 표현일 뿐인 이미지—특히 상징적 이미지—는 평가 절하되고 억압받을 수밖에 없다. 우리가 이제부터 살펴보고자 하는 것이 바로 그러한 서구적 인식론 내에서 이미지가 겪게 될

---

44) 미인 경연 대회에서 왜 순서가 진, 선, 미로 되어 있을까? 가장 아름다운 미인에게 왜 아름답다(美)는 호칭을 붙이지 않고 참되다(眞)의 호칭을 붙이는 것일까? 착하고, 아름다운 것도 절대 진리 앞에서는 상대적인 가치일 뿐이라는 로고스 중심주의의 흔적을 우리가 거기서 볼 수 있다면 지나친 억측일까?

운명이다. 그 상징적 '의미를 상실하고 하나의 장식으로 격하되고, 정신에 대한 범죄로까지 파문 당하게 되는 이미지와 상상력의 역사를 간략히 살펴보기로 한다.

## 2) 기독교사 내부에서의 성상파괴주의

우리는 "태초에 말씀이 있었다"는 구약의 표현을 빌어와 기독교적 유일신 사상 monothéisme이 이미 성상파괴, 즉 우상 파괴적 요소를 기본적으로 지니고 있다고 지적한 바 있다. 인류학적인 관점에서 볼 때 유일신 사상은 앞서 우리가 살펴본 독단론과 동일한 인식론상에 서 있다고 볼 수 있다. 참된 절대적 초월자 외에 다른 모습들은 악마이거나 우상(거짓)일 수밖에 없다. 따라서 신의 대리자로서 그 어떤 형상도 꾸며내서는 안 된다는 절대적 금기는 모세의 제2계율에서 보듯이 분명히 설정되어 있다(출애굽기 20장 4~5절).[45] 서구의 기독교는 이러한 유태교적 영향력 하에 놓여 있어 애당초 신의 형상(성상·우상)의 인간적 제조는 신의 절대성이라는 이름으로 탄압받을 소지가 충분히 있었다. 물론 기독교 역사 자체가 성상파괴주의 iconoclasme의 승리만을 보여준다고 단정하는 것은 무리이다. 다음에 살펴보겠지만 기독교 역사 내에서 성상옹호주의의 흐름은 면면히 이어져 왔으며 어찌 보면 기독교 내에서는 성상옹호주의가 성상파괴주의에 대해서 승리를 거두었다고 볼 수도 있기 때문이다. 하지만 기독교 내부

---

45) "너희는 내 앞에서 다른 신을 모시지 못한다. 너희는 위로 하늘에 있는 것이나 아래로 땅 위에 있는 것이나 땅 아래 물 속에 있는 어떤 것이든 그 모양을 본 따 새긴 우상을 섬기지 못한다."

에서 있었던 성상파괴자들과 성상숭배자들 간의 싸움은, 어떤 면에서는 서구에서 수세기에 걸쳐 이미지와 이미지의 옹호자들을 평가절하하고 나아가 박해하게 된 이유와 동기를 전범적으로 보여준다. 따라서 우리는 기독교 내의 어떤 논리 하에 이미지가 탄압받았고 그 존재 자체를 위협받게 되었는가를 조금 자세히 살펴볼 필요가 있다.

첫째, 이미지와 초월자는 유한한 그 형상 속에 무한한 초월자가 자리를 잡고 있어야 관계가 맺어질 수 있다. 그런데 하나의 이미지가 무한을 포함하고 있다 하더라도 우리는 그 이미지를 유한한 시선으로밖에 볼 수 없으므로, 그 이미지를 통해 신을 본다는 것은 불가능하다. 따라서 신을 품고 있는 이미지를 만든다는 것은 불가능하며, 그런 이미지는 존재할 수도 없다.

둘째, 무한은 그 자체 표현이 불가능하므로 중요한 것은 성상을 응시하면서 거기서 초월자를 느끼고 보는 것이 아니라, 성상의 안내를 받아 우리를 응시하는 또 다른 시선을 느끼는 것이다. 따라서 정통교회에서는 이미지에 실제로 신성스러움이 깃들어 있다고 찬양하는 것이 금지되고 그것을 통하여 찬양의 마음가짐을 준비해야 한다고 했다. 따라서 이미지로서의 성화는 초월적 의미를 담고 있는 존재가 아니므로, 성화 숭배는 비가시적 진리에 대한 찬양으로 바뀌어야 한다.

끝으로, 성상은 더 이상 그리스도의 형상을 복사한 것도 아니고, 플라톤적인 의미에서의 형태 모방도 아닌 단순히 비어 있는 흔적 같은 것이 된다.

물론 우리가 요약한 위의 내용은 성상 자체의 제작과 보존을 금하는 일차적인 성상파괴주의와는 다르다. 하지만 위의 태도는 기본적으로 감각적인 현실 속에 초월적인 존재를 하나의 이미지로 현존케 하는 것은 불가능하며, 초월적인 존재를 이미지화하여 섬기는 것은 필경 이교도적인 우상 숭배의 길로 떨어진다는 생각에 입각해 있어, 이미지의 존재 자체를 부정한다. 우리가 앞서 살펴본 수직적 이원론에서 초월적인 가치의 절대성 하에 감각적이고, 가시적인 현실을 지우는 태도라고 우리는 볼 수 있는 것이며, 그 태도는 초월의 이름으로 이미지를 억압한다.

　그러나 기독교 종교사 내에는 절대의 이름으로 이미지의 제작을 탄압하고, 성상 자체를 그 자체 텅 빈 존재로 만드는 성상파괴주의만 존재했던 것이 아니다. 중세의 교권주의가 강화되면서 절대적 초월의 이름으로 초월적 인식 자체를 지우는 방향으로 성상파괴주의가 행해지며, 그것이 어떤 의미에서는 본격적인 성상파괴주의라고 볼 수 있다. 왜냐하면 이미지에 대한 가치 절하가, 종교의 이름으로 초월성 자체를 부인하는 결과로 이어졌기 때문이다. 바리새인의 형식주의건, 정통파 회교도건, 혹은 로마 가톨릭 교회건, 종교적 율법주의는 항상 각각의 개인성 속에는 독립된 매개적 정신, 성령, 개인적인 주님이 있어 다른 어떠한 매개자 없이도 왕국에 도달할 수 있다는 생각을 근본적으로 부정한다. 교조주의와 교권주의는 도그마를 지키거나 교회를 통해야만 초월에 도달할 수 있다고 강요한다. 그런데 그러한 교조주의는 우리의 영혼이, 개인적 감수성과 개인적 교감을 통해 신의 현현을 맞이하고 그럼으로써 비로소 영적으로 개화할 수 있다는, 초월 경험의 개인성을 부정하며, 초월성이 교회라는 이름 하에, 하나의 사회 제도의 권위로 세속화되는 것을 의미한다. 그런데 성상이 지닌 의미는 바로 그 성상의 응시를 통해(거기에는 신성이 깃들어 있으므로) 영혼이 열리고 개인적인 초월을 경험하는 것을 뜻한다. 따라서, 교회를 통하여서만 하느님을 만날 수 있다는 교권주의가 강화된 중세는 성상 자체의 용도가 변경되고 성상을 통해 초월까지 연장될 수 있다는 성상의 의미 자체가 폐기되면서, 앞서와는 다른 의미에서 성상파괴주의가 승리한 시기라고 볼 수 있는 것이다.

### 3) 합리주의적 인식 내에서의 성상파괴주의

기독교 내의 성상파괴주의가 초월적 가치의 절대화에 의한 형상화의 금지에 의해서 주로 이루어진 것이었다면, 교권주의는 그러한 초월적 가치의 사라짐(차라리 초월적 인식 가능성의 사라짐이라고 보는 것이 옳다)에 의한 이미지의 가치 절하를 빚었다고 볼 수 있을 것이다. 그런데 그런 초월에 대한 인식이 인간에게서 사라지게 되는 현상은 사실 초월적 가치의 절대성에 입각한 유일신적 이원론이 이미 어느 정도 예비해 놓은 것이다. 초월의 절대성에 대한 강조는 초월에 대한 인식과 다다를 가능성 자체를 절대적 자리에 위치시키고, 현상계의 가시적 존재인 인간을 그 초월적 가치에 대해 아무 것도 인식할 수 없는 존재로 만들 우려가 다분히 있다. 그것이 바로 인간은 인간에 대한 총체적 이해, 초월적 현상과 가치에 대한 이해는 불가능하다는 불가지론 agnosticisme(그노스 gnose; 인식의 부정)[46]을 낳게 되는데, 불가지론은 초월 세계의 부정이라기보다는 초월적 인식의 불가능성

확인과 주장으로 이루어진다고 볼 수 있다. 즉 인간이 확인할 수 있는 것은 초월적 진리가 아니라 지상의 진리가 된다.

　서구가 고대 아리스토텔레스의 논리학을 공식적인 인식으로 채택하면서 이러한 개념주의의 길에 접어든 것은 13세기에 이르러서이다. 서구 기독교 사회가 13세기 아리스토텔레스의 저술들을 발견하고 그의 견해를 기독교뿐만 아니라 학교 교육의 하나의 준칙으로 받아들이게 되면서, 논리에 근거한 '명확성과 구별' 이 하나의 대원칙이 되고 '진리는 나의 빛' 이라는 그리스 헬레니즘 문명의 모토가 바로 서구 교육과 인식의 바탕이 된다. 또한 토마스 아퀴나스 Thomas d'Aquin를 중심으로 하는 스콜라 철학은, 아리스토텔레스의 합리주의와 신앙의 진실들을 하나의『신학대전』안에서 연결시키려는 시도를 행했으니, 표면상으로 그 시도는 로마 기독교의 공식 철학을 확립하고 통합하려는 시도가 되었다. 하지만 의미상으로는 인간 중심적이고 세속적인 근대 사상, 즉 성상의 초월적 의미, 또한 초월적 인식이 배제된 사상을 낳는 운동의 기점이었던 것이다.

　인간의 이성이 진실에 도달하는, 또한 진실에의 길을 정당화 해줄 수 있는 유일한 방법이라는, 신학 자체도 신의 초월성 자체보다 신의 이성을 중시하는 쪽으로 흐르게 만든 그러한 인식이 하나의 확고한 논리성을 획득한 것은 프랑스 합리주의 철학의 아버지라 일컬어지는 데카르트에 이르러서이다. 17세기에 이르면서, 단 하나의 유일한 방

---

46) 그노스는 인간의 모든 지식과 인식의 토대 바탕을 총체적으로 알게 되는 것을 뜻하는 것으로, 동양의 해탈, 각 覺으로 이해해도 되며 그런 의미에서 현상계 너머의 비가시적 초월에 대한 이해와 인식을 바탕으로 한다.

「데카르트 초상화」,
프란스 할스, 루브르 미술관
데카르트의 명제는 인간 존재, 더 나아가
인간 밖의 이 세상의 존재의 준거를 인간의
이성에 둠으로써, 이성 이외의 다른 인식
능력을 이성에 의해 확보되는 정확함에
이르지 못하는 하위 기능으로 폄하한다.

법이 존재한다는 배타적 독점주의, 학문들 내에서 진실을 발견하는
그 방법―데카르트의 저 유명한 『방법 서설 *Discours de la méthode*』
(1637)의 완전한 제목이 바로 그것이다―이 '진정한' 지식을 탐구하
는 온갖 영역을 휩쓸었다. '공상'의 산물인 이미지는 설교자, 시인들,
화가들을 설득하는 기술 정도로 버림받게 되었을 뿐, 그 무언가를 증
명해 줄 수 있는 권위 쪽으로는 결코 접근할 수가 없었던 것이다. 갈
릴레이의 실험(기울어진 평면 위에서 '몸은 추락한다는 법칙'에 대한 증명
을 상기하자)과 데카르트의 기하학 학설(분석적 기하학으로서 모든 형상
과 모든 운동, 즉 모든 물리학의 대상에는 대수적 등식이 상응할 수 있다)이
물려준 정신 세계는, 그 어떤 시적인 접근도 불허하는 철저한 역학의
세계이다. 갈릴레이와 데카르트의 역학은 대상을 유일한 인과성 因果
性만이 지배하는 일차원적 작용 속에서 설명한다. 그것은 우리가 생
각할 수 있는 이 우주 전체를, 당구공 충돌의 역학 모델에 입각해서
설명하는 유일한 지배적 결정론이다.

　우리가 앞서 살펴보았듯이 회화의 이미지를 하나의 자의적 기호의
체계로 해석한 데카르트에게, 그 자체 의미의 담지자로서 우리가 표

현할 수 없는 것까지 그 의미가 연장될 수 있는 상징적 이미지란 폄하될 수밖에 없는 것이다. "나는 생각한다, 고로 나는 존재한다 (cogito ergo sum)"라는 데카르트의 저 유명한 명제는 인간 존재, 더 나아가 인간 밖의 이 세상의 존재의 준거를 인간의 이성에 둠으로써, 이성을 지닌 인간의 오만을 북돋을 수 있었을지는 모르나, 이성 이외의 다른 인식 능력을 이성에 의해 확보되는 정확함에 이르지 못하는 하위 기능으로 폄하한다. 또한 인간을 둘러싸고 있는 이 우주 전체의 중심에 오만하게 인간의 이성을 위치시킴으로써 이 우주와의 교감에서 비롯한 우주론적 인식의 가능성을 배제한다.

데카르트의 "나는 생각한다, 고로 나는 존재한다"라는 명제가 사유하는 주체에 그 강조점을 둔 것이라면, 존재하는 사물에 대한 경험으로 강조점이 옮겨가게 되는 것이 바로 경험주의이다. 흄 D. Hume과 뉴턴 I. Newton으로 대표될 수 있는 경험주의는—우리가 실제로 경험할 수 있는 사상 事象들—현상들의 범주를 묶고 규정하려고 노력하면서, 이미지와 상상계는 꿈속의 환각이나 비합리적인 것으로 전면 부인된다. 한편 이러한 명백한 사상은 다시 둘로 나뉘어질 수 있는바, 지각으로부터 유래하는 '관찰과 경험'의 산물로서의 사상과, '역사적 사건'으로서의 사상이 그것이다. 바로 이 경험주의에 의해 인간의 지각과 이해 및 순수 이성이라는 수단에 의해 탐사가 가능한 현상 영역과, 결코 인식할 수 없는 영역, 즉 죽음이나 초월과 같은 커다란 형이상학 문제의 영역 사이에는 도저히 메울 수 없는 간격과 건너 뛸 수 없는 경계가 정교하게 확립된다.

19세기의 대표적 사조라 할 수 있는 실증주의는 이 경험주의의 사

오귀스트 콩트는 인간의 의식이
이성의 깨임의 정도에 따라 진보의 길을
걸어왔다고 주장하며, 그 의식의 진보 과정을
신학의 시대, 형이상학의 시대, 실증주의
승리의 시대의 셋으로 구분한다.

실성과 고전적 합리주의의 논리성을 바탕으로 하여 확립된 것이다. 실증주의의 대부라고 할 수 있는 콩트 A. Comte는 인간의 의식이 이성의 깨임의 정도에 따라 진보의 길을 걸어왔다고 주장했으며, 그 의식의 진보 과정을 신학의 시대, 회의하는 이성의 시대(형이상학의 시대), 실증주의 승리의 시대의 셋으로 구분했다. 실증주의의 뒤를 이었으며 그 후계자라 할 과학주의(과학적인 방법이 통용될 수 있는 것만을 유일한 진실로 인정하는 독트린)와 역사주의(역사를 객관화시켜, 역사적 사건 속에서 실제의 현상으로 나타나는 것들 간에서 원인과 결과를 찾고, 역사는 진보한다고 믿는 독트린)가, 서구의 주류로 확고히 자리잡게 되면서 이미지는 '저주받은' 운명이 되어 병든 정신이 보여주는 환각, 몽환적인 시인들의 몽상으로 대접을 받고 객관적 진리를 탐구한다는 과학의 영역 밖으로 추방당하게 되어, 인간과 자연의 진리에 대해서는 아무 것도 말할 수 없는 존재가 된다.

이미지에 대한 이러한 억압과 과소평가의 흐름은 참으로 집요해서 이미지와 상상력의 독자적 가치를 연구하고자 했던 사르트르 J.-P. Sartre 같은 이는 이미지와 상상력이 비현실적인 가치만 지니며 현실

**에두아르도 데 사(브라질),**
**파리, 샤펠 드 뤼마니테에 소장**
어머니가 아이를 안고 있는 모습에서
어머니는 인류, 아이는 진보를 의미한다.

의 의미 작용과 관련지었을 때는 무 néant에 불과하다고 결론 맺는
다. 사르트르는, 상상력이란 기본적으로 자유의 표현으로서 현실 여
건으로부터의 해방과 외적 현실의 일시 유보를 가능케 해주지만 그
것이 열어 보이는 것은 비현실일 뿐이라고 말한다. 다시 말해 이미지
가 자유로운 것은 그것이 무 無와만 관련을 맺고 있고 사물의 현존을
사라지게 만들고 존재 자체를 부정할 수 있기 때문이며, 사르트르의
입장대로라면 이미지는 순전히 비현실적인 상상력의 소산으로 지극
히 제한되게 된다.[47]

---

47) 사르트르의 이미지와 상상력의 개념에 대해서는 그의 『상상계 *L'imaginaire*』,
　　Gallimard, 1940, p. 25를 직접 읽어 볼 것. 한편 사르트르의 상상력 이론에 대한 가
　　장 본격적이고 정당한 비판서로는 뒤랑의 『상상계의 인류학적 구조 *Les structures*
　　*anthroplolgiques de l'imaginaire*』, 제11판의 「Intorduction」, Dunod, 1992를 읽기
　　를 권한다.

서구의 철학과 인식론에서 상상계의 역할이 이렇게 침식된 결과 한 편으로는 기술 진보의 거대한 도약이 가능하게 되었고, 그 물질적 힘으로 다른 문명을 지배하게 되는 결과를 낳는다. 또한 질베르 뒤랑의 표현대로 '이 문명화된 백인 어른'[48]들은 유별난 선민의식에 사로잡혀, 자기 자신들, 그리고 자기 자신들의 '논리적 정신'을 지상에 존재하는 이질적 문화들과 구분짓고 그러한 문화들에 '전 前 논리적', '원시적', '야만적', '고대적'이라는 수식어를 붙인다. 이미지가 '영혼에 대한 범죄' 취급을 받는 이상, 이미지·상징·제의가 풍요롭게 꽃피운 문화는 '이미지 없는 사고'를 키워온 서구 문화에 비해 열등한 문화가 될 수밖에 없다는 것이다.

따라서 우리가 이미지의 풍요로움과 의미를 제대로 구체적으로 맛보기 위해서는 비서구적인 문화를 보다 깊이 탐구하는 방법이 유익할 수 있을 것이다.[49] 하지만 성상파괴주의의 도도한 흐름이 주도해온 그 서구 내부에서도 이미지와 상상력의 가치를 옹호하는 일종의 저항이 끊임없이 존재해 왔으며, 어찌 보면 성상파괴적 이원론의 서구 문화에 균형을 취해주고 서구 문화가 증발될 위험으로부터 서구를 지켜준 것은 바로 그 저항의 물결이었음을 우리는 또한 주목해야 할 것이다. 우리가 이제부터 간략하게 살펴볼 것이 바로 그 상상계의 저항의 흐름이다.

---

48) 질베르 뒤랑, 『상상력의 과학과 철학』, 진형준 역, 살림출판사, 1997, p. 24.
49) 사실, 서구의 독단적 인식론에 제동을 걸고 그것의 총체적 반성을 주장한 학자들은 대개 비서구권의 문화를 연구한 민속학자, 인류학자이다. 예컨대 '인간은 누구나 잘 생각해왔다'라고 주장한 레비-스트로스가 그러하며, 브라질의 민속·종교를 연구한 로저 바스티드가 그러하다.

# ❸ 서구에서도 이미지 옹호의 흐름은 있었다

우리는 앞서 기독교 내의 성상파괴주의에 대하여 말했다. 8세기에 기독교 내부에서는 유명한 성상파괴주의 논쟁이 있었고, 결국은 성상숭배주의가 승리를 거두게 되는데, 그 성상숭배주의자들에게 직접 영향을 미친 것은 이미지에 대한 플라톤적인 개념의 유산이다.

우리가 앞서 살펴보았듯이 플라톤은 비가시적 절대 형태로서의 이데아와 이데아의 훼손으로서의 가시적 세계를 엄격히 구분하고 있다는 의미에서 수직적 이원론자로 볼 수 있다. 하지만 플라톤은 또한 이 세계의 가시적 이미지는 절대 형태에의 인식과 도달을 가능케 하는 열쇠의 구실을 하고 있다고 보았으며, 또한 조물주의 이 세계 창조에는 이상적 형태의 근본 속성이 함께 투사되고 있다고 보았다. 요약하자면, 모방적 이미지는 그것이 형상화해 보여주는 본질과 하나의 친족 관계로 맺어져 있다는 것이다. 따라서 이미지는 언제나 그 근원으로 우리를 이끌 수 있는 영원하고 신비적인 방향성을 지니고 있으며, 결국 이미지 속에 천명된 그 본질 세계는 그 이미지 자체의 존재 자체를 보증해 준다.

따라서 영혼의 실존, 죽음 너머의 세계, 사랑의 신비 등 표현하기 어렵고 증명하기 어려운 진실에 이르는 길은 신화적 상상력에 입각한 이미지적 표현에 의해서 마련될 수 있음을 플라톤은 인정한 셈이라고 볼 수 있다. 따라서 이미지들이란 하나의 우상이거나 그 자체 외면해야 할 텅 빈 존재(다른 곳을 응시하게 만드는)가 아니라 그 자체의 응시를 통해 그 안에 들어 있을 본질적 의미를 찾아 최초의 이데아적 형태로의 귀환을 추구해야 할 중요한 존재가 된다.[50]

8세기의 장 다마센느 Jean Damascène를 중심으로 한 성상옹호론자들이 신의 강림 Incarnation이라는 사상을 중심으로 하여, 성상은 이 속세에 타락한 채 존재하는 것이 아니라 저 높은 곳으로 우리를 이끌 수 있다고 주장한 논거의 바탕에는 이러한 플라톤적인 사상이 자리잡고 있었다. 비교적 秘敎的이고 신비주의적인 기독교적 흐름에 입각한 해석학은 조물주와 피조물을 지나치게 이원론적으로 구분하는 데서 생겨난 여러 가지 난점들을 피하고자 신이 자신과 다른 이 세상을 창조했다는 천지개벽설보다는, 신이 창조한 가시적인 세계는 신과 다른 세계가 아니라 신이라는 절대 존재의 핏줄로서의 하나의 이미지라는 우주발생의, 우주 운용의 원리를 중시하는 입장을 택해 왔는데 성상옹호론자들의 입장은 바로 그것과 맥을 같이 한다고 볼 수 있다. 가시적인 세계란 가없고 영원한 원칙으로부터 나왔으며 그

---

50) 플라톤이 모델과 이미지의 형태적 유사성뿐만 아니라 이미지와 그것을 낳은 절대 형태 사이에 존재하는 친족성과 순환성도 강조한 점을 자세히 확인하고 싶으면 로뱅의 『플라톤 Platon』, 제4장, 「현상과 사물 phénomenès et choses」, P.U.F., 1968 참조할 것.

원칙은 또한 다양하고 가시적인 세계로 자기천명을 통해 점차 스며 든다는 것이다. 그러한 영혼과 정신의 내밀한 연루 관계에 의해 이 세상과 인간은 단순히 신의 외적인 의도의 산물로서 형상적 유사함 만 지닌 것이 아니라—즉 신의 이미지를 따라 만들어진 것이 아니라—실제적인 신의 이미지들이 된다. 따라서 인간들 영혼 속에는 신이 살고 있고, 그 영혼의 표현인 이미지, 성상 속에도 신이 살고 있다.

그러한 성상 중의 원형은 독생자 예수라는 가시적 인격 속에 육화 되어 나타난 신의 이미지로서, 그러한 육화 즉 강림 덕분에 유태 일 신교의 오랜 성상파괴적 전통에 맞선, 기독교 서구 사회에서의 이미 지에 대한 최초의 복권이 있게 되고,[51] 그 복권 운동 덕분에 성자들, 즉 신과 어느 정도 닮은꼴에 도달한 인물들의 이미지에 대한 숭배가 뒤따르게 되는 바, 예컨대 그리스도의 어머니인 성모 마리아 상과 선 구자 세례 요한, 사도들, 종국에는 모든 성자들의 상에 대한 숭배가 이어지는 것이다. 장 다마센느가 여러 번 주장했듯이 성상은 인간과 신을 가르고 있는 간격을 없앨 수 있는 미적 경험을 가능케 하는 하 나의 통로이다.

이미지에 대한 비잔틴 제국(동로마제국)의 이러한 숭배의 전통에 뒤 이어 서구 13~14세기에 있었던 고딕 양식의 개화도 성화숭배운동 의 승리의 단계라 일컬을 수 있다. 우리가 앞서 살펴보았듯이 고딕

---

51) 성상숭배자들에게 예수의 이미지는 그 모델과 동질적인 관계를 지니고 있으며, 그것은 성찬식의 빵이 곧 신성의 육화를 뜻하는 것과 같다.

양식은 성 프란체스코의 청빈주의의 뒤를 이은 성 보나방튀르의 모범주의의 영향 하에 꽃을 피운 예술 양식으로서, 신의 의지가 자연 만물에 육화되어 있다는 믿음 하에 자연은 선하다는 자연 예찬이 교회 건축, 회화 등 예술 양식에 도입된 것이다. 프란체스코의 청빈 수도회는 시토 수도회의 완화된 성상파괴주의를 점차적으로 계승하면서, 기독교가 덤불 무성한 광야나 시골의 골짜기에 유리된 수도원의 엄격한 폐쇄성에서 벗어나 도시 한복판의 성당 내부를 풍요로운 자연적 장식으로 가득 채우는 것이 가능하게 했다.

프란체스코가 자연을 향한 열림의 길을 열었다면, 성 보나방튀르는 자연이라는 창조의 모든 재현들을 그 자체가 창조자를 향한 하나의 초대로, '신을 향한 인간의 여정'을 가능케 하는 매개자로 삼음으로써 엄격한 유일신적 이원론에 입각한 서구 기독교에 이교도적이라고 부를 수 있는 자연 숭배의 다신교적 색채를 부여했다. 바로 그 점에서 보나방튀르의 자연주의는 아리스토텔레스적인 경험론에 입각한 자연주의를 넘어서는 것인데, 제 아무리 낮은 상태에 있는 것이라 할지라도 모든 창조물을 응시하고 그것을 바라보는 것은 창조주의 전적인 호의의 흔적을 마주하는 것으로써, 그 의미가 비가시적인 것까지 연장될 수 있기 때문이다. 이러한 흐름이 우리가 앞서 지적했듯이, 켈트 지역의 감수성과 합류되면서 종교화에 자연의 풍경들이 도입되고 인간의 형상을 한 신성의 모습들이 의인화되어 표현되면서 일종의 범신론적인 이교가 회귀하는 모습으로까지 변모된다.

이러한 두 가지 중요한 움직임과 함께 우리가 간과할 수 없는 것이 바로 바로크라는 예술 양식이다. 우리가 바로크 예술을 이해하려면

16세기의 종교개혁운동 réforme과의 관련성을 일별하고 넘어가야만 한다. 서구에서 종교개혁의 필요성이 터져나온 것은, 교권주의의 강화에 의한 교회의 세속화와 앞서 우리가 살펴본 기독교 신학이 마주한 위기 상황(범신론적 이교화) 하에서이다. 종교개혁에 의해 공격의 대상이 된 것은 이미지의 미학과, 신성 모독적인 성자의 상에 대한 숭배 풍조의 팽배였다.[52] 그리하여 프로테스탄트들은 "성서로 돌아가라"고 외치며 영혼의 절대 순수성을 주장했다. 종교개혁운동에 맞선 반종교개혁 Contre Réforme은 시각적 이미지들, 회화, 조상 彫像 및 성회를 추방시킨 종교개혁적 성상파괴의 운동과 정확한 대척점에 위치해 있다. 그리고 예수의 성스러운 가계(家系; 예수, 마리아, 요셉) 및 동방 박사들과 사제들을 육화시켜 형상화하는 성상 숭배의 단호한 방법을 내세운 반종교개혁은 트렌트 종교회의에서 하나의 법제안으로 마련되어 일시적 승리를 거둔다. 바로 그 승리의 결과로 나타난 예술이 바로크적인 예술이라고 할 수 있다.

바로크에 대한 정의는 수없이 다양하지만 그것을 '천사들의 향연'과 '외관의 깊이'라고 일컫은 두 명의 전문가의 견해가 그중 가장 대표적으로 바로크의 성격을 압축해 보여준다고 할 수 있다.[53]

---

52) 물론 종교개혁시 성상파괴운동은 엄밀한 의미에서의 상 파괴 운동으로서, 신성성에 대한 숭배는 성서 숭배와 음악 숭배의 면모로 완화되어 나타났음을 지적해야 할 것이다. 신성성은 상에 깃든 것이 아니라 성서에 깃들어 있으며, 영혼이 그 성령과 가까이 할 수 있게 인도하는 힘은 음악이 지니고 있었다.

53) 페르난데스, 『천사들의 향연, 로마에서 프라그까지의 바로크적 유럽Le Banquet des anges, L'Europe Baroque de Rome à Prague』, Plon, 1984와 뒤부아 , 『바로크, 외관의 깊이 Le Baroque, profondeur de l'apparence』, Larousse, 1973.

'천사들의 향연'은 그 제목부터 천사라는 순수한 영혼을 가진 존재로서의 이미지와 향연이 의미하는 육체적 즐김의 이미지가 결합되어 비가시의 순수세계와 가시적 다양성의 세계를 연결시켜 준다. 한편 '외관의 깊이'라는 제목은 가장 은밀한 부분(깊이=본질)이 가장 피상적인 것에 의해 우리에게 제시되고 있음을 보여줌으로써 물질성, 육체성과 영혼성, 현상과 본질을 그 어느 쪽도 배제하지 않은 채 하나로 융합시켜 주고 있다. 모습을 드러내기를 거부하면서(깊이), 동시에 호사스러운 외관, 그것이 바로 바로크적 예술의 특성을 압축해 보여주고 있는 것이다. 육체적이고, 감각적이면서, 또 때로는 저속하기까지 한 표현들의 범람이면서 동시에 이 표면적인 것의 효과와 그 표피의 작용 및 그것을 현란하게 꾸미는 의기양양한 솜씨에 의해서 의미의 깊이에 도달하는 것, 거기에 바로크 예술의 본령이 있다. 그리하여 조각이나 그림으로 표현된 이미지들과 정밀화에서 볼 수 있듯이 마치 조각처럼 보이게 하는 회화의 이미지들이 교회 속에 범람하게 되어, 제수이트 양식으로 세워진 새로운 대성당의 중앙 홀이나 한껏 호사스런 교회 건축 양식 자체에 바로크 예술이 한껏 꽃을 피웠다.

이미지의 가치와 상상계의 자율성을 드높인 이런 상상계의 저항들은 그러나 고전주의의 이상을 그대로 다시 택한 18세기의 철학들이 계몽이란 이름으로 인간 이성의 승리를 공고히 함으로써 그 힘을 상실했고, 이성의 권능에 필적할 만한 지위를 상실한다. 하지만 18세기의 계몽주의, 19세기의 저 의기양양한 실증주의와 과학주의, 역사주의의 흐름 속에서도 이미지와 상상계를 옹호하는 움직임은 여전히 존재해 왔고, 오늘날의 이미지와 상상력에 대한 새로운 인식론을 세우려는 노력으로 이어져 왔는데, 그러한 인식론에 입각한 이미지 해석의 방법을 검토하기 이전에 그 흐름을 아주 간략히 정리해 보기로 하자.

그것은, '이미지'라는 특수한 분야가 그에 대한 온갖 억압에도 불구하고 여전히 살아남아 그 유효성을 입증해온 역사라기보다는 서구의 합리주의·실증주의가 드러내 보이는 편협한 인식론과 인간관으로 인해, '인간'과 '인간의 표현' 그 자체가 인간의 이름(이때의 인간은 서구적 인식의 의미에서의 인간이다)으로 억압당하는 데 대한 자연스런 반발의 흔적이요, 역사라고 보아도 될 것이다.

우선 우리가 고려해야할 것이 18세기부터 19세기까지 독일을 중심으로 일어났던 전기낭만주의운동(질풍노도운동)과 낭만주의운동이다. 낭만주의는 고전적 미학이 지주로 삼고 있던 지각의 오감 너머에서, 제육감 第六感을 최초로 인정하고 묘사한다. 레옹 셀리에 Léon Céllier가 잘 지적하고 있듯이,[54] 낭만주의자들의 핵심적인 단어는 바로 영혼 l'âme이었으며, 그 영혼의 여정을 통해 인류 전체의 삶을 (Humanité) 온전하게 살아내어 구원에 이르는 것이 그들의 야망이었다. 개인적이고 주관적인 자아에서 벗어나 인류 전체의 총체적 삶의 역사를 구현하겠다는 낭만주의의 최후의 야심에서(절대적 미에 도달한다는 플라톤적인 명제와 흡사하지 않은가!) 이성이나 지각보다는(그 모두 개인적이고 시공의 제한에 갇혀 있다), 이미지와 상상력이 특권을

---

54) 레옹 셀리에, 『통과제의 섭렵 *Parcours initiatiques*』, 「낭만주의 시대의 프랑스에서의 통과제의 소설 Le Roman initiatique en France au temps du romantisme」, P.U. de Grenoble, 1977, p. 120~121.

부여받는 것은 당연한 일이다. 이미지에 의한 직관에 특권을 부여하면서, 순수 이성과 실천 이성의 곁에서 기호 嗜好 판단을 통해 이러한 인식의 과정을 이론화한 사람이 칸트 E. Kant이다. 칸트는 지각들을 단순히 배합해서 하나의 표현을 만들어 내는 재생적 상상력과 선험적·초월적으로 존재하는 생산적 상상력을 구분한 후에, 그러한 선험적 상상력은 직관에 앞서, 직관 속에 나타날 유사 표현을 만든다고 했다.[55] 그는 이미지를 만드는 상상력의 기능이란 지각의 선험적 형태로서의 시간과 공간 그리고 이성의 범주를 접합시키는데 있다고 하면서, 상상력은 단순한 지각을 이성의 도식에 통합될 수 있게 준비해 주는 기능을 갖는다고 설명했다. 자세한 설명은 다음 기회로 미루기로 하고,[56] 칸트는 이미지를 인간의 인식과정에 편입시켰고 상상력 및 이미지화 된 사고를 복권시키는데 큰 공을 세운 것이 사실이나, 개념이나 관념만이 독점하고 있던 '의미 意味' 생성의 영역에 이미지를 완벽하게 포함시키지는 못했다는 것이 일반적인 지적이다.

칸트에 이어 셸링과 쇼펜하우어, 그리고 헤겔의 철학들은 이전에 경시되었던 미학과 상상력을 그들의 저술에서 아주 중요한 부분으로 다루고 있으며, 19세기 초 독일의 시인인 횔덜린의 시인 예찬(시인은 창조자)은 프랑스의 보들레르와 랭보에 의해 다시 채택되어 전자는

---

55) 자세한 내용은 칸트의 『순수이성비판 Critique de la raison pure』, Garnier-Flammarion, 제24장 참조.
56) 칸트의 상상력에 대한 인식을 자세히 설명한 글로는 보쉬, 『칸트 미학에 대한 비판적 시도 Essai critique sur l'esthétique de Kant』, J. Vrin, 1927이 있으며, 간략한 요약적 설명이 필요하면 뷔넨뷔르제의 『이미지의 철학 La philosophie des images』, pp. 62~66을 참조할 것.

상상력에 '기능들 중의 여왕 la reine des facultés'이라는 왕관을 씌웠고, 후자는 '시인이라는 전 존재는 견자 見者 voyant가 되려는 경향이 있다'고 확언했다. 그리고 이미지와 상상력이 하나의 의미의 쟁취자와 생산자적 지위로 끌어올려진 것은 바로 이 상징주의 운동에 의해서이다. 우리가 앞서 상징과 기호에 대해 설명하면서 확인했듯이 상징에서 의미하는 상징의 象徵意 symbolisé는 일반적인 기호의 기표 signifiant로서는 표현할 수 없는 부분까지 암시적으로 연장이 된다. 그리하여 상징주의자에게는 현상계 전체가 상상계, 혹은 초월계를 암시적으로 보여주기 위해 하나의 상징표 symbolisant로 존재해야만 하는 것이며, 예술가의 창조성은 이 세계를 현상계 내부에서 기표와 기의 관계를 찾는 기호의 차원에서 끌어올려 다른 세계까지 그 의미가 연장되는 상징으로 변화시키는 것이다.

　이러한 상징주의적 태도는 자연히 20세기 전반기의 초현실주의에 도달하게 한다. 20세기 초반기의 초현실주의자들은 상징주의가 말한 바 있는 대문자 자연 Nature(예술적 창조를 통해 상징이 된 자연)의 그 마술적 형이상학과 막 태어나기 시작한 정신분석학에 의해 발전된 인간의 충동, 무의식, 그림자 ombre에 대한 객관적 분석을 교차시켜 적용한다. 그들에게 상상력이란, 때로는 인간이라는 자연적 존재의 자연스런 욕망과 동일시되면서 이미지란 그 심층 의식을 드러낸 것으로 간주되기도 하고 때로는 우리의 감각 너머에 있는 세계, 이 세계의 논리와 물리로부터 벗어나는 초현실의 탐색을 가능케 하는 것으로 간주되기도 했다. 그러나 초현실주의자들이 이미지와 상상력에 부여한 가치는 특히 후자 쪽에 무게가 가 있으며, 따라서 상상력은 그리고 상상력이 발휘된 예술 작품은 현실을 뛰어넘어 그 한계에서 벗어나는 것, 그리하여 보다 완전한 현실에 도달하는 방법이 된다.

우리는 이러한 대표적 흐름 외에 이미지에 정당한 가치를 부여하고 그 존재를 확고하게 해준 몇몇 이론가들을 덧붙일 수도 있을 것이다. 예컨대, "이미지의 본질은 그 무언가를 보게 하는 데 있다…… 시적인 이미지들이 바로 상상력이 탁월하게 발휘된 것으로서 그것은 단순한 환상이나 환영을 만들어 내는 상상력이 아니라 우리에게 친근한 외관 속에 낯선 것을 가시적 형태로 포함시키는 상상력이다"[57]라고 말한 하이데거 M. Heidegger나 "우리 앞에 존재하는 저 빛, 색, 깊이는 그것들이 우리 몸에 반향을 일으킬 때만 거기에 있다"[58]라고 말한 메를로-퐁티 Merleau-Ponty 등이 이미지의 존재 가치를 어떻게 드높였는가를 살펴볼 수도 있을 것이다. 하지만 그들이 이미지와 상상력에 큰 가치를 부여했다 하더라도 그들은 이미지의 존재론·의미론·인식론을 세우기 위해 이미지를 연구하여 이미지에 대한 가치부여가 새로운 인식론, 새로운 종합적 인류학을 세우게 할 수 있다는 결론까지 도달한 철학자들은 아니다. 우리는 이미지에 대한 서구에서의 억압과 저항의 흐름에서, 어찌되었건 하찮은 것, 나머지로 취급되었다고 결론 내릴 수밖에 없던 이미지와 상상력에 대한 총체적이고 종합적인 연구를 행한 사람들에게 관심을 더 가질 수밖에 없다. 이 책의 제3장은 바로 그러한 사람들의 업적을 통해 우리가 어떻게

---

57) 하이데거, 「인간은 시인 속에 거주하고 있다 L'homme habite en poéte」, (강연 모음집), Gallimard, 1958, p. 240.
58) 메를로-퐁티, 『눈과 정신 L'oeil et l'esprit』, Gallimard, 1985, p. 22.

이미지와 상상력을 이해하고 해석하고 살아내야 하는가를 모색하는 부분이 될 것이다.

이미지의 성격을 다시 한 번 검토해 본 이번 장을 마감하면서 우리는 이미지에 대한 최근의 저술에서 한 연구가가 한 발언을 인용하는 것으로 마치려 한다. 이미지는 명백하게 현존하는 인식이나 사물의 재현도 아니고 그렇다고 단순히 부재하는 것의 표현도 아니라는 것이다. 바로 그런 모호함 때문에 이미지는 인간 삶의 본질의 구체적 표현으로서, 그리고 우리가 우리 존재의 새로운 변모를 위하여 언제나 새로운 해석과 교감을 기다리며 우리 앞에 존재할 수 있다는 사실, 이미지는 이원론적인 추상적 세계 규정을 비웃으며 절대 원칙과 현실 사이에 구체적으로 살아 있음을 보여주고 있기 때문이다.

"이미지는 절대 존재 l'Être와 아무 관계가 없으며 비존재 無 non-être와도 아무 관련이 없다. 이미지는 현존하지 않는(부재하는) 절대 존재의 독특한 표현 양태이다. 이미지는, 부재와 현존을 맺어준다. 게다가 이미지는 우리에게 이 부재를 현존케 하고, 그 부재의 현존을 하나의 기호 관계로 뚜렷하게 해준다"[59]

우리는 이제—어느 특정한 분야—예술 분야나 종교 분야에 국한된 특수한 표현을 이미지라고 부르지 않기로 하자. 우리가, 현재 세상에서 그 무언가 결핍을 느끼고 그 무언가를 표현한다면 그것은 이미 하나의 이미지인 것이며, 인간은 언제나 결핍을 느끼는 존재라는 의미에서 언제나 이미지를 만들어 내고 있다고 볼 수 있을 것이다.

---

59) 몽젱, 『자연적 이미지 *L'image naturelle*』, Le Nouveau Commerce, 1995, p. 22.

# 제3장

# 왜 우리는 이미지에 대하여 관심을 가지며, 이미지는 어떤 의미를 가지는가

## 이미지를 어떻게 해석할 것인가

이 미지에 대한 연구의 방향은 크게 보아 실증주의적이고 과학적인 방법과 보다 철학적이고 해석학적인 연구 방법으로 나눌 수 있다. 전자의 연구 방법은 이미지를 기호의 범주에 포함시키며 후자의 경우는 상징으로 간주한다. 그러나 우리가 염두에 두어야 할 것은 이미지를 기호의 범주에 포함시킨다고 해서(그중 가장 첨단의 학문으로서 일종의 기호의 과학 la science des signes으로 볼 수 있는 것이 기호학 sémiologie이다) 기호의 상징적 의미 작용이 배제되는 것은 아니고 이미지를 상징의 범주에 포함시킨다고 해서 이미지의 기호적 측면이 무시되는 것도 아니다. 예컨대 우리가 앞서 상징과 기호의 차이에 대해 언급하면서 엄밀한 의미에서 기호의 범주에 포함시켜야 할 경우, 즉 하나의 기표가 하나의 기의에 정확하게 1대 1로 대응하면서 본의 本意만을 지칭할 때 기호학에서는 그 기호가 외연 dénotation적 의미를 갖는다고 말하고 그 의미가 본의 밖으로 확장될 때 내포 connotation적 의미를 갖는다고 말한다. 그리고 그 내포적 의미가 확장되면 우리가 말하는 상징적 의미에까지 가 닿을 수 있는 것도 사실이다.

그렇다면 그 두 입장의 차이는 어디에 있는 것일까? 그것은 인간이 인간으로서 행하는 표현이 어디에서 기인하느냐라는 견해의 차이에서 비롯된다. 전자의 경우는 인간이 그 무언가 표현을 하는 것은 이 세상의 이치를 설명하고 소통을 원활히 하기 위한 것으로 보고, 후자의 경우는 인간 최초의 표현은 타인과 소통을 하기 위해 나타나는 것이 아니라 인간 개체의 세계에 대한 주관적 이해의 표현에 다름 아니라고 본다. 즉 현대 이미지 연구의 두 방향의 입장 차이는 인간 표현을 이 세계를 설명하고자 하는 객관적 · 이성적 요구와 그 소통을 원활히 하자는 현실적 · 경제적 요구의 결과로 보느냐, 아니면 인간 주체가 대상과 만나서 그것에 나름대로 주체적 가치 부여를 한 결과, 즉 세상에 대한 나름대로의 이해의 결과로 보느냐의 차이에 다름 아니다. 더 줄이자면 설명과 이해의 차이이고 대립이다. 전자는 이 세계를 보편적 원칙으로 설명하려 하고 후자는 고정된 의미, 불변적 진리 자체를 거부한다. 그런데 우리는 미메시스의 문제와 서구의 성상파괴주의를 다루면서, 실증주의적, 과학주의적 입장이 바로 이미지를 억압하고, 소외시키고, 이미지를 비존재, 혹은 무 néant로 간주해 왔다는 사실을 이미 확인한 바 있다.

그것은 기호학이 상징계를, 지적 활동에 의해 현존하는 사물과 거리를 유지하여 그것을 반추상적 이미지로 바꾸어 놓은 것(완벽한 추상화에 성공할 경우 그것은 개념 concept이 된다)으로 간주하면서 인간화의 길은 바로 그 개념에 이르는 과정이라고 말하는 것과 아주 흡사하다. 그 과정은 어린아이가 이 세상에 태어나 감각이 시키는 대로 행동하고 욕망하는 감각 운동기를 거쳐 언어적 모방에 이르는 과정으로 압축될 수 있으며, 따라서 그런 추상화된 개념화에 이르지 못한 인간이나 문화는 아직 미성숙의 단계에 있는 것이 된다. 그리고 이미지란 그런 미성숙의 표현이 된다.

하지만 우리는 인간의 이미지적 표현이 그런 미성숙의 드러냄만은 아니라는 것, 지금 현재 주어져 있는 약속 코드로는 드러낼 수 없는 다른 현실(부재하는 현존), 기호적인 본의만으로는 전달할 수도 없고 꿈꿀 수도 없는 그런 세계를 보여주는 훌륭한 방법이라는 것을 이미 확인한 바 있다. 결국 기호학적 입장만으로는 이미지의 풍요로운 의미를 드러낼 수 없으며(인간의 기호적 표현은 그 풍요로운 의미의 장 場의 한 부분에 속하는 지극히 협소한 영역에 속한다), 그 입장 자체가 이미지적 표현을 평가 절하할 준비가 되어 있다고 볼 수 있다.

따라서 이미지를 어떻게 풍요롭게 해석할 수 있는가를 모색하기 위해 바쳐질 이번 장에서는 두 상이한 입장 차이를 두드러지게 하기 위해 각각의 방법을 상세히 대비시키는 일은 하지 않게 될 것이다. 그 대신 우리는 이미지와 상상력의 자율성을 부여한 중요한 사람의 업적을 차례차례 검토하면서 우리의 논의를 진행해 나갈텐데 그들이란 카시러 E. Cassirer, 리쾨르 P. Ricoeur, 코르뱅 H. Corbin, 바슐라르 G. Bachelard, 뒤랑 G. Durand이다. 한편 우리는 그들의 상상력에 관한 논의를 살펴보기 전에 서구의 성상파괴주의적 풍토에서 이미지와 이미지를 낳는 동력에 대해 새로운 이해의 눈을 돌리는 데 큰 공을 세운 프로이트 S. Freud와 융 C. G. Jung에 대해서 간략하게 언급할 것이다.

우리는 그들의 연구 방법을 검토하면서, 상상하는 주체의 의미는 어떠한 것인지, 이미지의 해석학에는 어떠한 방법이 있는지, 상징은 왜 발생하며 왜 인간은 상징적 동물인지, 이미지와 상상력을 논리적으로 연구하는 방법은 어떻게 가능한지 등을 함께 모색해 보게 될 것이다.

이는 한마디로 "왜 우리는 상상계에 대하여 그리고 이미지에 대하여 관심을 가지며, 그것은 어떤 의미를 가지는가"를 모색하는 과정이 될 것이다. 이에 대한 답 또한 한마디로 "이질적인 인간들, 이질적인 문화들 간을 연결해주는 공통 토대 fond commun가 바로 이미지이고 상상계이며, 이질적인 것의 차별과 차이만을 강조해온 서구적 인식에 대한 본격적인 비판과 반성, 그런 서구적 인식을 하나의 모델로 삼아온 우리의 지적 풍토에 대한 자기 비판의 목표와 의미를 그 모색은 지닌다"라고 말할 수 있을 것이다.

# ❶ 이미지와 상상력의 가치 발견과 의미 부여 과정

## 1) 프로이트—정신분석학

### ⅰ) 무의식이 의식을 지배한다

앞서 간략히 언급한 것처럼, 프로이트는 인간의 정신활동에는 명백한 의식만 존재하는 것이 아니라 그 대척점에 무의식이 존재하며, 그 무의식이 인간의 온갖 표현에 결정적인 작용을 한다고 말한다. 프로이트는 "넓은 뜻에서도 좁은 뜻에서도 성적 性的이라고 부를 수밖에

프로이트는 인간 정신 현상 속에 무의식이 존재한다는 사실을 주장함으로써 이미지에 대한 새로운 가치 부여의 길을 열어 놓았다고 볼 수 있다.

없는 충동이 신경증과 정신병을 일으키는 데 있어서, 어지간히 큰, 종래에는 그 진가가 인정되지 않았던 구실을 행하고" 있으며 "바로 그 성적 충동이 인간 정신의 최고의 문화적 · 예술적 창조에도 관여해서 커다란 이바지를 해왔다"라고 말한다.[60]

일종의 범성주의 汎性主義 pansexualisme라고 할 수 있는 프로이트의 정신분석 원리에서 우리가 의식활동의 결과물이라고 생각해왔던 것은 실은 그 성적 충동인 리비도 libido의 에너지가 빚은 결과물이다. 그렇다면 성적 충동인 리비도가 절대적 힘을 발휘하고 있는 무의식의 층위와 의식의 층위에는 어떤 관계가 작용하고 있는가?

### ⅱ) 쾌락 원칙과 현실 원칙—검열과 억압

프로이트는 노이로제 등 정신 · 신경의 질환이 왜 발생하는가 그 원인을 밝혀내 치료를 하고자 노력하는 과정에서, 한 개인이 살아오면서 겪은 경험들이 담겨 있는 구체적 저장소로서, 의식 속에서는 잊혀져 버린 '정신적인 원인들'의 보관 세계인 무의식의 세계가 존재하며, 그 모든 정신활동, 정신 세계에는 물질적 세계 내에서와 마찬가지로 엄격한 결정론이 존재한다는 것을 발견한다. 한편 그는 이러한 인간의 정신활동의 영역을 셋으로 구분하는데 그것이 바로 이드 id, 자아 ego, 초자아 super ego이다.

우선 이드는 무의식계에 속하는 본능적인 충동의 저장소라고 할 수 있으며, 그 속에서 가장 활동이 왕성한 것이 성 본능의 에너지인 리

---

60) 프로이트, 『정신분석 입문 Introduction à la psychanalyse』, 이용호 역, 백조, 1969, pp. 18~19.

비도이다. 이 리비도는 항상 그 억제할 수 없는 욕구를 충족시키려 하고 성욕을 불러일으키는 자극으로서, 그 궁극적인 목표는 자극 자체의 제거, 즉 성욕 자체의 완전한 충족을 통한 완전한 해소를 목표로 한다. 따라서 이드 층위의 정신 세계에서는 욕망의 완벽한 충족을 지향하는 쾌락 원칙이 지배하고 있다.

한편 자아는 이드가 밖으로 표출하려는 에너지의 통로를 지배하며 그것은 본능적 충동과 현실적 외계와의 중개자 구실을 하는데, 자아는 리비도가 그 쾌락 원칙만을 쫓아 그것을 억압하는 현실 원칙에 의해 충격을 받지 않도록 조절하는 역할을 한다.

끝으로 초자아는 하나의 인격의 사회적 가치, 양심, 이상의 영역에 속하는 것으로서 자아의 이상 理想이라고 볼 수 있으며, 자아는 초자아의 기준에 따라 사고와 행동을 결정하려고 노력하게 된다. 따라서 초자아는 한 개인의 행동에 대해 그 내부로부터 선악의 판단을 내려서 그 행동을 촉진하거나 제약하거나 한다.

이러한 이드, 자아, 초자아로 이루어진 인간의 정신계에는 엄격한 결정론이 존재하는데 그 결정론의 제1원리는 인간의 본원적 충동을 삭제하고, 스스로 그 충동 자체를 망각하려는 원칙이 존재한다는 것으로, 그것이 바로 검열 censure이다. 사회적 혹은 문화적, 가족적 금기나 억압 등이 바로 그것으로서 자아는 그 검열의 원칙에 의해 리비도의 직접적인 표출을 스스로 제어하며, 대부분의 경우 그러한 검열이 정신질환을 일으키는 원인이 된다. 검열에 의해 스스로 집행 정지시킨 것들은 무의식 속에 억눌려 있다가 꿈속에 나타나기도 하고 정신질환의 표현으로 나타나기도 한다.

그런데 검열(본능적 쾌락 원칙을 억압하는 현실 원칙)을 해서 억압을 하려 해도 결코 성공할 수 없는 불가항력적인 충동이 존재하며, 그것이 바로 성적 충동 에너지인 리비도이다. 이 성적 경향은 성인이 되어서야 획득되는 것이 아니라, 유년기에도 전성 前性 présexual 단계로서 엄연히 존재하며, 따라서 그것은 인간의 전반적인 정신적 삶을 지배하는 원인이 된다. 이러한 절대적인 두 원칙, 즉 본능을 억압하는 현실 원칙과 본능의 충족을 지향하는 쾌락 원칙 사이에서 인간의 표현과 의식화 과정 등이 생겨난다.

### iii) 검열과 변장

절대적이며 난폭한 억압·금기·검열에 의해, 또한 유년기에 리비도가 겪은 충격적인 사건들에 의해서 무의식 속에 억압된 충동은, 그 리비도의 절대성 때문에 억압된 채 머물러 있는 것이 아니라 우회적인 방법을 통하여 충족을 얻으려 한다. 바로 그때 그 리비도적 충동이 이미지로 나타난다는 것이며, 그 이미지들 속에는 유년기에 리비도가 어떻게 검열을 피해, 검열의 억압을 받아 변장을 해왔는가의 단계가 각인되어 있다.

따라서 이미지 또는 환각은 전기 傳記적으로 아주 머나먼 과거 속에서, 리비도와 그에 충돌하는 검열 간의 대립이 어떠한 관계 속에서 이루어졌는가 하는 그 갈등적 요인을 밝혀주는 열쇠가 된다.

프로이트에 의하여 인간의 이미지적 표현은, 더 나아가 예술적 표현과 문화 자체는 명백한 의식의 산물이 아니라 현실 원칙과 쾌락 원칙, 이드, 자아, 초자아의 복잡한 관계에 의한 산물이며, 인간의 명백한 의식 내부에는 무의식적인 동물적 본능이 꿈틀거리고 있다는 점이 밝혀졌다. 즉 그는 인간의 모든 표현은 명백한 의식의 선택도 아니고 무의식적인 욕망의 직접적 표출도 아니라는 점을 밝힘으로써 무의식적인 욕망을 포함한 인간의 정신 활동 전반에 대한 객관적 이해의 길을 열어놓았다. 따라서 프로이트에 의해, 명백한 의식의 표현이 아니고 모호한 표현이기에 경시되었던 이미지적 표현(환각이나 꿈에 나타나는 이미지는 논리적이 아니라 대개 시각적인 이미지로 표현된다)에 대해 관심을 기울이게 된 계기가 마련되었다고 볼 수 있다.

하지만 프로이트의 정신분석학이 이미지의 중요성에 대한 인식을 새롭게 할 수 있는 계기를 마련하는 큰 업적을 이룩했다 하더라도,

「성 안느와 함께 있는 성모자」,
레오나르도 다 빈치,
1508~1510, 루브르 미술관
프로이트는 미술에 관심이 많았다.
'레오나르 다 빈치의 유년기의 추억'이란 글에서
「성 안느와 함께 있는 성모자」를 분석하고 있다.

그의 업적은 여러 가지 면에서 한계를 지닌다고 할 수밖에 없다.

프로이트의 원칙대로라면 하나의 이미지란 항상 리비도가 차단된 상태에서 언제나 미성숙의(직접적으로 충족되지 못했으므로) 성 본능으로 연결되게 마련이다. 즉 모든 이미지, 모든 환각, 모든 상징들은 궁극적으로 남성이나 여성의 성기를 하나의 암시로 품고 있게 되고, 그것도 유년기의 성적인 미성숙의 단계에 설정된 모델을 닮은, 그리고 훼손된 성 본능밖에 비치지 못하는 거울이 된다. 따라서 이미지는 비정상적인 것으로 얼룩지게 되며, 이미지의 능동성, 창조성 등은 설 자리가 없게 된다.

또한 프로이트식으로 이미지를 해석한다면 모든 이미지는 상징으로서의 기능은 갖지 못하고 기호적 이미지가 된다. 그리고 더 나아가 알레고리적 의미도 갖지 못한다. 예컨대 어떤 사람이 자면서 요술 지팡이가 나오는 꿈을 꾸었다고 했을 때 그 요술 지팡이는 환원과 환원을 거듭하여 결국 남성 성기로 귀착되고, 그가 어른이건 아이건 상관없이 '오이디푸스적 소년의 꿈'의 하나로 해석된다.

즉, 이미지는 한 개인이 살아오면서 겪은 구체적 상황이 변형되면서, 상징적 이미지가 갖는 존재하지 않는 것, 비현실적인 것으로까지 그 의미가 연장될 수 있는 가능성이 애당초 차단되어 있다.

## 2) 융−심층 심리학

### ⅰ) 무의식은 리비도의 단일 충동으로 되어 있지 않다

인간의 의식이라는 표면의 심층에 잠재해 있는 무의식의 존재를 인정하고, 인간의 표현을 의식적 선택의 결과만으로 보지 않았다는 점

융은 인간의 심층 심리 속에 다원적인
무의식적 에너지가 존재한다고 주장했다.
프로이트에 의해 다소 부정적인 가치를
부여받았던 상징적 이미지는 융 덕분에
한껏 긍정적인 가치를 지니게 된다.

에서 융은 프로이트의 연장선상에 있으며, 또한 그는 인간의 무의식
의 문제를 꿈에 대한 해석으로부터 접근해간 프로이트의 방법을 높
이 평가한다. 그러나 융은 프로이트와 마찬가지로 꿈을 연구하면서
꿈이 반드시 콤플렉스의 결과만은 아니라고 생각한다. 꿈은 단순히
억압당한 성적 본능의 왜곡된 표현이 아니라 다른 의미를 가질 수 있
다고 보는 것이다.

한 남성이 열쇠 구멍에 열쇠를 꽂는 꿈을 꾼다든지, 굵은 몽둥이를 휘
두르거나, 철퇴로 문을 때려부수는 꿈을 꾸었다고 치자. 이것들을 모두
성적인 비유라고 생각할 수 있을 것이다. 그렇지만 그 남성의 무의식이
스스로의 목적에 따라 열쇠나 몽둥이와 철퇴 중에서 어느 특정의 이미지
하나를 선택한다는 사실이 중요한 의미를 가진다. 그래서 몽둥이가 아니
고 열쇠를, 또는 철퇴가 아니고 몽둥이를 선택하게 된 이유를 알아내는
것이 중요한 일이다. 때로는 여기에 나타난 것이 성적 행위와는 전혀 상
관이 없는 심리적 문제임을 발견하게 될지도 모른다.[61]

그는, 꿈은 억압된 욕망의 치환물일 수도 있지만, 많은 경우 꿈은 그 자체의 의미를 담고 있다고 말한다. 융의 꿈에 대한 견해는 인간의 무의식과 더 많이 관계하는 꿈의 이미지를 어떠한 환원적 결정론에 의해 기계적으로 해석하지 않고, 또한 그것을 미성숙의 표현으로만 국한시키지 않고 한 인격 전체의 정신적 삶의 과정을 이해하는 단서로 삼고자 하는 의도를 보여주는 것이다. 그러한 과정에서 그는, 프로이트가 변장의 관점에서 해석했던 이미지가 실은 그런 왜곡·변장의 과정을 겪은 것이 아니라 모든 충동이 자연스럽게 무의식 속에서 그 형상을 취한 경우가 더 많다는 사실과, 꿈속의 이미지가 반드시 한 개인이 살아오면서 겪은 개인적 경험을 바탕으로 해서 형성되는 것은 아니라는 사실을 발견한다.

전자의 발견을 통해 융은 "인간의 무의식적 충동은 반드시 억압당하기만 하는 것이 아니라, 억압되어 있는 무의식과 자체 활성화되어 적당한 표현을 얻은 충동으로 구분되어 있다"라고 말한다. 즉 인간의 심층 심리에는 성적인 충동의 에너지로서의 리비도의 단일 원칙이 지배하고 있는 것이 아니라 본질적으로 두 개의 얼굴이 존재하고 있다는 것이다. 융도 리비도라는 표현을 쓰고 있지만 융의 리비도는 성적인 경향의 의미에서라기보다는 보다 확대된 의미에서 인간의 보편적인 정신적 에너지라는 의미를 갖는다. 그리고 그러한 보편적·정신적 에너지는 다원적으로 이루어져 있다.

우리는 프로이트도 인간의 정신 활동 속에는 현실 원칙과 쾌락 원

---

61) 융, 『인간과 상징 *Man and his symbols*』, 조영국 역, 범조사, 1981, p. 34.

칙이 공존하고 있음을 지적했고, 더욱이 후기로 접어들어 나르시시
즘 narcissisme을 연구하면서 인간의 본능을 삶의 본능인 에로스적
본능과 죽음의 본능인 타나토스적 본능[62]으로 나누어 설명했음을 예
로 들며 프로이트와 융과는 차이가 별로 없다고 말할 수 있을지도 모
른다. 더욱이 프로이트는 승화 sublimation[63] 라는 개념을 통해 욕구
불만이 일으키는 병적 결과를 막아주고 자진해서 대리물을 받아들이
는 능력이 리비도에 내재해 있음을 밝히기도 했다. 승화의 개념은 억
압이나 검열로부터 해방된 자율적이고 능동적인 이미지의 가능성을
시사해준다.

하지만 프로이트는 승화의 개념에 대한 설명의 끝에 "그러나 승화
작용은 성 충동이 성적이 아닌 다른 충동에 기대는 아주 특수한 경우

---

62) 실제로 프로이트는 초기에 성적 본능으로서의 리비도와 현실 원칙 사이의 단순한 이원
론에서 자아의 내부에도 이질적인 요소가 공존하고 있음을 발견하면서 "리비도라는 이
름을 버리든가 대체로 심적 에너지와 똑같은 뜻으로 써도 괜찮을 것입니다"라고(프로
이트, *ibid.*, p. 134) 말한다. 그래서 자아-리비도의 대립으로부터 벗어나, 자아 내부가
대립하는 힘에 대해 주목한다. 그중 에로스 본능은 항상 살아 있는 실체를 모아서 더
큰 단위로 만들고자 하는 본능이고, 타나토스의 본능은 우리의 유기적 생명을 해소하여
무기적 상태로 되돌리려는 본능이다. 그리고 그 두 본능은 절대적으로 대립하는 것이
아니라 협력 작용과 반대 작용을 일으키는 수평적 관계를 유지하면서 인간의 정신활동
을 지배한다고 봄으로써 초기의 절대적 이원론은 약화된다. 하지만 타나토스의 본능은
"인간의 공동 생활을 어렵게 만들며 그 존속을 위협한다"(*ibid.*, p. 144)라고 부정적인
평가를 받음으로써 그 본능은 언제나 억압당할 운명을 갖고 있다. 또한 그가 에로스적
본능(현실 유지 기능)과 타나토스적 본능(현실 파괴적 본능)을 고정된 단어로 묶어 버
림으로써, 현실을 유지시키는 본능의 내용과 현실을 부정하는 본능의 내용이 시·공의
변화(역사·문화적 맥락)와 상관없이 고정되어 버린다.
63) 승화란 본능적 행동의 목적이 수정되고 대상이 변화되는 특수한 경우 가운데 하나로써
성 충동이 생식적 쾌감에 의해 형성된 목표를 포기하고 성적이라 불릴 수 없고 오히려
사회적이라고 불러야 할 다른 어떤 목표를 채용하는 것을 말한다.(프로이트, *ibid.*,
p. 146)

에 불과하다"고 덧붙인다. 요컨대 승화는 인간의 정신이 보여주는 보편적인 현상이 아니라 아주 특수한 현상이라는 것이다. 그 사실은 프로이트가 인간 속에 내재해 있는 욕망들이 여럿임을 감지한 순간에도 그 욕망들 중 가장 지배적인 욕망을 상정하고 있고, 욕망들 간에 서열을 상정하고 있음을 뜻한다. 또한 현실 원칙-쾌락 원칙, 삶의 본능-죽음과 파괴의 본능의 구분도 그것들 간의 공존원칙 하에 행해졌다기보다는 상호 길항관계로 맺어져 있기에 여전히 이원론적이다(앞 장의 일원론과 이원론의 차이를 다시 참조할 것). 그때 갈등은 그 이질적인 욕망들 간에 활성화와 비활성화의 관계로 존재하는 것이 아니라 절대적인 욕망 충족의 욕구와 그 충족 욕구를 제어하는 현실 원칙 사이에 수직적으로 존재한다.

반면에 융에게서 정신적 갈등이란 전체 심리의 조화에 어떤 교란이 야기된 결과이다. 그 전체 심리의 교란은 의식과 무의식 사이의 수직적 갈등이나 길항에서만 오는 것이 아니라, 오히려 상호 공존하는 수평적 복수성 複數性들 사이의 갈등에서 온다. 즉 다원적으로 이루어진 근본적 욕망들 간에 균형이 깨어지고 그 욕망들이 고르게 상징화에 이르지 못했을 경우 교란이 야기되고 정신 질환에 이르게 된다는 것이다. 따라서 한 인간이 개성을 획득해 가는 개성화 과정 processus d'individuation은 필연적으로 억압·훼손되어 본원적 욕망과 그것의 발현을 금하는 현실과의 관계를 수락하게 되면서 개성화 과정은 자아의 무기력함을 깨달아 가는 과정이 아니라 이 세계 및 우주와의 내면적 혹은 외면적인 결속이 이루어지는 과정으로, 그 결속에 의해 비로소 집단적인 의식과 다원적 리비도적 에너지가 활동하고 있는 집단 무의식이 종합적으로 균형을 취할 수 있게 된다.

ii) 집단 무의식과 원형

융이 프로이트와 다른 점을 보다 명확히 하기 위해 그가 사용하고 있는 몇 가지 개념들을 간략히 살펴볼 필요가 있다.

페르소나와 그림자: 페르소나 persona는 원래 연극 배우가 쓰던 탈을 가리키는 말이었는데, '인격'이라는 뜻으로 번역될 수 있을 것이다. 한 인간이 어느 사회·어느 문화의 어느 시기에 하나의 인격체로 통용되고 존재하기 위하여 의식적으로 드러내 놓는 모습으로 이해할 수 있을 것이다. 한편 그림자 ombre는 그러한 의식에 의하여 무의식 속에 억눌린 채 활성화된 표현을 얻지 못한 이미지이다. 언뜻 보기에 프로이트의 리비도와 초자아의 대립을 연상시키는 이 개념은 하지만 상당히 다른 의미를 띤다. 프로이트에게 무의식은 언제나 성적인 욕망으로서의 리비도가 그 전제권을 행사하면서 자리잡고 있다면, 융의 페르소나와 그림자는 그러한 단일 내용으로 이루어져 있지 않다. 즉 페르소나는 다원적으로 이루어진 리비도의 한 부분이 활성화된 것이며, 그림자는 한 부분이 지나치게 활성화됨으로써 억압이 된 다른 부분으로 그 내용은 언제나 가변적이다.

예컨대 모계 사회에서는 여성성, 부드러움 등이 페르소나가 될 수 있다면 반대로 분별력, 정의, 힘 등은 그림자가 될 것이며 부권적 전투 사회에서는 그 반대가 될 수 있다는 것이다. 한편 융이 지적한 바에 의하면 심리적으로 무의식 속에 억압되어 왜곡된 이미지인 그림자는 그 심리 내부에만 머무는 것이 아니라 적당한 대상에 그 왜곡된 이미지를 투사한다. 예컨대 '여성은 부드러워야 한다'는 교육과 도덕과 관습에 의해 여성 속에 존재하는 남성성이 억압되어 그림자화할 때, 그 남성성은 왜곡된 이미지로 무의식 속에 존재하게 되며(야수·늑대 등등), 그 그림자가 남성이라는 대상에 투영되면 모든 남자가 야수·늑대로 보이게 된다는 것이다.

집단 무의식과 원형: 융을 프로이트와 전적으로 갈라지게 하는 것이 바로 집단 무의식의 개념이다. 개인 무의식이 "잊혀지고 억압되어 잠재 의식으로 지각되고 느껴지는 모든 종류의 물질"로 이루어진 데 대해, 집단 무의식은 각 개인의 경험과는 상관없이 하나의 문화권에 속한 집단이 공유하고 있는 것이다. 예컨대 대한민국의 국민이라는 사실만으로, 개인적으로는 한 번도 일치하는 경험을 해보지 않은 사람들이 공통되는 집단 무의식을 공유하게 된다는 것이다. 이러한 집단 무의식의 개념을 받아들이게 되면 한 개인이 만들어 내는 이미지는 이미 그 개인만의 것이 아니라 그 이미지 속에는 선조들의 경험, 정신적 유산이 담겨 있는 것이 되며, 인간의 정신 활동은 그 자체가 이미 집단적·문화적·사회적이 된다.

프로이트가 오이디푸스 콤플렉스를 인간의 정신 활동을 지배하는 제1원칙으로 내세우면서 거꾸로 한 인간이 드러내는 모든 정신·심리 활동을 개인의 전기적 차원으로 환원 설명한데 반해, 융은 문화 콤플렉스라는 개념으로 하나의 문화권이 공통적으로 드러내는 그 문화권만의 정신적 특질을 거론하기에 이른다. 그런데 그러한 생각을 한걸음 더 밀고 나가, 인류 전체 선조들의 경험이 축적되어 있으며, 모든 개인의 두뇌 구조 속에 새롭게 나타나는 인류 진화의 전체적인 정신적 유산을 담고 있는 장소가 있다고 주장하게 되는데 바로 그것이 원형 archétype이다. 융은 원형 그 자체가 '잠재성의 체계'이며 '불가시적인 힘의 중심', '역동적인 핵심' 혹은 '심리 현상의 강력한 구조 요인들'[64]이라고 말한다. 또한 융은 "원형이 우리의 정신적 기능 활동의 생물학적 조직으로서, 우리의 생물학적·심리학적 기능이 하나의 모델을 따르는 것과 똑같이 인간은 그를 특히 인간이게 하고 그것 없이는 결코 인간으로 태어날 수 없는 하나의 모델·하나의 형태를 갖고 있다. 원형은 그 자체가 완전히 무의식인 것으로서 우리는 그 결과만을 볼 수 있을 뿐이다"[65]라고 말한다.

아니마와 아니무스: 융이 이러한 원형 중의 원형으로 꼽은 것이 바로 아니마 anima와 아니무스 animus라는 개념이다. 융은 인간의 심층 심리 속에는 생물학적인 성 性과는 상관없이 남녀 양성이 존재하고 있다면서, 남성 속에 존재하는 여성적 경향을 아니마라고 불렀고, 여성 속에 존재하는 남성적 경향을 아니무스라고 불렀다. 보다 몽상적이고 부드러우며 인간의 심층 심리 깊은 곳으로 더 내려가려는 성향을 아니마는 갖고 있으며, 보다 진취적이고 합리적이며 항시 표층으

---

64) 융, 『변화의 상징 *Symbole de la transformation*』, Zurich, 1952, p. 391 및 야코비의 『융의 심리학에서의 원형과 상징 *Archétype et symbole dans la psychologie de Jung*』 참조할 것.
65) 에반스, 『융과의 대담 *Entretien avec C. G. Jung*』, Payot, 1970, pp. 31~37 참조.

**「성 요한」, 레오나르도 다 빈치,
1510년, 루브르 미술관**
레오나르도 다 빈치의 「성 요한」은 융이
설명하는 아니무스와 아니마의 결합, 즉
남녀 양성적인 모습을 잘 표현해주고 있다.

로 떠오르려는 경향이 있는 심리적 에너지가 바로 아니무스이다. 그
리고 인간의 심리 속에 누구나 이런 남녀 양성이 존재하고 있으므로
건강한 인간이란(즉, 개성화를 이룩한 인간이란) 그 양성성이 활성화되
어 균형을 취하고 있는 인간이다. 달리 말해 남자의 명확한 의식에는
그에 균형을 취해주는 천사의, 요정의 이미지로서의 아니마가 필요
하며 여인에게는 영웅의 이미지가 필요하다는 것이다.

　융의 이러한 개념들은 한 개인이 보여주고 표현하는 이미지들은 개
인의 전기적 차원에서 머무는 것이 아니라, 한 문화 집단의 꿈, 한 문
화 집단의 신화, 더 나아가 위대한 종교 체계들이 보여주고 있는 천
국의 위대한 이미지들까지 그 의미가 연장될 수 있게 해준다. 달리
말해, 하나의 이미지가 상징적 의미를 지닐 수가 있게 되는 것이다.
융은 결국 원형-상징의 중개자로서의 역할을 재발견한 것이라고 볼
수 있다. 인간이 만들어 내는 이미지가 기호의 선적인 피상적 세계나

심리적 인과 관계의 세계에만 속하는 것이 아니라, 그런 가시적인 세계를 넘어서서 현상 속에서 부재해 있는 것을 창조적으로 형상화해낸 것으로 그 의미가 확대될 수 있기 때문이다.

그리고 우리는 융이 인간의 정신적인 질환인 노이로제 등이 개성화 방법의 원칙이 무너진 일종의 불균형 상태(상징적 기능의 결함)에서 온다고 본 점을 다시 한 번 주목할 필요가 있다. 그러한 불균형은 두 가지 방향에서 올 수가 있는데, 첫째는 한 개인이 과도하게 본능적 충동의 지배를 받게 되는 경우고, 둘째는 그 균형이 명확한 의식을 선호하는 쪽으로 너무 기울어져 있는 경우이다. 첫 번째 경우 그 본능적 충동을 움직이는 에너지를 의식적으로 '상징화'하는데 이르지 못해 한 개인이 인격화에 이르지 못하고 현실 사회와 차단되거나 반사회적이고 충동적인 태도, 강박에 사로잡힌 태도를 보이게 된다. 그리고 두 번째 경우는 개인 속에 내재해 있는 에너지가 이미 주어져 있는 사회 의식의 유일한 '이성'에 수동적·기계적으로 이끌려 일종의 보수적 로봇이 되어버린다. 첫 번째의 경우는 충동이 맹목적으로 표출되어 상징적이고 의식적인 표현을 찾을 수 없는 경우이고, 두 번째 경우는 상징이 의식적이고 인습적인 기호나 유사한 것들끼리 헛된 독트린이나 강령이나 개념으로 뭉치는 경우인데, 그 두 경우 모두 상징적 표현이라는 창조적 활동의 결여가 문제가 되는 양극단의 경우라고 볼 수 있다.

따라서 융의 견해대로라면 인간을 그 병적인 불균형 상태에서 구해 주거나, 인간이 그 불균형에 빠지지 않게 해주는 것, 인간이 '개성화 과정'을 거쳐 하나의 건강한 인격체로 존재할 수 있게 하는 것이 바로 상징적 표현이다. 즉 융은 상징적 이미지가 지닌 의미와 역할을 (그 모호한 이미지의 의미와 역할을) 정확히 지적해 낸 셈이라고 할 수 있다. 하지만 융이 상징의 의미와 역할을 정당하게 밝혀내긴 했지만 상징이라는 용어를 지나치게 긍정적이고 낙관적인 면에서만 고려한 것이 아닌가 하는 의문은 여전히 남을 수 있는데, 융에 대해 우리가 가질 수 있는 의문점은 질베르 뒤랑의 견해를 그대로 인용하는 것으로 대신 하기로 하자.

그럼에도 불구하고 커다란 애매성이 융을 따라다니게 되는 것은—우리가 본 장의 서두에서 언급했듯이 주로 그가 사용하는 용어의 부정확성에서도 기인하는데—한편으로는 원형-상징의 개념과 다른 한편으로는 개성화의 개념 사이에 자주 혼동이 있었기 때문이다. 실제로 우리는 인격화하지 않는 의식적인 상징이 엄연히 존재한다는 것과, 상징적 상상력은 개성화 과정 내에서의 종합적인 기능만을 갖는 것은 아니라는 사실을 잘 알고 있다. 심각한 정신 착란 속에도 상징의 모든 성격이 나타날 수 있으며, 그런 경우 상징은 인격화하는 종합이기는커녕, 반대로, 예를 든다면 강박적인, 즉 단 하나의 원형에 의해 고정되어버린 이미지들의 집단인 것이다.

달리 표현해서 말해 보기로 하자. 프로이트가 상징 체계에 대해 지나치게 옹색한 개념만을 지닌 채, 상징을 선적인 인과성으로 환원했다면, 융은 상징적 상상력에 대해 너무 광범위한 개념을 지니고 어떠한 상징들이나 이미지들이 지닐 수 있는 병적 성질은 젖혀 둔 채, 단지 종합화하는 활동 내에서만, 즉 가장 정상적이고 윤리적인 활동에서만 상징을 고려했다고 할 수 있다. 정신분석학자들은 주요한 상징들에게서 드러나는 보편성을 오이디푸스적 연역의 트릭에 의해서만 보여주었고, 특히 억압의 체계는 가장 드높은 창조적인 형태 하에서의 상징적 표현을 보여주지 못한 데 반해 융의 이론은 상징을 병적이 아닌 창조적 존엄성 안에 정확히 위치시켜, 오이디푸스 콤플렉스의 힘을 빌지 않고서도 원형-상징의 우주적 특질을 보여 주었다. 그러나 그럼에도 불구하고 융의 체계는 상징적인 것에 대한 지나친 낙관주의에 빠져, 예술과 종교를 창조해 내는 상징적 의식과, 정신착란의, 꿈의, 심리적 탈선 등의 단순한 현상을 만들어 내는 상징적 의식을 기묘하게 혼동하고 있는 듯이 보인다.[66]

카시러는 상징적 기능을
인간의 정신활동 내에서의
하나의 중요한 원칙으로
부각시키는 데 크게 기여하였다.

### 3) 카시러―상징적 형태의 철학

프로이드와 융이 정신분석학 및 심층 심리학을 통해 인간의 무의식을 통해 표현되는 이미지적 사유의 중요성을 부각시킨 사람들이라면 카시러는 "철학뿐 아니라 사회적 심리적 탐구를 상징적 관심사로까

---

66) 뒤랑, 『상징적 상상력 *L'imagination symbolique*』, 진형준 역, 문학과 지성사, pp. 80~81.

칸트에 의해 상상력은 지각이나
개념과는 다른 독자적인 인식 형태,
표현 양식으로서 그 선험성과
자율성을 부여받기 시작한다.

지 끌어올린 지대한 공로를 지니고 있으며"[67] 상징적 기능을 인간의
정신활동 내에서의 하나의 중요한 원칙으로 부각시키는데 성공한 사
람이다.

　하지만 카시러에게 있어서의 상징적 기능 및 상상력이 어떤 의미를
지니는가를 살펴보기에 앞서 간략하게 칸트에 대해 언급하고 넘어갈
필요성을 느낀다. 칸트는 상상력과 이미지를 복권시킨 낭만주의 운
동의 핵심적 논리들을 최초로 이론화한 사람으로 간주되고 있으며,
그 무엇보다도 카시러의 이론이 칸트의 연장선상에서(신칸트주의) 칸
트가 상상력에 부여한 의미와 역할을 심화시킨 사람이기 때문이다.
사실상 이미지나 상상력이 지각이나 개념과는 다른 독자적인 인식형
태, 표현 양식으로서 그 선험성과 자율성을 부여받기 시작한 것은 바
로 칸트에 의해서라고 볼 수 있다. 『순수이성비판』에서 칸트는 우리
에게 주어진 하나의 여건을 재현해 내는데는 3중의 선험적 종합 과정
이 뒤따르게 되어 있다고 한 뒤에, 수동적으로 우리가 받아들인 감각
과 지적인 자발성을 종합해서 연결시키는 매개의 역할을 하는 영역

---

67) 뒤랑, *ibid.*, p. 71.

이 있는데 그것이 바로 이미지를 만들어 내는 상상력의 영역으로서 그것은 경험에 앞서 선험적으로 존재한다고 했다.

즉 하나의 비어 있는 개념이 경험적 직관과 부합하려면 하나의 형상을 만드는 힘이 선험적으로 존재하지 않고는 불가능하며, 그 선험적 힘에 의해 미지의 내용을 우리가 알고 있는 지적 형태 하에 포섭할 수 있다는 것이다. 그리고 칸트는 이러한 선험적인 생산적 상상력은 단순히 지각된 것들의 결합으로 이루어진 재생적 상상력과는 달리, 직관 속에 나타나게 될 유추적 표현들을 직관에 앞서 만들어 낸다고 했다. 즉 형상을 만드는 주체적 구조(상상력에 다름 아니다)가 감각적 세계를 미리 결정한다면서 상상력에 중요성을 부여한 것이다.[68] 하지만 『순수이성비판』에서 칸트가 주력했던 것은 지각과 관련하여 상상력의 기능을 하나의 논리적 도식으로 설명하려 애쓴 것이었으며, 이미지와 상상력의 형상적 기능에 주목하여 그것을 논리화한 것은 『실천이성비판』에서이다. 칸트는 『실천이성비판』에서 상상력의 또 다른 기능에 주목하면서, 경험적 직관과 무관하게, 즉 현상계에서의 우리의 경험의 한계와는 무관하게 절대의 관념 L' Idées de l' Absolu을 만들어 내는 이성의 활동 영역에 상상력을 포함시킨다. 즉 상상력은 경험적 이미지의 도움을 받아 추상적인 이데아의 유추형들을 창조해 내며 그 유추적 이미지들이 그 추상적 내용을 활사법 hypotypose으로 구체적으로 살아있게 하는 역할을 담당한다는 것이다.[69]

따라서 상상력이 발휘된 미적인 이미지란 우리를 단순히 감동시키

---

68) 칸트, 『순수이성비판 Critique de la raison pure』, Garnier-Flammarion, 24장 참조.
69) 칸트, 『실천이성비판 Critque de la raison pratique』, P.U.F., p. 70.

는 데 그치는 것이 아니라 모든 사물들의 객관적 표현 너머에 존재하는 전체 Tout에 대해 성찰할 수 있게 해주며, 극단의 경우 상상력은 그 어떤 개념과도 부합하지 않는, 표현할 수 없는 이데아를 형상화하기도 한다. 칸트는 우리의 감각적 경험에서 벗어나는 상상력의 역할을 지적함으로써 이미지의 기능을 복권시켰다고도 볼 수 있는데(제2장을 참조할 것), 그렇더라도 이미지 자체 내에 하나의 의미가 들어있다는 데까지는 나아가지 못했으며 칸트에게 의미는 여전히 개념과 관념 Idées의 독점 영역에 속하고 있었다고 보아야 한다.

바로 그 점, 이미지가 하나의 상징적 형태로서, 그 상징적 형태를 통해 우리의 구체적 경험들이 의미의 영역으로 들어오게 된다고 말하면서 이미지와 상상계의 의미를 적극적으로 끌어올린 사람이 카시러이다. 카시러는 칸트의 위대함이 과학·도덕·예술은 세계의 모습을 분석적으로 읽어 내는 데 만족하는 것이 아니라, '선험적인 종합적' 판단에 의해 가치의 세계를 구성하는 것이라는 사실을 보여준 데 있다고 생각하면서, 칸트를 이어받는다. 칸트에게서 하나의 개념이란 대상을 지칭하는 기호가 아니라 '현실을 구축적으로' 구성하는 것이었고, 따라서 인식이란 세계의 구성이며, 개념적 종합은 '초월적 도식'인 상상력 덕택에 가능하다고 본 데에 칸트의 위대함이 있다고 카시러는 말한다.[70]

그런데 칸트의 뒤를 이어받은 카시러는 칸트에게서 여전히 나타나는 감각과 지성 사이의 이원론적 구분을 문제 삼으면서, 앞서 말했듯

---

70) 카시러, 『상징적 형태의 철학 La philosophie de la forme symbolique』, Ed. de Minuit, 1972, p. 38.

이 그 이원론을 통합하는 원칙의 자리에 상징적 기능을 위치시킨다. 인간의 정신은 결코 하나의 대상을 객관적으로 직관에 의해 파악할 수 없고, 그 어느 대상을 만나건 그것을 즉각적으로 하나의 의미 속에 편입시켜, 일종의 의미의 조직화를 행하게 된다. 하나의 대상에 대한 직관적인 객관적 파악이 불가능하고 거기에 언제나 주관적 의미를 부여하게 된다는 의미에서 어찌 보면 일종의 무력함이라고 할 수 있을 그러한 현상을 카시러는 '상징적 함축성 prégnance symbolique'이라고 불렀다. 그러나 이러한 무력함은 거꾸로 인간의 인식 현상에는 무한한 가능성이 존재한다는 것, 그 어떠한 것도 인간의 의식에 단순히 나타나는 것이 아니라 모든 것이 하나의 재현(상징적 재현에 다름 아니다)이 되게끔 하는 기능이 존재한다는 것을 역설적으로 보여준다. 그리고 카시러는 신화와 예술과 언어들은 바로 상징화의 과정에 의해 만들어진다고 말한다.

이런 관점에서 볼 때 예술, 언어, 인식과 마찬가지로 신화는 상징이 된다. 그것들이 이미지나 알레고리의 형태로 미리 존재하는 préexistante 실재를 지칭한다는 의미에서가 아니라, 그 각각이 자신으로부터 출발해서 의미의 세계를 창조해 낸다는 의미에서이다. 그 각각에는 정신의 자기 전개 autodéploiement 과정과 모습이 표명되어 있으며 그것이 하나의 실재, 결정되고 구조화된 존재에 도달하는 유일한 방법이다. 그때부터 상징적 형태들이란 이러한 실재(현실)의 모방이 아니라 반대로 그 실재의 기관 器官 자체가 된다. 하나의 실재가 정신이라는 시선의 하나의 대상이 되어 그 자체로 가시적이 되는 것은 바로 그 상징적 형태를 통해서일 뿐

이기 때문이다.[71]

이러한 상징적 관념화 idéation symbolique를 통하여 인간은 자기 자신과 자신을 둘러싼 세상 사이에 하나의 형태(자신이 부여한 형상적 형태)를 놓고 그 형태를 통하여 세상을 파악하고 세상에 의미를 준다. 따라서 이미지적 표현은 단순히 순수한 형태가 아니라 진정한 의미의 매개자로 작용하는 것이며, 그 안에는 최초의 경험으로서의 '상징적 함축성'이 들어 있다.

바로 그 이유 때문에 카시러는 그 어떤 추상화 과정을 겪지 않은 구체적이고 감각적인 표현 속에서도 상징의 기능이 들어 있다고 인정한다. 그리고 상징적 표현의 근저에는 언제나 '감각적 직관의 집약'이 존재하고 있어, 그것이 경험을 종합해주고, 특수한 것, 개별적인 것을 일반적인 것에 통합시키고 아이덴티티를 부여할 수 있게 해준다는 것이다. 카시러에게 있어 언어, 신화, 예술, 과학은 모두 상징적 형태에 속하는 것으로써 그것들은 주어진 여건의 수동적 재현을 뛰어넘어 현실과 이상, 객관적인 것과 주관적인 것의 중도에 있는 진정한 자기 표현의 양태들이다. 따라서 인간의 이미지적 표현은 자유로운 창조 활동이 되는 것이다. 카시러가 상징적 형태로서의 이미지 철학을 성립시킨 덕분에 이미지적 표현은(그것이 시각적이건 언어적이건) 단순한 반복이나 재현이 아니라 의미를 담고 있는 성찰 réfléxion의 영역에 포함될 수 있게 되었고, 더 나아가 과학이나 철학에 나타나는

---

71) 카시러, 『언어와 신화 Langage et mythe』, Ed. de Minuit, 1973, pp. 16~17.

추상적 표현도 종합적이고 농축된 방식으로 다루어지던 것을 분석적인 방법으로 확장한 것일 뿐 크게 보면 상징 형태라는 뿌리가 변형된 것이라고 봄으로써 일종의 범-상징론 pan-symbolisme과 범-이미지론을 가능케 했다.

그럼에도 불구하고, 상징을 그것이 지니고 있는 순수한 역동성이라는 면에서 정의해볼 때, 우리는 카시러가 문화의 형태나 상징 체계의 형태에 등급을 두었음을 알 수 있는데, 예를 들어 그는 신화를 굳어진 상징으로 간주하여 그 '시적'인 소명을 상실한 것으로 생각했으며, 반면에 과학, 특히 객관화가 상징에 대한 문제를 끊임없이 제기하는, 결국 가장 위대한 상징적 함축력을 지니고 있는 것으로 간주했다.

따라서, 상징적 상상력이 동일성의 논리를 추구하는 제국에 대항하여 전적인 자율성을 획득하기 위해서는, 칸트식의 인식론적 비판에 비해 보다 자유로운 탐구자들의 저술을 기다려야만 했다.[72]

### 4) 폴 리쾨르—이미지의 해석학

언어 철학자이며 문학연구가로서 프랑스의 해석학을 대표하고 있는 폴 리쾨르는 하나의 텍스트에는 여러 층위의 의미가 공존하고 있으며 진정한 해석이란 그 속에 감추어진 의미임을 강조하고, 그런 해석학의 방법과 의미를 밝히려 애씀으로써 이미지를 올바로 이해하려는 철학적 · 해석학적 여러 노력들로 괄목할 만한 업적을 남겼다.

우리가 앞서 이미지에 대한 상이한 해석적 접근 방식들의 차이를

---

72) 뒤랑, *Op. Cit.*, p. 74 참조.

리쾨르의 해석학을 통해
하나의 상징, 하나의 상징적 이미지는
그 이미지를 낳은 시간적, 공간적 제약에서
풀려나 총체적 인간의 경험을 품고 있는
하나의 함축적 의미체가 된다

논하면서 결론처럼 지적한 '이해 compréhension'냐 '설명 explication'(과학적 지식들을 지배하고 있는 논리적 기능)이냐 중에서 그는 단호히 '이해' 쪽을 택한다. 그가 이해 쪽을 택한다는 것은, 인간의 온갖 행동들에 그때 그때 의미를 부여하는 행위로서의 발화 發話 행위의 근간에는 객관적인 여건보다는 주체의 성찰적 기능이 더 중요하게 작용하고 있다고 생각한다는 것을 의미한다. 따라서 텍스트를 수용하고 해석한다는 것은 텍스트의 명백하고 객관적인 의미를 밝혀내는 것이 아니라, 독자라는 주체가 그러한 주체적인 의미를 재해석하여 자신의 존재 의미를 재건립하는 것을 의미하며, 그러한 주체끼리의 만남—독자라는 주체와 텍스트라는 주체의 만남—은 상징적 차원을 중심으로 이루어진다.

리쾨르가 취하고 있는 그러한 해석학적 관점은 그보다 앞서 존재했던 철학적 전통이 채택하고 있던 '진정한 사고'의 발견이라는 명제(리쾨르가 철학자임을 상기하자)로부터는 비껴나가 있는 관점이다. 우선, 우리가 접하는 시적 · 종교적 텍스트나 그림들은 그것들이 직접적으로 우리에게 전하는 내용만 지니고 있는 것으로 간주되어서는 안 된다. 하나의 시적 이미지나 상징적 이야기는 필연적으로 문자 그대로의 의미를 넘어서는 의미를 담고 있는데, 그러한 이미지나 이야기에는 복수적 複數的인 의미화 작용이 들어있기 때문이다. 하나의 이미지를 이해한다는 것은 즉각적으로 주어지는 의미를 넘어서는 간접적이고 감추어진 의미를 밝혀내는 것을 의미한다(그러한 감추어진 의미는 흘낏 일부분만 드러내고 있을 뿐이다).

텍스트의 진정한 의미란 그렇게 그 의미를 드러내기를 기다리면서 모호하게 잠복해 있다. 그리고 그 의미는 의미를 해석하는 자에게만 드러난다는 점에서 객관적이지도 않고 자명하지도 않다.

하나의 텍스트가 그렇게 감추어진 의미를 담고 있다면, 그 텍스트를 접하는 주체가 이성이나 오성에 의한 판단 방법으로 그 텍스트의 의미를 한정하려 한다면, 텍스트를 제대로 이해할 수 없을 뿐만 아니라 그것이 의미하는 내용과 완벽하게 일치할 수도 없다. 다시 말해 그 텍스트의 의미를 살려낼 수 없다. 진정한 해석이란 텍스트의 감추어진 의미와 만나 그 의미와 일치하고 구체적으로 살려내는 것이며, 그리하여 자신의 존재 자체를 재정립하는 것이다. 그러기 위해서는 텍스트를 간접적으로 이해하고 그 심층까지 파고드는 것이 필요하며, 하나의 텍스트가 지니고 있는 여러 의미의 층위들을 파악해서 그 중 잠재적인 의미를 활성화시키는 것이 필요하다. 즉 텍스트의 올바른 해석을 위해서는 직접적이고 명확하게 제시되는 의미에서 벗어나 그에 정당한 가치를 부여하는 것이 필요하며, 그렇게 되기 위해서는 간접적이고 감추어진 의미 작용의 다른 면을 탐사하려는 해석자의 능동성이 요구된다는 것이다.

리쾨르는 텍스트에서 명백한 사실성을 입증하려 애쓰는 환원적 해석의 태도와 이해를 바탕으로 한 구축적이고 확장적 해석의 태도 대립을 잘 보여주는 것을 신화-종교적 텍스트들로 보는데, 그 텍스트들은 이미지의 방대한 집약체로서 그 이미지화된 의미가 언제나 다의적이고 모호했기에 그러하다.

그중 첫 번째 방식, 즉 환원적 해석 방법은 언제나 상상적인 이야기들을 탈신비화 démythologiser하려 애를 쓴다. 즉 수없이 다양하고 모호한 2차적 의미(형상화된 의미)의 밑에 있는 본의(문자 그대로의 의미; 다시 기호와 상징을 참조할 것)를 밝혀내려는 것이다. 그러한 입장에서 볼 때 이미지화된 의미들은 말 그대로 부수적으로 덧붙여진 것으로써 객관적으로 경험한 내용을 알레고리적으로 표현한 것일 뿐이다. 신화의 이야기들은 실제로 있었던 일들을 우위적으로 표현한 것일 뿐이라는 신화실재설 éphémérisme은 그러한 입장을 단적으로 보여주는 예이며 오늘날에도 크게 유행하고 있는 이미지에 대한 기호학적 해석도 그 입장과 그리 멀지 않다. 신화란 실제로 겪은 경험을, 알레고리적 방법 등을 통해 다른 유추적 표현으로 대체해 놓은 가공적 이야기라는 것이다. 그러한 입장에 선다면 신화 속 신들의 이야기란 자연 현상들을 시적으로 변용해 놓은 것에 불과한 것이 되며, 심한 경우 그러한 자연 현상의 법칙을 파악하지 못하고, 그것을 설명할 능력이 결여되어서 지어낸 유치한 이야기로 취급되기까지 한다. 언제나 유일한, 단 하나의 설명 원리, 법칙, 진리를 중시하는 태도를 우리는 그 입장에서 볼 수 있다(앞서 우리가 살펴본 성상파괴주의의 흐름 및 이원론적 인식을 다시 참조할 것).

리쾨르는 이러한 환원적 해석 방법을 거부하면서 확장적 해석 방법을 주장하는데, 텍스트의 해석에서 중요한 것은 단 하나의 유일한 의미를 찾는 데 있는 것이 아니라(텍스트는 수학 문제가 아니다), 텍스트 읽기 혹은 텍스트에 대한 성찰을 통해 그 텍스트의 굴곡이 진 채 감추어져 있는 의미를 재구성하고 그것의 다의성과 풍요성을 스스로 체험하면서 우리의 구체적 삶 속에서 그것들을 활성화시키는 데 있다는 것이다. 예컨대 기독교 경전을 해석할 때에도, 성서 속의 이야기들이 실현하고 있는 다양한 조화들이 서로 어울려 소리를 내게 해 그것이 경전 속의 이야기에서 지칭되고 있는 현실과는 전혀 다른 국면에서도 적용될 수 있게 하는 게 중요하다. 그렇게 되어야, 경전 속의 구절, 우화, 성인 이야기들이 지니고 있는 그 수수께끼 같은 풍요로운 의미에 접근을 가능케 할 해석 방법이 세워질 수 있다.

리쾨르는 중세의 기독교 경전 해석 전통은, 텍스트의 문자적 의미, 우의적 의미, 비유적 tropologique 의미, 신비적 anagogique 의미를 점차적으로 밝혀 가는 일종의 단계적 형식으로 이루어져 있다고 말한다. 그리고 그러한 전통은 아래와 같은 표현에 잘 압축되어 나타나고 있다.

문자적 의미는 역사를 가르치고, 알레고리는 우리가 믿어야 하는 바를 가르치며 정신적(도덕적) 의미는 우리가 해야할 일을, 신비적 의미는 최후의 목표를 가르친다.[73]

---

73) 뤼박, 『중세의 성서 주해. 성서의 네 의미 Exégèses médiévale, les quatre sens de l'Ecriture』, Aubier, 1959에 인용된 익명의 표현.

그러한 입장에 서게 된다면 문자 그대로의 의미란 최종적인 의미, 진실 그 자체의 의미가 아니라 반대로 그 안에 최종의 진리를 감싸고 있는 껍질로서 가장 바깥의 피상적인 의미가 된다. 따라서 진정한 의미의 해석학이란 현교적 exotérique인 의미로부터 비교적인 ésotérique 의미로 점차로 옮겨가는 여정으로서, 삶의 비의를 깨닫게 되는 통과제의 initiation와 아주 흡사한 것이며 그것은 객관적인 진리에 도달하는 과정이 아니라 주관적인 깨달음을 언제나 동반하는 과정이다.

따라서 우리가 텍스트를 해석한다는 것은 우리의 직관에 주어진 것을 주관화하는 것, 달리 말해 이미지에 잠재해 있는 내용을 스스로 경험해서 개인적 소유물로 만드는 것을 말한다. 그때 텍스트와 해석자는 객체와 주체라는 이원적 분리 관계에서 벗어나 비분리적 관계, 즉 의미에 함께 동의하고 참여하는 관계로 맺어진다. 리쾨르는 "상징은 우리를 잠재적 의미에 참여하게 해 우리를 그 상징의 象徵意 symbolisé에 동화시키는 최초의 의미의 움직임이다"[74]라고 말하면서 상징적 이미지에 적극적 의미를 부여한다.

리쾨르의 해석학을 통해 하나의 상징, 하나의 상징적 이미지는 그 이미지를 낳은 시간적 · 공간적 제약에서 풀려나 총체적 인간의 경험을 품고 있는 하나의 함축적 의미체가 된다. 그리고 그 의미가 주체의 능동적 참여에 의해서만 밝혀질 수 있다는 것은 거꾸로 텍스트를 읽는 주체가 이 세상 삶에서 겪은 경험 속에서 그 상징적 내용의 의

---

74) 리쾨르,『유한성과 유죄성 *Finitude et culpabilité*』, Aubier, p. 22.

미를 찾을 수 없을 때, 달리 말해 그 이미지의 의미 속으로 들어갈 준비가 되어 있지 않을 때 그 텍스트는 도저히 이해할 수 없는 닫힌 텍스트가 된다는 것을 뜻한다. 수많은 선시 禪詩들, '산은 산이요, 물은 물이로다'라는 게송 偈頌 같은 것이 그 좋은 예로써 그런 선시들과 게송은 그 속에 담고 있는 의미를 구체적으로 경험하고 살려낼 수 있는 사람에게만 그 의미가 드러나는 것과 마찬가지이다.

이상과 같이 리쾨르는, 실증주의적 해석학에 맞서 상징주의적 해석학을 하나의 대안으로 제시한 것이 아니라, 실증적 해석학, 분석적이고 과학적이며 디지털한 해석학이 오히려 피상적인 외부에 머무는 해석학임을 보여줌으로써 이미지 해석에 있어 지대한 공헌을 한다. 하지만 그의 해석학은 아직 텍스트 해석학 근처에 머물고 있어, 상징적 인식과 표현을 인류학적인 넓은 장으로 이끌어 내지는 못했다.

## 5) 앙리 코르벵 — 이마지날, 부재하는 것을 그려 내는 상상력

프로이트와 융과 카시러와 리쾨르의 업적들에 의해 이미지와 상상력이 담고 있는 깊은 의미가 밝혀졌고, 이미지와 상상력이 억압당하고 평가 절하 당해온 것은 이미지와 상상력 자체가 실제로 그런 취급을 받을 만한 이유가 있어서라기보다는 검증할 수 있고 확인할 수 있는 진실과 의미만을 중시하는 편협한 의식에서 비롯된 것이라는 사실을 우리가 확인한 이상, 이제 우리는 '상상력의 코페르니쿠스적 업적'을 이룩하면서 몽상하는 의식, 이미지를 만드는 의식을 인간 의식 내부로 편입시킨 바슐라르와 상상계의 학문을 진정으로 체계화시켜, 우리가 이 책의 앞부분에서 이야기한 일종의 '이미지 중심주의

「수태고지」, 레오나르도 다 빈치, 1472년, 우피치 갤러리
앙리 코르뱅의 이마지날은 우리가 초현실이라고 부를 수 있는 것,
즉 그 자체 자율적 존재이면서 우리의 경험 속에서는
그 등가물이나 모델을 찾을 수 없는 것을 이미지로 표현한 것을 의미한다.

imagocentrisme'에 입각한 새로운 "상상계의 인류학"을 설립한 뒤랑으로 곧장 넘어가도 좋을지도 모른다. 하지만 그 전에 우리는 이마지날 Imaginal이라는 개념을 통해 '우리의 구체적 경험과 상관없이 만들어지는 초감각적 이미지'에 대한 정확한 이해의 길을 제시한 앙리 코르뱅에 대해서 잠시 언급할 필요성을 느낀다.

앙리 코르뱅의 작업을 살펴보는 것은 인간이 도저히 구체적으로 경험할 수 없는 현상에 대한 이미지적 표현은 어떻게 해서 태어나는 것이며, 우리가 그것을 어떻게 해석해야 하는가 하는 중요한 단서를 찾을 수 있고 그를 통해 이미지가 품고 있는 함의를 한층 넓힐 수 있겠기 때문이다.

하이데거의 해석학적 방법을 이어받았고 특히 후설 Husserl의 현상학 전통의 계보에 속한다고 볼 수 있는 코르뱅은 후설 현상학의 원리를 감각적 지각뿐만 아니라 초감각적인 것 le supra-sensible을 지향하는 종교의식에도 적용했다. 페르시아의 조로아스터교와 이란 내 회교 분파인 시아파 및 수피즘을 연구한 그는(시아파는 특히 신플라톤 주의의 영향을 받았음을 지적해야 할 것이다) 일종의 초심리학적인 suprapsychologique 상상력의 형태를 발견하고 그것에 '이마지날'이 라는 신조어를 붙인다. 그는, 인간에게는 현 주체의 상태와 긴밀히 연결되어 비현실적인 이미지들을 낳는 상상적 기능 외에, 주체와는 무관하게 정신의 아이온 éon[75] 같은 것이 거의 자율적으로 나타나는 상상적 기능도 있음을 발견하고는, 전자를 좁은 의미의 상상계 l'imaginaire라고 불렀고 후자를 이마지날이라 칭했다. 상상계가 부 재해 있고 사라진 현실의 대체물로서 나타나는 모든 이미지들을 총 칭하면서 하나의 비현실을 표현하는 기능을 한다면(환영 fantasme처 럼 현실의 부정과 거부처럼 나타날 수도 있고, 허구의 경우처럼 단순히 있을 수 있는 가능성을 나타낼 수도 있다), 이마지날(라틴어로 mundus imaginalis)은 차라리 우리가 초현실이라고 부를 수 있는 것, 즉 그 자체가 자율적 존재이면서 우리의 경험 속에서는 그 등가물이나 모 델을 찾을 수 없는 것을 이미지로 표현한 것이다. 예컨대 신의 이미 지, 천사의 이미지 같은 것들이 그러한 것들로써, 이는 개인의 심리 적 활동이나 일상적 세계에서 우리가 경험하는 현상과는 상관없는 존재 양태에 하나의 육체를 부여한 것이라고 볼 수 있다.

우리가 초자연, 초현실이라고 부를 수 있는 것의 이미지가 존재한 다는 것은, 즉 이마지날의 기능이 존재한다는 것은 인간의 정신 현상

---

75) 아이온은 그노시스파가 주장한 영구 불변의 힘으로서 만물의 영원불변하는 본질 같은 것이다.

에는 감각적 직관을 넘어서는 것, 현실적인 비존재나 무 無가 아니라 우선은 인간의 정신에만 나타나는 것을 이미지로 표현하는 기능이 존재한다는 것을 의미하는 것이 아닌가? 그때의 이미지란 하나의 가시적 형태를 통해 비가시적인 초현실을 겨냥하는 상징적 의식의 발현이라고 볼 수 있는 것이다.

초현실 세계의 구체적 표현인 이마지날은 현실과 비현실 곁에 하나의 굳건한 실재로 존재하면서 정신이 육체화되기도 하고 육체가 정신화되는 것을 가능하게 해준다. 인간의 의식은 영적인 몸을 내적으로 경험하는 장소가 되며 그 이미지들을 통하여 물질적 세계의 종속에서 벗어나 직접적으로 초월자의 상에 이르는 것이 가능해지는 것이다. 즉, 이마지날의 영역에서 하나의 이미지(초현실적이고, 초감각적인 이미지)는 비현실적인 이미지도 아니고 절대 형태의 수동적 모방도 아니고, 감각적이면서 동시에 비물질적인 실재의 현존이 된다. 달리 말해, 천사, 낙원, 신 등의 상상적 존재들은 관념계의 이데아를 유추적으로 표현한 것이 아니라 그 자체가 하나의 구체적이고 실제적인 화신들이 된다. 그리고 이처럼 관념적 초월성으로부터 유래하는 상상적 절대 형태는 그것을 받아들일 수 있는 능력에 따라 각자에게 전달된다. 따라서 이렇게 이미지화된 절대 형태란 불변적인 것과 특수한 것의 중간 항일뿐만 아니라 각각의 창조적 상상력에 따라 다르게 적응될 수 있는, 일종의 생명력을 가진 존재들이다.[76]

앙리 코르벵이 보여준 이마지날은, 교회나 성직의 중개 없이는 천상에 도달할 수 없다는 교권주의적 전통이 강한 서구 기독교 사회에 대해서는, '영적인 정신'이 직접 그 세계를 맛보고 그 세계에 도달할

엘리아데는 모든 종교
현상의 토대에는 이미지와
신화가 있으며 그것들이
영속하고 있다는 것을
밝혀 내었다.

수 있다는 의미에서 기독교적 이원론과 거리가 멀며, '인간의 창조적
상상력'이 바로 그 비가시적인 존재에 가 닿는 것을 가능하게 한다는
의미에서 서구의 합리주의적 인식에는 하나의 충격이 된다.

우리는 같은 맥락에서, 인간의 사고 내에서 종교성의 출현에 상상
계가 지니고 있는 역할을 크게 부각시킨 미르치아 엘리아데 Mircea
Elliade의 이름을 언급해야 할지도 모른다. 그는 모든 종교들에 있어
서 신화 및 제의와 연결된 상징적 이미지들의 망 網이 어떻게 차츰 차
츰 유기적으로 조직화되어 가는가를 밝혀 내면서 종교사에서의 신화

---

76) 뷔넨뷔르제 같은 이는 이러한 이마지날의 개념을 통해 우리의 육체, 우리의 감각을 넘
   어서는, 또 다른 실존, 육체성을 갖지 않으면서 우리의 정신 현상에만 나타나는 이러한
   실존을 인정하고 우리의 실존 국면을 복수화해야 한다고 주장한다. 관찰할 수 있는 대
   상에만 집요하게 집착해온 심리학자나 사회학자들도 소위 합리적 문화의 이틈 저틈에
   서 솟아오르는 비가시적인 것의 표현에 주의를 기울이고 그것을 연구해야 한다는 것이
   다. 그는 한걸음 더 나아가 이러한 비가시적인 것의 표현인 이마지날의 전통에 대한 이
   해가 현대인의 인식의 협소성을 벗어나게 해줄 수 있다고 하면서 우리의 문화나 종교에
   삼투해 들어가 우리의 정신이 의식의 초자연적인, 초현실적인 영역까지 침투할 수 있어
   야 한다고 주장한다. 뷔넨뷔르제, 「이마지날한 세계라는 개념에 대한 인식론적인 시사
   성에 관한 노트 Note sur l'Actualité épistémologique de l'idée de monde "Imaginal"」
   (1999년 한국 방문시 강연 원고 중에서)

적 과정이 원형적 모델의 모방적 반복에 의해 표명된다는 것, 따라서 모든 종교 현상의 토대에는 이미지와 신화가 있으며 그것들이 영속하고 있다는 것을 밝혀 낸다. 그는 또한 성스러운 것과 세속적인 것 간의 단절을 부정하면서 상상계들—소설가의 상상계, 신화학자의 상상계, 이야기꾼과 몽상가의 상상계—사이에는 하나의 연속성이 존재한다는 것을 밝혀 내기도 한다.

이제까지 우리는 이미지와 상상력이 폄하되어 왔고 억압받아 왔던 서구 인식론의 한복판에서 그 가치와 기능을 복원시키는데 공헌한 정신분석학자, 심리학자, 철학자, 종교학자들의 업적을 일별해 왔다.

우리는 카시러를 통해 이미지 표현이란 현실의 모방이 아니라 정신의 자동 전개로서 현실을 구성하는 것이라는 것, 상징적 기능에 의해서만 하나의 실재가 정신의 시선에 포착되는 대상이 될 수 있다는 것을 확인했으며, 더욱이 추상적 과학적 표현이란 최초의 상징적 구조의 변형으로서 그러한 표현의 뿌리에는 바로 이미지화된 형태가 존재한다는 것을 확인했다(이미지 · 상상력의 선험성과 원초성). 그리고 프로이트와 융을 통해 이미지의 형성에는 인간 심리 속의 무의식이 주도적 역할을 한다는 것을 확인했고(상상하는 자아 · 상상하는 주체), 리쾨르를 통해 이미지를 해석한다는 것은 신화가 실제적 경험을, 종교가 유일한 진리를 감추고 있는 텍스트인 것처럼 환원 · 해석하는 것과는 달리 감추어진 의미를 재구성해 내는 것이며, 따라서 하나의 텍스트는(그것이 종교 경전이건, 신화건, 예술작품이건) 언제나 살아있는 존재로서 해석자의 주체적 참여에 따라 시 · 공을 초월해 언제나 그 의미가 되살아난다는 사실을 확인했다(이미지의 해석학 · 해석하는 주체의 의미).

그리고 코르뱅을 통해 종교 등에서 보여주는 초자연적이고 초감각적인 이미지는 정신이 육체화되고 육체가 정신화되는 장소로서 그 자체가 또 하나의 진정한 실재라는 것, 그러한 이미지를 만든다는 의도에서 활동하는 인간의 정신활동이 분명히 존재하며 그것이 단지 우리가 경험할 수 없는 대상을 육화시킨 것이라는 의미에서 비현실로 혼동하면 안 된다는 사실을 확인했다(초감각적 이미지의 현상학, 이미지의 현상학).

그들의 업적들은, 각각 이미지의 원초성과 독자성, 이미지를 생산하는 주체의 문제, 이미지를 어떻게 해석할 것인가의 문제, 이미지를 낳는 의식(혹은 무의식?)의 지향성 등에 괄목할 만한 업적을 이룩하면서 서구에서 평가 절하되어 왔던 이미지의 가치를 드높이고 그에 대한 관심과 연구에 기폭제가 된 사람들이다. 하지만 그들의 업적은 어느 면에서는 이미지 · 상상력 · 상징이라는 소외되었던 하나의 특정 분야에 대한 발굴과 가치 부여라는 면으로 국한되는 것이 사실이다. 그들의 업적을 바탕으로 우리가 제기하게 될 문제는 두 가지인데, 하나는 그들이 이룩해 낸 성과를 바탕으로 이미지를 생산해 내는 자아를 보다 보편화할 방법은 없는 것인가, 즉 이미지를 생산하는 정신 혹은 심리 활동이 종교 · 예술 등에 국한되는 것이 아니라 인간의 제반 인식 · 표현 활동 전반으로 확대할 수는 없는가의 문제이고(그래야 이미지의 편재성이 해명되고 이미지가 표현의 특수 형태가 아니라 보편적 형태라고 말할 수 있다), 또 하나는 서구에서 일고 있는 이미지 · 상상력에 대한 관심의 증가를 우리는 어떻게 이해해야 하는가, 그것을 여전히 서구의 주된 인식론적 관점에서 이해해야 하는가 아니면 이미지·상상력에 의해 새로이 확립된 인식론의 관점에서 이해해야 하는가의 문제(그 문제를 건드려야 이미지·상상력에 대한 새로운 가치 부여의 움직임을 단순히 유행사조가 아니라 인식론적 커다란 변환의 흐름으로 이해할 수 있다)이다. 질베르 뒤랑이 바로 우리에게 질문에 대한 하나의 답처럼 하나의 종합적 체계를 보여주고 있는 사람인데, 뒤랑의 그러한 상상계의 종합적 구조화를 가능케 한 길목에 우리는 바슐라르의 이름을 이정표로 새겨야할 것이다.

### 6) 가스통 바슐라르—상상력의 코페르니쿠스적 혁명

때로는 정신의 유년기 정도로 폄하되고, 때로는 정신에 대한 범죄로 파문 당하기까지 했으며, 그 자율성이 인정되더라도 현실과는 아무 상관없는 비현실적 irréel인 기능만을 갖고 있는 것으로 여겨졌던 상상력이 현실 세계의 변형과 변모를 가능케 하는 놀라운 창조성을 지닌 것으로 종합적으로 새롭게 인식되게 된 것은 가스통 바슐라르 덕분이다. 스스로 "상상력에 대한 코페르니쿠스적 혁명"이라고 자칭

바슐라르는 상상력의 창조적이고 현실적인 기능을 발견함으로써 진정한 의미의 상상력의 코페르니쿠스적 혁명을 이룩한 사람이다.

한 그의 상상력에 관한 업적들은 앞서 우리가 살펴보았던 상상력과 이미지에 대한 연구가들의 업적이 다소나마 제한적이고 부분적이었던 데 반해 상상력이 인간 정신활동의 보편적인 기능으로 자리잡을 수 있는 기틀을 마련해 준다. 그리고 그가 그런 기틀을 마련해줄 수 있었던 것은 역설적이게도 그가 애초부터 상상력의 가치를 높이 평가하고 그것의 창조성과 자율성을 탐구하겠다는 야심으로부터 출발한 것이 아니라, 상상력과 이미지를 억압하고 그것을 추방해야 진정으로 객관적 인식이 가능하다는 엄격한 과학철학자로부터 출발했기 때문이다.

그가 그 가치와 그 기능을 재발견하게 된 상상력은, 상상력을 제거하고, 추방하겠다는 그 과학적 엄격성 밑에서 놀랍게도 자발적이며 자생적으로 꿈틀거리며, 그 모습을 환히 드러낸 것이다. 따라서 이미지와 상상력에 대해 바슐라르가 이룩한 업적과 개념들은 과학철학자로서의 그의 면모와 불가분의 관계를 맺고 있다(이 불가분의 관계가, 실은 과학과 상상력을 엄격히 나누고 있는 이원론적 이분법을 모두 상상력의 이름 하에 통합할 수 있는 계기가 된다는 점을 지나는 김에 지적하기로 하자). 우리가 이미지와 상상력에 대한 바슐라르의 업적과 개념들로 직접 들어가기 전에 과학철학자로서 그가 남긴 업적들을 잠시 살펴보는 것은 그 때문이다.

순수 합리성을 지향하는 과학철학자로서 바슐라르가 제기한 문제는, 이미지 없는 순수 사고는 어떻게 가능한가라는 것이다. 그가 그 질문을 제기한 것은 과학적 인식과 우리가 일반적으로 경험하면서 갖게 되는 감각적 인식 사이에는 커다란 단절이 있음을 발견했기 때문이다. 그것을 그는 인식론적 단절이라고 불렀는데, 엄밀한 의미에서의 객관적 사고에 도달하기 위해 그는 그 객관적 인식을 방해하는 요인들(그것을 그는 인식론적 방해물들 les obstacles épistémologiques이라 불렀다)을 제거하는 방법을 택한다. 그 방법을 그는 객관적 인식의 정신분석 la psychanalyse de la connaissance objective이라 불렀는데, 그것은 반복하자면 "객관적 인식을 불가능케 하는 인식론적 방해물을 제거"하고 "본능의 개입을 과학적 지식에서 제거하겠다"는 것이다.[77]

그 인식론적 방해물에 해당되는 것들이, 원초적 경험, 일반적 인식, 친숙한 이미지의 언어적 확장, 역사적 상황이나 정서에 뿌리를 둔 확실치 않은 사고들인데, 그중 원흉을 이루는 것은 역시 몽상에서 비롯한 시적인 이미지이다. 객관적 인식의 정신분석을 행하겠다는 태도는 따라서, 일반적으로 객관적이고, 과학적이라고 믿고 있는 인식들이 사실상 비과학적이고 비합리적인 인식에 물들어 있다고 공격하면서 그러한 것이 제거된 말 그대로 '순수한 과학정신'의 가능성을 탐구하겠다는 태도이다.

---

77) 바슐라르에게 있어서의 정신분석이 어떤 의미를 갖는가를 쉽게 알기 위해서는 『불의 정신분석 La psychanalyse du feu』, Gallimard, 1949, 서문의 한 부분을 인용하는 것으로 충분하다. 그는 이렇게 썼다. "우리는 앞으로, 객관적 태도가 결코 이루어질 수 없었고, 정말 명확하게 생각하는 사람들까지를 왜곡시켜서 몽상이 사고를 대신하고, 시가 정리 定理를 감추고 있는 그러한 시적인 집 속으로 그런 사람들을 끌어들일 정도로, 그렇게 원초적인 매력이 막강한 하나의 문제를 연구할 것이다. 그것은 불에 대한 우리의 확신 때문에 제기된 심리학적 문제이다." (p. 12) 객관적 인식에 이르는 것을 가능케 할 오류의 교정을 그가 정신분석이라고 부른 것은, 그 오류가 심리학적 문제이기 때문이라는 사실을 우리는 알 수 있다. 한편, 그의 『과학정신의 형성 La formation de l'esprit scientifique』, J. Vrin, 1957에는 〈객관적 인식의 정신분석〉이라는 부제가 붙어 있다.

그러한 자세에서 과학사 科學史를 연구한 바슐라르는, 과학사가 우리가 흔히 생각하듯이 지식의 축적에 의해 발전을 이룩해온 것이 아니라고 결론 맺는다. 과학사를 전과학정신의 시대(코페르니쿠스의 지동설 이전), 과학정신의 시대(코페르니쿠스부터 뉴턴까지), 신과학정신의 시대(아인슈타인의 상대성 이론 이후)의 세 단계로 나눈 바슐라르는 전과학정신의 시대에서 과학이 발전한 결과 과학정신을 낳았고, 과학정신의 시대에서 발전한 과학이 신과학정신을 낳은 것이 아니라, 그 각각의 단계 사이에는 단절이 있다고 주장했다. 즉 뉴턴의 역학이 발전하여 아인슈타인의 상대성 이론을 낳은 것이 아니라 뉴턴의 역학을 낳은 인식적 토대와 상대성 이론을 낳은 인식적 토대는 완전히 상이하다는 것이다. 그렇다면 과학사는 상이한 인식의 교대만 보여줄 뿐 전혀 발전해온 것이 아니란 말인가? 바슐라르는 과학은 분명히 발전해 왔다고 말한다. 그리고 그러한 발전의 모습을 보여줄 수 있는 것이 바로 '감싸기'의 개념이다. 즉 뒤에 나온 과학정신은 그 인식적 토대에서 볼 때 앞선 시대의 과학정신과 단절되어 있지만 앞선 시대의 과학정신을 틀린 것으로 부정하는 것이 아니라, 일정한 조건 하에서만 옳다는 식으로 부분적으로 감싼다는 것이다.

　적절할지 모르지만 손쉬운 예를 하나 들어보자. 우리는 2+2=4라는 수학적 등식을 '참'이라고 믿는다. '참'이라고 믿어지는 한 그것은 객관적이고 과학적인 지식이다. 그러나 '집합'이라는 전혀 새로운 개념이 도입되면 2+2는 2도 될 수 있고 3도 될 수 있고 4도 될 수 있다(동물이 두 마리, 날짐승이 두 마리 있다. 모두 몇 마리냐? 라는 문제를 생각해보자).

'집합'이라는 전혀 새로운 과학적 지식에 의하여 2+2는 항상 4라는, 앞선 과학적 지식은 비과학적이 된다. 그렇다고 해서 2+2는 4라는 대답이 틀린 대답은 아니다. 그 대답은, '집합'이라는 새로운 지식 체계 속에서, 덧셈의 앞 항과 뒤 항의 요소들이 서로 다른 경우라는 단서 하에서만 '참'임을 보증받는다. 즉 부분으로 감싸이는 것이다. 마찬가지로, 뉴턴의 역학은 아인슈타인의 상대성 이론에 의해 부정되고 배척받는 게 아니라, 특수한 경우에 한하여 옳을 뿐인 것으로 수용된다. 뉴턴의 역학에 대한 아인슈타인의 상대성 이론이나 유클리드 기하학에 대한 비유클리드 기하학의 관계도 그러한 단절과 감싸기의 관계를 이루고 있다.

과학사에서 보여주는 '단절과 감싸기'의 개념은 과학의 발전을 부정하지는 않는다. 하지만 그러한 발전은 오귀스트 콩트 같은 실증주의자가 주장하는 선조적 발전과는 근본적으로 그 발상이 다르다. 콩트의 선조적 발전 개념에는 필경 최후의 이성의, 과학의 승리 단계가 설정되게 마련이다(그가 인간의 인식 발전 과정을 신학의 시대, 회의하는 이성의 시대를 거쳐 실증주의의 승리 단계라고 나눈 것을 상기하자). 하지만 바슐라르에 의하면 새로운 과학정신은, 현재의 과학정신을 이어받아 그것을 더욱 발전시킴으로써 탄생하는 것이 아니라 그것을 부정하고 새롭게 과학적으로 사유하려고 애쓸 때에만(즉, 현재의 과학정신이 물들어 있을지 모를 인식론적 오류를 교정하려고 애쓸 때에만) 탄생하는 것이다. 따라서 과학사는 지식의 계승과 축적의 과정이 아니라 계속되는 오류 교정의 역사이며, 그 오류 교정의 노력 덕분에 앞선 과학과 단절된 새로운 과학정신의 탄생이 가능해진다. 그리고 과학

정신이 끊임없는 발전을 추구하는 것이라면 '현재의 과학', '현재의 합리적 정신'도 여전히 오류 교정의 대상, 부정의 대상이며 필경 다음 단계의 과학정신에 의해 '단절'되고 '감싸일' 운명에 놓여 있다고 보아야 한다. 즉, 과학의 발전은 끝이 없으며, 더 나아가 합리성 자체도 고정불변의 것이 아니라 끊임없는 수정의 과정에 놓여 있게 된다.

과학철학자로서 바슐라르가 제기한 그러한 문제들은 사실 과학이나 합리주의의 개념 자체를 과학성, 합리성의 이름으로 뒤흔들어 놓기에 족하다. 주지하다시피 과학은 객관적 진리의 추구를 그 목표로 삼는다. 과학적 지식이 객관적이다라는 것은 그것이 보편적으로 그 어떤 현상에도 적용되는 항구성을 지니고 있다는 것을 말한다. 그리고 데카르트의 합리주의도 그 모든 것이 불확실할 때도 변함없이 존재하는 코기토의 절대적 항구성에 근거해 있다. 그런데 바슐라르는 그 항구성 자체를 뒤흔들어 놓으며, 참된 과학정신은 오히려 절대 진리의 존재를 의심하는 데서만 탄생한다고 말한다. 그리고 바슐라르는 "객관성은 목표이지 현상이 아니다",[78] '인간은 언제나 근접인식을 할 수 있을 따름이다'[79] 라고 말한다.

바슐라르의 신과학정신은, 합리적인 인식에 방해가 되는 비합리적인 부분을 제거하고 의심할 바 없는 객관적 인식에 도달하려는 노력의 엄격성 자체에 의해서, 역설적이게도 단 하나의 합리성, 유일한 합리적 인식에의 믿음 자체를 부정하는 결과를 낳는다. 그 사실은 합리적 인식 자체의 부정을 의미하는 것이 아니라 합리적 인식에 대한

---

78) 바슐라르, 『응용 합리주의 Le rationalisme appliqué』, P.U.F., 1949.
79) Ibid.

인식의 변화를 의미한다. 바슐라르가 부정하는 것은 합리주의 자체가 아니라 코기토의 항구성을 믿는 굳어 있는 합리주의로서, 그러한 합리주의는 '코기토가 영원하다'는 인식론적 오류를 보여줄 뿐이며, 따라서 그러한 합리주의는 열린 합리주의의 이름으로 부정되고 극복되어야만 한다. 미셀 푸코 Michel Foucault가 바슐라르 사후 한 텔레비전 방송과의 인터뷰에서 "바슐라르는 서구 인식 전체에 대해 덫을 놓은 사람이다"라고 말한 것이나, 질베르 뒤랑이 바슐라르는 '서구 합리주의의 하나의 정점 sommet이면서 동시에 전환점'이라고 평가한 것을 우리는 그러한 관점에서 이해해야 할 것이다.

바슐라르의 새로운 합리주의는 합리적인 것이나 객관성이 사고의 주체에도 대상에도 객관적으로 존재하는 것이 아님을 보여준다(전자가 데카르트의 합리주의라면 후자는 실증주의나 경험주의). 합리적인 형태 forme rationnelle와 물질적 힘 puissance matérielle 사이에는 변증법적인 상호 영향관계가 존재한다는 것이다. 그것들은 진정한 합리적 정신 속에서는 서로 단절된 채 어느 것이 원초적으로 중요하냐고 겨루는 관계로 드러나지 않고 상호 영향을 받는 관계로 드러난다. 요약한다면 순수한 이성 raison pure이란 것은 없고 언제나 대상과 관련을 맺는 능동적이고, 미래 조망적이고, 추론적인 이성만 있을 뿐이며(달리 말해 응용 합리주의 rationalisme appliqué만 있을 뿐이며), 마찬가지로 물질이 존재론적으로 근원적이고 객관적이라 믿는 유물론도, 객관화하려는 주체와 만나야 객관화한다는 것이다. 다시 말한다면, 객관화의 방법이 없는 한 객관성에 도달할 수 없으며 객관화의 방법이란 객관화를 기다리는 대상과 관계없이 이루어지지 않는다.[80]

따라서 바슐라르는 선험적인 것으로부터 경험을 따로 떼어 내서, 사고(관념)를 경험의 총화로 보는 경험주의도 거부하고, 사고는 대상에 응용됨으로써 약화된다는 관념 철학도 거부한다. 합리주의는 경험과 단절되어 있는 것이 아니라, 경험과 결부되어 그것을 증폭시킨다. 경험과 개념화는 따로 분리되는 것이 아니라 우리의 개념화가 바로 우리의 경험이다. 합리적인 사고에서 중요한 것은 현실의 객관화가 아니라 현실 탐구 내에서의 사고의 객관화이다. 객관성은 객관화의 방법에 있지 하나의 현상 혹은 현실로 주어지지 않는다.

그러한 생각에서, 바슐라르의 목표는 사고하는 주체 중심의 영원불변의 합리성이나 존재하는 사물로부터 오는 객관성을 획득하는 데 있는 것이 아니라 하나의 대상을 만났을 때 그 어떤 인식론적인 방해물로부터도 자유로운 순수 객관 정신은 어떻게 가능한가를 탐구하는 방향으로 나아간다(물론 그 객관화의 정신은 데카르트의 코기토처럼 고정된 것이 아니다. 그 정신은 확고한 것을 찾아가는 정신이 아니라 확실한 것을 부정하는 정신이다). 따라서 바슐라르의 새로운 과학정신은 '주관적 오류'의 교정이라는 문제와 연결되어 '객관적 인식의 정신분석 La psychanalyse de la connaissance objective'이라는 심리학적 용어와 만나게 되고 그 자리에서 나온 것이 『불의 정신분석 *La psychanalyse du feu*』이라는 책이다.

---

80) 이러한 인식에 의해서, 합리주의적 과학정신은 객관화를 예비하고 있는 대상만을 지향하지 않고, 소위 심리적이라고 여겨져 과학적 탐구의 대상에서 제외되었던 영역까지 확대된다. 그가, '객관적 인식의 정신분석'이라는 용어를 과감히 사용할 수 있었던 것은 그 때문이다.

다시 간단하게 그 과정을 요약하면 다음과 같다. 우선 객관적 인식, 다시 말해 가장 추상적이고, 분석적이고, 과학적인 인식에 도달하려면 하나의 대상에 미리 주관적으로 가치를 부여하지 않아야 한다. 그런데, 과학사가 보여주듯이 새롭게 획득한 추상적 진리는 그 다음 단계의 과학정신에 의해 부적절하고 불순한 것으로 드러난다. 즉 당대에만 과학적이라고 믿었을 뿐(믿음은 이미 가치 부여이다), 그것은 후대의 과학정신에 의해 그 보편성을 상실하고 부분화되며 주관적이 된다.[81] 따라서 진정한 과학정신은 객관적인 것에 대한 믿음을 공고히 하고 그것을 습득하는 것이 아니라 가장 확실한 것을, 혹은 확실하다고 생각하는 것을 끊임없이 의심하고, 부정하면서 그 속에 묻어 있을 오류를 교정하려는 자세에서만 획득될 수 있으며 진정한 과학의 발전은 그러한 '부정의 정신'에 의해서만 이룩될 수 있다.

즉 궁극적으로 진정한 과학정신은 고정된 진리의 탐구에 있다기보다는 '객관적 인식'을 방해하는 인식론적 방해물(그것은 심리적이다)을 경계하고 그것으로부터 자유로운 정신을 활동하게 하는 것이다. 그 인식론적 방해물에는 한 주체의 개인적 심리상황, 역사적·사회

---

81) 바슐라르는 『부정의 철학 *La Philosophie du non*』이라는 책에서 인식론적 프로필 le profil épistémologique이라는 개념을 사용하여 "개별적 (과학) 철학은 개념적 스펙트럼의 한 띠만 보여줄 수 있을 뿐이고, 하나의 특수한 인식에 대한 완전한 개념적 분광을 얻으려면 모든 (과학) 철학들을 한곳에 집결시켜야만 할 것이다"라고 말한다. 즉 제아무리 일반적인 과학 철학이라도 그것은 인식의 총체성을 보여줄 수 없고 하나의 프로필만 보여줄 수 있다는 것이다. 그 프로필은 바로 주관적 가치 부여가 아니겠는가? 또한 우리가 하나의 대상에 대하여 행하는 주관적 가치 부여는 과학적 표현들의 의미론적 층위들에도 각인되어 있음으로써, 과학적 표현 자체도 객관적 인식의 정신분석의 대상이 된다.

「회개하는 막달라 마리아」,
조르쥬 드 라 투르, 1640년,
뉴욕, 메트로폴리턴 미술관
바슐라르의 상상력 연구 방법은
이미지가 이끌리는 힘에 자신을
맡기고, 자신의 넋 속에
아니마의 창조성을 부추기는
이미지의 현상학이 된다.

적 · 문화적 상황 모두가 포함되며, 당대의 가장 명백한, 가장 옳다고
여겨지는 과학정신까지도 포함된다.

다시 말해, 진정한 과학정신이란 이미 '구성되어 있는 이성'에 멈
추는 것을 거부하고 '새롭게 대상을 구성'하려는 의지와 방법을 획득
하는 데 있는 것이며, 그 의지는 필경 인간 정신 속의 오류 교정의 문
제와 연결되게 된다. 인간의 과학정신을 흐리게 하는 인식론적 방해
물(이런 방해물은 과학적 인식의 진보에 따라 새롭게 형성되기도 한다)을
끊임없이 경계하고 그것을 제거하려는 노력, 그리고 끊임없이 오류
를 빚는 인간 정신의 근원에 가보는 것, 그것이 바슐라르가『불의 정
신분석』을 쓰게 된 동기인 것이다.

그가 그런 야심의 대상으로 '불'을 선택한 것은 '불'이라는 현상이
그 대상에 대한 객관적 인식을 그 무엇보다도 가장 잘 방해하기 때문

이다. 즉 불 앞에서 인간은 누구나 잘못 생각할 준비가 되어 있으며 "불이 무엇이냐?"라는 질문을 받으면 우선 주관적이고 심리적인 가치를 먼저 부여하려 하면서 정작 '불' 현상의 객관적 설명은 할 수 없게 된다(그래서 그만큼 자명한 것처럼, 더 이상 과학적 탐구가 필요 없는 것처럼 여겨 버린다). 그리고 인류가 남긴 불에 관한 기록(몽상의 기록, 불에 관한 과학적 설명의 기록 등등)이 그 어떤 대상에 대한 기록보다 많다는 것은, 그 기록이 모두 오류의 기록이라는 의미에서 인간이 하나의 대상에 대해 잘못 생각하는 방법이 그 기록에 가장 다양하게 드러나 있음을 의미한다. 따라서 '끊임없이 오류를 빚는 인간 정신의 근원'을 탐구하기 위해서는 불에 관한 기록들을 검토해 보는 것이 가장 손쉽고 좋은 방법이 된다.

"내가 있는 그대로 현실을 보아서는 안 된다. Il ne faut pas voir la réalité tel que je suis"라는 제사 提辭에서 볼 수 있듯이 그 책의 출발 의도는 불에 대한 인식적 오류들을 살펴보고 그 오류들을 교정하면서 오류를 빚는 정신의 근원에 가 보겠다는 것이다. 그러나 그 책을 쓰면서 잘못된 신념, 주관성의 오류들, 부질없는 생각들을 모으는 동안에 그는 그가 비난하고자 했던 그 오류들에 매혹당한다. 책의 뒷부분에 쓰인 "상상력은 정신적 생산력 자체이다. l'imagination est la force même de la production psychique"[82]라는 발언은 최초의 의도와 그 얼마나 멀리 떨어져 있는가! 더욱이 책의 끝부분에는 불이 요구하는 콤플렉스의 유혹 앞에서, "몽상에 진정한 자유와 창조적 심리 기능을 부여해주는 날렵한 변증법을 더 잘 드러낼 수 있도록"[83] 그에 빠지길 권한다. 아니, 권하는 것이 아니라, 그 자신이 바로 그 유혹에 빠져, 상상력의 놀라운 창조성에 몸을 맡긴다. 제거하려던 오류는 어느새 놀라운 창조 활동으로 뒤바뀐 것이다. 그때부터 바슐라르는 과학철학자로서의 활동과 시적 이미지에 대한 탐사활동을 병행한다.

그렇다면, 본인 스스로 "상상력의 코페르니쿠스적 혁명"이라고 말하면서 스스로도 놀랄만한 "상상력에 대한 인식론적 전환"의 내용은 무엇인가?

우선 바슐라르에 의해 인간의 의식 내부에서 상상하는 주체의 의미가 뚜렷해진다. 바슐라르는 인간의 상상력이, 소위 추상화를 지향하는 객관적 인식의 입장에서 보자면 인식론적 방해물을 이루지만, 제아무리 객관적인 인식에서도 작용하는 그 인식론적 방해물은 거꾸로 인간이 이 세상과 정서적으로 결합하는 최초의 인식방식으로서 과학적 인식과는 다른 창조성과 현실을 갖는다. 상상력의 힘, 이미지와 현실을 변형하고 창조하는 그러한 상상력의 힘은 최소한 3단계의 역동적 층위에서 작용한다.

첫째, 이미지들은 우리가 지각한 것들이 수동적으로 각인되어 표현된 것들도 아니고 밤에 꾸는 꿈처럼 무의식의 활동 결과도 아니다. 바슐라르는 융의 아니마·아니무스의 개념을 빌어와 상상력은 인간 깊은 심리 속의 아니마의 활동 영역에 속하고, 개념화·객관화의 의식은 아니무스의 활동 영역에 속한다고 말한다. 즉 상상력과 이성의 활동은 인간 심리 속의 각기 다른 의식 활동 영역에 속하는 것으로써 상호 보완의 성격을 띠게 된다. 그때 상상력이란 현실 원칙에 대립되

---

82) 바슐라르, 『불의 정신분석』, Gallimard, 1949, p. 187과 p. 190.
83) *Ibid.*

는 비현실의 원칙에 의해 지배되는 것도 아니며, 명백한 의식 또는 지각에 종속되는 하위 개념도 아니고, 뒤랑이 지적하고 있듯이 '합리주의자의 명백하고 씩씩한 의식 내부에, 과학적 지식 활동이라는 엄격성 내부에' 갑자기 내려앉아 '여성적인 천사, 위안해 주는 중개자로서 말을 걸어오는'[84] 존재가 된다. 상상력은 객관성에 입각한 과학주의, 혹은 비인간적인 소외를 향해 미망을 헤매는 의식을 보호해주는 중개의 천사가 되는 것으로서, 객관성에 입각한 의식이라는 것은 그 자체가 반쪽 의식이 된다. 그러한 인간 의식 내부의 또 다른 의식이 꾸는 꿈이라는 의미에서 바슐라르는 정신분석학자의 무의식 활동으로서의 꿈 rêve 대신에 '깨어 있는 꿈'으로서의 몽상 rêverie을 상상력의 근간으로 삼는다. 몽상은 잠들어 있을지 모를 우리 속의 아니마 활동을 부추겨야 하는 것이기에 집중과 훈련을 요하며, 그런 의미에서 산발적이고, 저절로 나타나는 꿈과는 구별된다.

둘째, 이미지는 단순한 상징적 형태가 아니라 상상력을 촉발하는 (즉 아니마의 활동을 부추기는) 구체적 물질과 만나 구체적으로 활동함으로써 그 의미 내용을 갖는다. 바슐라르는 그중 대표적인 것으로 물, 불, 공기, 대지의 4원소를 꼽는데, 그 4원소는 "상상력의 호르몬으로서 우리를 정신적으로 커지게 한다"라고 말한다.[85]

따라서 상상력은 인간 주체의 깊은 심리 속에 그 뿌리를 두고 있지만, 그 상상력의 내용의 관점에서 보자면 우선 물질적 상상력 l'imagination matérielle으로 나타난다. 즉, 상상력은 인간 심리 속의

---

84) 뒤랑, 『상징적 상상력』, 진형준 역, p. 88.
85) 바슐라르, 『공기와 꿈 L'Air et les songes』, José Corti, 1943, p. 19.

아니마가 그 아니마의 활동을 부추길 수 있는 대상과 만나, 집중적인 몽상을 통해 그 물질과 행복하게 결합한 결과 나타나는 것이다(물질적 상상력).

끝으로, 상상력의 창조성은 한 주체가 자신의 전 존재를 통해 이미지를 만들어 내고 활성화하는 행위, 그리고 새로운 이미지를 만들어 내는 행위 자체에 있음으로써, 한 주체를 둘러싸고 있는 물질에 의해 결정되는 것이 아니라 주체 자체에 달려 있게 된다. 그러한 창조적 이미지들은 그 끊임없는 변모를 통하여 하나의 잠재되어 있는 의미를 탐사하는 도구가 되고, 그러한 이미지와 상상력을 통하여 이 우주와 존재의 풍요로움을 발견하게 된다. 다시 뒤랑의 표현을 인용한다면 "종국에는, 가스통 바슐라르라는 영혼을 가진 이 합리주의자의 현상학적 확장은, 극도로 신중하게 신의 현현 hiérophanie을 그려 보여 준다는 것을 우리는 알 수 있게 된다. 그것은 신의 현현임과 동시에 종말론 eschatologie이기도 한데, 이미지와 상징이 우리에게, 폴 리쾨르가 '우리가 우리들 뒤에 죽음을, 우리들 앞에 유년기를 가지고 있을 때, 우리는 상징 체계 속으로 들어가는 것이다'라고 멋지게 표현한 바 있는 그 순수결백의 상태를 우리에게 부여해 주기 때문이다. 바슐라르에게 있어 유년기란, 아니마보다도 존재론적으로 더욱 상징들 중의 상징인 것으로, '진정한 원형, 단순한 행복의 원형'인 것으로 나타난다. 그리고 바로 그 때문에 유년기는 '소통의 원형'으로 상징 속에 자리잡을 수가 있다."[86]

---

86) 뒤랑, *Op. Cit.*, p. 91.

바슐라르가 발견한 상상하는 자아, 상상하는 주체는 사고하고 분석하는 주체와 대립되면서 그에 균형을 취해주는, 인간 의식 활동의 한 부분이 되면서, 인간과 세계, 인간과 인간, 인간과 우주와의 은밀한 일치(화합)를 가능하게 해주는 기능을 가지며 종국에는 그러한 상상력의 활동에 의해 존재의 근원에까지 가 닿을 수 있는 것이다. 그리고 상상력의 힘이란 상상력에 대한 논리적 분석(즉 아니무스의 활동)에 의해 발휘되고 활성화되는 것이 아니라 우리 심리 속의 아니마에게 우리의 넋을 맡겨야 한다는 의미에서, 즉 아니마의 지향성을 그대로 뒤따르는 것이라는 의미에서 바슐라르의 상상력 연구 방법은 말 그대로 연구 방법이 아니라, 이미지가 이끌리는 힘에 자신을 맡기고 자신의 넋 속에 아니마의 창조성을 부추기는 이미지의 현상학이 된다.

　그렇다면, 분석하고 사유하는 주체가, 즉 합리적인 사유가 끝없이 열려 있듯이 상상력도 무한히 자유로우며, 상상력의 활동이나 이미지에 대한 논리적 접근은 불가능한 것인가? 바로 그 문제가 바슐라르가 이룩한 '상상력에 대한 인식론적 전환'의 두 번째 내용을 이룬다.

　단일한 리비도로도 환원되지 않고, 단순히 논리적 이성만으로도 환원되지 않는 인간심리의 복합성, 바로 그 복합성에 뿌리를 내리고 있는 상상력과 상상계는, 그 주체의 수동적 지각으로 환원될 수 없다는 의미에서 무한히 자유로운 영역으로 우리에게 나타난다. 더욱이 우리는 이 책의 앞부분에서 그 어떤 논리로도 환원될 수 없고 그 어떤 특정 분야로도 묶을 수 없는 이미지의 편재성에 대해 말했었다. 따라서 이미지와 상상력에도 일정한 논리성이 있으며 그에 대한 분류가 가능하다는 생각은 애당초 품기 어려운 것인지도 모른다.

그런데 바슐라르는 물·불·대지·공기의 4원소에 대한 상상력과 몽상의 저술을 써나가는 동안 일견 잡다해 보이는 이미지들이(그가 대상으로 삼은 것은 모두 시적인 이미지이다) 그 형태상으로, 달리 말해 기표적 측면에서가 아니라 그 의미의 측면(이미지를 낳게 한 힘, 이미지가 내게 촉발시키는 힘 모두 포함해서)에서 볼 때, 이미지들이 일정한 몇 개의 축 위로 나뉘어 운집하는 것을 발견한다. 그리고 그는 이미지에 에너지를 주는 불변소들이 있음을 발견하는데, 몽상가가 만들어 내는 이미지가 복합적이지만 일정한 구성의 모습을 보여준다는 것, 4원소가 드러내는 함축적 의미가 구별된다는 것 등이 그것이다. 그리고 그는 특히 하나의 원소에 대한 몽상이 전혀 대립되는 두 방향으로 극화 bipôlarisé 될 수 있음을 보고 대지의 몽상에 대한 글로『대지와 휴식의 몽상』,『대지와 의지의 몽상』이라는 두 권의 책을 쓰기도 했다. 그리하여 그는 '근본 되는 몽상은 대립되는 것의 결혼이다'[87]라고 쓰기도 한다.

바슐라르는 이미지를 그 형태적 측면(구조주의 언어학)이나 역사적이고 심리적인 측면에서 연구하는(심리 비평) 방법과는 확연히 갈라지는 새로운 방법론, 즉 이미지를 낳게 하는 근본적 동사적 힘의 차원에서 연구하는 방법의 원칙을 확립했다는 평가를 받으며, 상상력을 그런 차원에서 바라볼 때, 잡다해 보이고 자유로워 보이는 상상력에 일정한 논리가 있고, 분류화가 가능하다는 생각을 품을 수 있게 한다. 뒤랑은 바슐라르의 그러한 업적을 다음과 같이 간략하게 표현

87) 바슐라르,『물과 꿈 L'eau et les rêves』, José Corti, 1943, p. 133.

한다.

　바슐라르는 상상적인 것이, 인간 기술의 그 무궁무진한 변동 한복판에
서, 인간에게 호모 사피엔스로서의 그 확실한 영속성을 형성해 주는 커다
란 몇몇 테마, 몇몇 이미지 위에 닫힌다는 것을 보여준다.[88]
　바슐라르는 시학 poétique은 머물러 있고, 과학은 진보하고 쉽게 개혁
된다는 것을 훌륭하게 알아보았다.[89]

　바슐라르가 열어 놓은 그러한 가능성을 바탕으로 해서 질베르 뒤랑
은 『상상계의 인류학적 구조들 Les structures anthropologiques de
l'imaginaire』의 설립을 꿈꾸게 되며, 뒤랑의 야심찬 그 작업은, 바
슐라르가 상상력에 대하여 남긴 위대한 업적을 그대로 이어받으면서
한편으로는 바슐라르의 업적이 드러내고 있는 몇몇 한계를 극복한
지점에서 바로 이어지는 것인데, 뒤랑의 의도를 알기 위해서는 그의
말을 인용하는 것이 더 좋을 것이다.

　바슐라르의 탁월함은, 성상파괴주의를 초월하는 방법, '과학적'인 비
평과 단순하면서도 혼미한 꿈에의 침잠 방법을 동시에 똑같이 숙고하고
뛰어넘어야만 실현될 수 있다는 사실을 이해한 데 있다. 융의 낙관주의보
다는 보다 구체적인 설명이 덧붙여진 바슐라르의 낙관주의는 시적 언어
의 '천진성 naïveté'이라는, 그가 적용한 분야가 정확하다는 사실 자체

---

88) 뒤랑, 『알록달록한 영혼 L'Ame Tigreé』, Denoël-Gonthier, 1980, p. 21.
89) 뒤랑, 『인간의 과학과 전통 Science de l'Homme et Tradition』, Sirac, 1975, p. 54.

에 의해서도 정당화된다. 그럼에도 불구하고 바슐라르가 이 '유년기의 정신', 이 신성함, 혹은 최소한 이 상상적인 것의 '지고의 행복' 자체에 그쳐버린 데 아쉬움을 품고 그것을 뛰어넘어 상상적인 것에 총체성을 부여하는 방법은 없을까 하고 자문해 볼 수 있으며(물론 『몽상의 시학』의 저자인 이 철학자의 결정적인 유산을 부정하자는 뜻은 아니다), 또한 의식의 경험이라는 것을 시뿐만 아니라, 종교·기적·노이로제 들로 변형되어 나타난 옛 신화들이나 제의 祭儀들에까지 접근시킬 수 있도록 길을 열어 놓으려고 시도할 수도 있을 것이다. 달리 말한다면 바슐라르 이후에는, 몽상의 시학의 저술가의 국한된 인류학을 일반화하는 일밖에는 남은 것이 없다는 얘기가 된다. 그리고 그 일반화라는 것이, 그 방법 자체로 보아, 의식 활동의 한가운데에서, 보다 위대한 상상적인 힘들은 통합하는 길에 다름 아니라는 것을 우리는 알고 있다.

매우 겸손해 보이면서도 야심찬 위의 발언에서 가장 핵심적인 진술은, "몽상의 시학 저술가의 국한된 인류학을 일반화하는 일"이라는 진술이다. "인간은 잘 숨쉬기 위해 이 세상에 태어났다"라고 몽상가의 입장에서 자신 있게 말하면서도, 그와는 대립되는 과학철학자로서의 고통스런 작업을 병행한 바슐라르, "과학의 축과 시의 축은 심적 삶의 양극으로서 서로 반대되는 것이다",[90] "지각의 활동과 상상력의 활동 사이의 대립성을 강조하는 편이 옳다. 어떠한 경우에 있어서도 그들을 결합시키려다가는 실망만을 느끼게 될 것이다"[91]라고

---

90) 바슐라르, 『몽상의 시학, *La Poétique de la rêverie*』, P.U.F., 1960, p. 45.

말한 바슐라르의 업적은 지각의 활동에 종속되거나 하위 개념이었던 상상력을 그와 어깨를 나란히 하는 위치로까지 끌어올린 것은 사실이지만, 지각의 활동, 과학의 축까지 인간의 상상력이라는 이름으로, 달리 말해 인간의 보편적 이미지 활동의 한 부분으로 포섭하는 데까지는 나아가지 못한 것이 사실이며, 뒤랑의 야심은 바로 그러한 바슐라르의 한계를 극복하고 범인류학적인 '이미지 중심주의 Imagocentrisme'의 거대하면서 정교한 논리를 구성하겠다는 것이다. 이제부터 우리가 살펴보게 될 것은 그러한 야심이 어떻게 종합적으로 구체화되는가, 그 과정과 결과이다.[92]

---

91) 바슐라르, 『불의 정신분석』, p. 10.

92) 끝으로 이점을 덧붙이자. 과학철학자로서의 바슐라르의 업적이, 과학적인식 자체를, 객관화를 지향하는 의식의 발현으로 봄으로써(그것도 의식이라는 의미에서) 객관성, 합리성을 주관성의 범주에 포함시킬 가능성을 이미 시사했다고 볼 수 있는 것이다. 부연하면 이렇게 될 것이다. 바슐라르의 이야기에 의하면 대상은 그 자체로 객관화하려는 의식에 선행해서 객관적으로 존재하는 것이 아니라 객관화하려는 의식에 의해서만 객관화된다. 그것을 한마디로 표현한 것이 유명한 '본체인지조작 nouménotechnique'이다. 본체는 본체로서 객관적으로 존재하는 것이 아니라 인간의 조작 technique을 거친다. 대상은 구체적 검증으로 객관화된, 이론적 구체화의 산물일 뿐이다. 그 사실은, 우리가 처음에 살펴본 과학철학자로서의 바슐라르를 상기한다면 역설적이게 들린다. 우리는, 바슐라르가 행한 객관적 인식의 정신분석이, 엄밀하게 객관적 인식을 획득하기 위한, 인간적인 숨결 몰아내기라고 말할 수도 있을 것이다. 그가 인식론적 방해물로 내세운, 원초적 경험, 일반적 인식, 친숙한 이미지, 역사적 상황이나 정서에 뿌리를 둔 사고라는 것은, 사실상 우리가 인간적이라고 불러야 할 온갖 특질들임을 누가 동의하지 않겠는가? 그런데 엄밀한 과학적 순수 사고를 이룩하기 위해 그 사고의 대상으로부터 제거시키려고 했던 '인간이라는 이름에서 행한 인식활동'이, 그 객관화의 담보가 되는 역설과 마주하게 된 셈이다. 고정화된 객관적 지식을 추구하기 위해 객관적 정신분석의 방법에 의해 비인간화되었던 탐구의 대상이, 인간 작업의 창조물로 다시 인간화되는 것이다. 따라서 객관화를 지향하기 위해 배제했던 의식은 의식 전체가 아니라 의식의 어느 한 부분이 된다. 그러니 객관화를 지향하는 의식을, 주관성의 이름으로 포섭하여 상상계에 입각한 하나의 거대한 인류학을 건립하는 일이 가능하지 않겠는가?

# ❷ 이미지와 상상력의 종합적 체계화

## 질베르 뒤랑—상상계의 인류학적 구조

질베르 뒤랑은 여러 번에 걸쳐 자신은 바슐라르의 제자이며 그가 상상력 연구에서 남긴 업적을 토대로 이미지와 상상력을 인간 의식과 표현의 전 국면으로, 달리 말해 인류학적인 국면으로 확장시킬 방법을 모색하게 되었다고 말한다.[93]

하지만 뒤랑의 작업은 단순히 바슐라르의 연장선상에 있다기보다

---

93) 그런 의미에서 뒤랑에 대해서 뿐만 아니라 바슐라르에 대한 이해나 연구가 문학 분야에 국한되었다는 것은 그들의 업적을 제한하고, 그들의 업적이 여러 분야에서 풍요롭게 이해되고 활용될 가능성이 제한되었다는 것을 의미한다. 뒤랑의 저술들이 국내에 번역된 것이 별로 없어 논외로 치더라도 (『상징적 상상력』과 『상상력의 과학과 철학 *L' Imaginaire*』〔원래는 『상상계』라고 번역되어야 하겠으나 부제를 번역본 제목으로 삼았음〕과 『신화비평과 신화분석 *Introduction à la mythologie*』〔이 책도 신화방법론 입문이라고 번역해야 하나 신화방법론이라는 용어가 뒤랑의 신조어로서 낯선 용어인 까닭에 신화방법론의 내용을 제목으로 했음〕의 세 권만이 번역되었을 뿐이다) 바슐라르의 상상력에 관한 저술들은 모두 번역이 되었다. 과학 철학에 관한 저술들도 중요한 책은 대개 번역이 되었으니, 그의 저술들이 상상력이나 이미지 생산·연구에 관계되는 모든 학문(기초·응용을 막론하고, 예컨대 철학·미학·과학·인류학·종교학·영화학·미술학·건축학)의 관심사가 되어, 그 학문들을 상호 연결하면서 상호 심화되는 계기가 되어야 한다고 우리는 생각한다.

상상계에 입각하여 총체적인 인류학을
설립한 뒤랑은, 한편으로는 가장 방대하면서
한편으로는 가장 섬세하고 정교한 인류학의
틀을 세운 사람으로 간주될 수 있다.
뷔넨뷔르제 같은 철학자는 뒤랑을 상상계에
입각한 인류학의 진정한 코페르니쿠스적
전환을 이룩한 사람이라고 주저없이 말한다.

는 앞서 우리가 살펴보았던 이미지와 상상력에 대한 새로운 가치부
여의 노력들을 종합하여 진정한 의미의 이미지와 상상계에 대한 논
리적 체계를 세웠다고 보는 것이 옳을 것이다. 뒤랑의 작업은 그러한
상상계의 논리가 곧 로고스 중심주의에 입각한 편협한 인류학을 극
복하고 인간에 관한 한 그 어느 것도 낯설지 않다는, 이미지 중심주
의(다시 한 번 이미지의 편재성을 상기하도록 하자)에 입각한 폭넓은(그
러나 서구의 인식론의 입장에서 보자면 새로운) 인류학의 설립을 가능케
한다는 전제 하에 이루어진다.

실제로 이미지들을 체제 régimes와 구조 structures로 분류하는 그
의 상상력 논리체계는 하나의 논리, 하나의 공리 公理, 하나의 인식론
épistémologie이면서 인식의 이론 théorie de la connaissance이고, 결
국에는 호모사피엔스의 전반적인 생물-인류학적 체계가 됨으로써,
인류가 지닌 포유동물로서의 생물학적 특징과 그것의 표현으로서의
문화 · 제도 · 이념(종교 · 예술 등도 물론 포함된다)의 양극을 모두 유기
적으로 연결하는 거대하고 섬세한 체계가 된다. 그가 최초로 저술한
『상상계의 인류학적 구조들』의 제목이 시사하고 있듯이(상상계가 암

시하는 주관성과 구조가 암시하는 객관성) 그의 작업은 주관성과 객관성, 역동성과 정태성, 불변과 가변을 모두 종합하겠다는 야심을 애초부터 품고 있으며, 그 이후 40년 간의 그의 작업은 처음 그의 야심의 수정 보완이라기보다는 동심원적 확장과 심화의 성격을 많이 띤다. 우리는 질베르 뒤랑의 구체적 업적을 바탕으로 한 상상력 연구의 방법, 신화 비평과 신화 분석에 입각한 심층 사회학에 관한 또 다른 저술을 기획하고 있으므로 여기서 그의 그 방대한 방법론을 자세히 소개하지는 않을 것이며, 단지 그의 방법론의 원칙과 그것이 드러내 보여주는 인류학적 혁신의 내용과 의미, 그것의 적용 가능성들만을 주로 소개하게 될 것이다.

그런데 뒤랑이 바슐라르의 뒤를 잇고 있다고 하지만, 그의 작업은 레비-스트로스 Lévi-Strauss가 인류학의 혁신에 큰 영향을 미친 구조주의의 발전에 힘입은 바가 있다고 보아야 할 것이다. 우리는 뒤랑의 상상력에 입각한 상형적 구조체계의 정확한 이해를 위해 우선 레비-스트로스의 구조주의가 어떠한 것인지에 대해 아주 간략하게 알아보기로 하자.

### ⅰ) 레비-스트로스: 구조적 인류학

구조주의는 프랑스에서 언어학을 통해 발전을 하게 되는데(소쉬르 F. de Saussure, 야콥슨 R. Jacobson, 바르트 R. Barthes), 레비-스트로스는 언어학에서 비롯된 구조주의의 원칙을 인류학에도 그대로 적용하여 소위 '서구 중심적 인류학'에 큰 충격과 반성을 유발한다. "인류는 항상 똑같이 잘 생각해 왔다"라는 발언을 통해 드러난 그의

구조주의 인류학자 레비 스트로스에 의해서 모든 신화는 나름대로 논리성을 지닌 하나의 체계적 이야기로 이해될 수 있게 되었으며, 그 결과 문화차등주의에서 벗어난 문화상대주의적 시각과 인식이 가능하게 되었다.

구조적 인류학 l'anthropologie structurale의 근본 인식은, 이성을 중심으로 한 서구의 진보주의적 사유에 정면으로 대치된다. 즉 오귀스트 콩트가 말한 인간의식의 진보 단계에 따르면 원시적 사유의 산물일 수밖에 없는 상징·제의·신화는 말 그대로 야만적인 사유가 아니라 나름대로의 논리 체계(서구의 합리주의적 논리 체계와는 물론 다르다)를 지니고 있다. 이는 인류가 지상에서 이룩한 모든 문화는 나름대로의 논리를 지닌 개별적이고 독립적인 논리체계로 이해해야지 그것을 서구의 합리주의적 진보라는 단 하나의 잣대로 우열 순위에 따라 일열 정돈시키면 안 된다는 것이다.[94]

구체적으로 레비-스트로스는 북미와 남미에 퍼져 살고 있는 아메리칸 인디언들의 신화를 연구하면서 그의 그러한 생각을 입증하는데, 그가 연구를 통해 발견한 것은, 신화라는 거대 담론 속에 포함되어 있는 신화소 神話素 mythéme이다.

레비-스트로스의 구조적 해석학은 음성학과 마찬가지로 말들을 그 자체 의미를 지닌 독립된 총체로 다루길 거부하면서, 말들 사이의 관계들을 그 분석의 근간으로 삼고 있다.[95]

즉, 의미를 드러내는 것은 각각의 개별적 언어들이 아니라, 언어들이 맺고 있는 관계라는 것이다. 음운론에서 의미론적인 작은 단위들(예컨대 음소·형태소·어휘소 들)을 개별적으로 다루길 포기하고 음소들 사이에 나타나는 역동적 관계에 대해 더 주목하는 것과 마찬가지로 레비-스트로스의 구조적 해석학은 구조적 맥락에서 떨어져 나온 개별적 상징에 대해서는 별 주의를 기울이지 않는다. 그 대신 의미소들 간의 관계들이 정립되어 있는 문구들에 관심을 기울인다. 레비-스트로스는 그런 관계를 가능하게 해주는 최소한의 복합적 문구들을 바로 '신화소'라고 부른다.

레비-스트로스는 그가 아메리칸 인디언들의 신화를 연구하면서 채택한 방법론을 프로이트가 인간 정신활동의 근간으로 삼은 오이디푸스 신화에 적용해서 분석을 하는데 레비-스트로스가 주목하고 있는

---

94) 일종의 문화 상대주의라고 할 수 있는 레비-스트로스의 사상이 우리 나라의 지적 풍토에서는 '그의 사상은 근대성을 어느 정도 달성한 서구에서는 가능한 생각인지 몰라도 근대성의 문턱에서 허덕이고 있는 우리가 받아들일 수 있는 사유 체계가 아니다'라고 홀대당해 온 것이 사실이다. 레비-스트로스의 인류학에 대한 우리의 반응은, 우리의 지적 풍토가 그 얼마나 서구의 주된 인식 형태를 우리의 모델로 삼아왔는가를 단적으로 보여준다. 레비-스트로스의 논리를, "우리는 서구의 논리를 맹목적으로 수용할 수 없다", "그는 서구의 새로운 유행 사조다"라면서 거부하는 것이 일견 주체적 인식의 확립을 촉구한다는 의미에서 정당한 듯 보이면서도, 그 거부의 내용은 첫째 레비-스트로스의 논리가 서구의 주된 인식론적 흐름에 역행한다, 둘째 그의 논리대로라면 서구적 근대성은 우리가 도달해야할 목표가 아니라 서구적 합리주의가 낳은 결과일 뿐이다, 라는 점을 간과하고, 한 문화의 인식론의 흐름을 통시적 발전의 위상에서만 고려한다는 의미에서, 주체성을 가장한(혹은 착각한) 환원적 논리이다.

95) 다시 기호에서 '기표와 기의가 지니고 있는 자의성을 상기하자. 하나의 기표가 의미작용을 하는 것은 그 기표 자체가 의미를 담고 있어서가 아니라, 기표와 기표들의 관계에 의해 그 의미가 드러나는 것이다. 음성학도 하나의 소리가 의미를 담고 있는 것이 아니라 소리들의 관계에서 하나의 의미가 드러난다는 의미에서 동일하다.

것은 카드모스 Cadmos에 의해 살해된 용의 상징이나, 오이디푸스에 의해 살해된 스핑크스가 아니며, 또한 안티고네 Antigone에 의해 행해진 폴리니스 Polynice의 매장 의식, 혹은 정신분석학자들에게는 귀중하기 짝이 없는 근친상간은 더더욱 아니고, "영웅들이 지옥의 괴물들을 죽인다", "부모들(오이디푸스, 폴리니스)이 혈족 관계(어머니와의 결혼, 금지된 형제의 매장……)를 과대 평가했다" 등등의 문장들에 의해 표명된 관계들이다.

그리고, 그러한 단위 덩어리들(즉 신화소들) 간의 관계들을 구성해서, 유유론의 방법대로 관계의 체계에 따라 배열한다. 그러한 관계의 체계에서 중요한 것은 통시적으로 진행되는 이야기의 줄거리가 아니라 하나의 신화적 이야기 내에서 반복되는 공시적 구조이다. 자세한 검토는 생략하거니와, 신화소들을 공시적인 구조로 묶어서 오이디푸스 신화를 해석하면, 오이디푸스 신화는 수많은 이야기를 통해 전해진 사실(상상적 사실), 즉 인간은 대지로부터 태어났다는 것을 인정하면서 동시에 반대로 인간은 남성과 여성의 결합에 의해 태어난다는 것(경험적 사실)을 알고 있는 하나의 문화, 하나의 사회 내에서, 그러한 모순을 해결할 수 있는 전거를 마련하는 논리적 도구가 된다.

신화소들의 체계는 그러한 모순이 공존하는, 서구적 환원 논리와는 다른 논리가 된다. 따라서 신화란 하나의 구조적 장치로서 애초에는 그토록 복잡한 것처럼 보였던 구조적 결합이, 마치 '언어는 다양하지만 모든 언어에 적용될 수 있는 음운론적인 법칙은 단순하다'라는 명제처럼 매우 단순한 것이 된다. 즉 어떤 신화는 '삶과 죽음 사이의 중개를 수행하는 논리적인 단순한 도구'가 되는 등, 신화의 구조는 하나의 사회를 유지하면서 살아가는 인간들의 온갖 문화 유형들을 환원·설명해줄 수 있는 하부 구조가 된다. 그리고 그 하부 구조는 이야기의 통시적 의미, 사전적 의미를 넘어서는 '상징적 구조화'를 이루고 있다.

따라서 레비-스트로스는 "우리는 신화를, '번역은 반역이다' 라는 공식이 지니는 가치가 실제로는 전혀 힘이 못 미치는 특이한 담론 양식이라고 정의할 수 있다"[96]라고 말하면서, 신화적 담론이 지니고 있는 탈기능적, 탈언어 형태적 의미에 가치를 부여한다.

하지만 레비-스트로스의 방법은—신화의 의미가 통시적인 줄거리의 차원에서 드러나는 것이 아니라 반복 redondance에 의한 공시태적인 구조의 관점에서 밝혀질 수 있다는 점, 신화의 궁극적 의미는 명시적으로 드러나 있는 것이 아니라 잠재적으로 구조화되어 있다는 것을 밝힌 공로는 인정되지만—무엇이 그런 의미의 잠재적 구조화를 낳는가, 그런 잠재적인 의미 구조는 전혀 변화가 불가능한 굳어 있는 구조인가라는 질문 앞에서는 무력할 수밖에 없으며, 또한 신화에 풍요롭게 들어있는 개별 상징들의 상징적 함의를 밝혀내는 데는 (리쾨르와 앙리 코르벵들을 다시 상기하자. 이미지는 그 자체 의미를 지니고 그 의미가 신비적인 차원으로 연장되기도 한다) 실패할 수밖에 없다. 즉 신화 내의 제반 요소들을 하나의 기호로만 취급함으로써 그 요소들 자체가 지니고 있는 존재론적인 깊은 의미를 걸러내는 데는 한계가 있다고 보아야 한다.

---

96) 레비-스트로스, 『구조적 인류학 L'Anthropologie structurale』, P.U.F., 1949, p. 232.

## ii) 뒤랑의 상형적 구조

뒤랑의 상형적 구조주의 la structure figurative는, 우리가 가장 단순하게 말한다면 레비 스트로스의 사회적 기능에 입각한 내재적 형식 탐구로서의 인류학적 구조주의와, 언어적 표현 너머에 있는 의미를 탐구하는데 몰두한 폴 리쾨르의 해석학을 종합하고 뛰어넘는 자리에 있다고 말할 수 있다. 뒤랑은 인간의 상상계란 레비-스트로스와 폴 리쾨르가 분리시켜 놓은 두 영역(구조와 의미)을 동시에 포함하는 것으로써 그 어떤 추상적이고 환원적인 논리로도 축소 설명할 수 없다고 말한다. 즉 인간의 상징적 산물들은, 한편으로는 대뇌-생리학적 조직에 그 뿌리를 두고 있어 일정한 논리 형태적 과정을 따르게 되어 있고(구조주의의 가능성; 인간의 표현인 한 하늘 아래 새로운 것은 없다. 그러나 그 구조는 복합적이어서 어떠한 단순 논리로도 환원될 수 없다; 인간의 영혼은 알록달록하다) 다른 한 편으로는 이미지들은 원형들과 표상들(뒤랑에게서의 그 개념은 잠시 후에 설명하기로 하자)과 긴밀히 연결되어 있으며 바로 그 원형들과 표상들이 의미, 태도, 가치 등을 부여하고 드러내는 기층으로서 언제나 역동적으로 작용한다(기호적 파악 이전의 주관적 이해와 가치부여; 인간은 상징적 동물이다).

따라서 상상계란 일정한 형태를 논리적으로 강요하는 역을 맡는 고정된 주형적 틀과, 한 주체가 그와 관계를 맺는 이 세계에 대해 의미를 부여할 수 있게 하는 사고와 정서의 내용이 교차하는 정신-생물학적 영역으로서, 그것이 보여주는 구조는 역동적 구조 la structure dynamique이고 상형적 구조 la structure figurative이다. 그러한 역동적 구조는 구조적 다원성(수평적 다원성)과 수직적 깊이를 동시에 지니고 있으면서 끊임없이 유기적으로 변화해가는 구조이다.

### iii) 인류학적 도정

앞에서 우리가 살펴본 뒤랑의 입장을 뒤랑 자신은 이렇게 표현한
다.

> 상상계의 상징 체계를 구체적으로 연구하기 위해서는 미리 그 어떤 것
> 도 마다하지 않으며, 또한 위장된 관념론에 불과한 심리적 존재론을 택하
> 지도 않고, 일반적으로 사회중심주의적인 태도를 숨기고 있는 가면에 불
> 과한 문화중심주의적 존재론을 택하지도 않으면서 단호히 인류학의 길
> 로―그 말에 능동적인 의미를 한껏 부여하면서, 즉 호모 사피엔스라는 종
> 족을 연구하는 온갖 학문의 총화라는 의미에서―나아가야 한다.[97]

뒤랑의 그 말을 조금 더 자세히 풀이하면 이렇게 된다. 인간의 표현
을 낳는 지배적 요인은 인간이 동물로서 지니고 있는 무의식적 충동
도 아니고 그러한 생물학적인 본능을 둘러싸고 있는 문화적 환경도
아니다. 인간의 충동과 사회적인 환경 사이에는 상호발생
genèse réciproque 현상이 존재하며 그 현상은 가역적이다. 뒤랑이 생
각하고 있는 상상적인 것에 입각한 인류학은, 상상력이란 인간의 주
체적인 충동들 및 인간을 둘러싸고 있는 환경간의 끊임없는 주고받
기의 과정에서 발현되는 인류학적 개념이라는 것, 인간은 그 끊임없

---

97) 뒤랑, 『상상계의 인류학적 구조』, Bordas, 1969, p. 37.

는 주고받기의 한 가운데에 역동적으로 존재한다는 것을 전제로 한 인류학이다.

인간은, 문화를 창출하고 집단을 이루어 살고 있는 한, 그 어떠한 경우건 문화와 유리된 채 개념화될 수 없으며, 인간에게서 척추동물 혹은 포유동물이라는 원초적 기반을 감추어 버릴 수 없는 것과 마찬가지로 인간 속에 내재한 동물적인 천성을 그가 접하게 되는 특수한 문화와 따로 떼어놓을 수는 없다. 왜냐하면 인간의 천성이라는 것은 그 천성을 둘러싸고 있는 문화에 대해서 수동적 반응체로 존재하는 것이 아니라 주체적이고 능동적인 속성을 지니고 있기 때문이다. 인간의 천성은 항상 잠재성으로서, 가능성으로만 존재하며, 문화적으로 특수하게 활성화됨으로써 표현을 얻는다. 그것을 뒤랑은 인류학적 도정 le trajet anthropologique이라고 표현하면서 이렇게 요약한다.

인류학적 도정이라는 것은 주체적이고 동화 同化하는 충동들과 우주적이고 사회적인 환경으로부터 나오는 객관적인 요청 간에, 상상적인 것의 위상에서 존재하는 끊임없는 상호 교환 작용이다. …… 충동적인 몸짓과 물질적 혹은 사회적 환경 사이에는 끊임없이 왕복하는 상호발생이 존재한다. …… 상상적인 것이란 대상의 표현은 주체의 충동적인 요청에 의해서 동화되고 모양을 이루며, 역으로 주체적인 표현들은 주체의, 객체적 환경에 대한 앞선 적응에 의해서 밝혀지는 그러한 도정을 일컬음에 다름 아니다.[98]

---

98) *Ibid.*, p. 38.

iv) 인류학적 도정 내에서의 상징의 발생 및 구조설립의 방법

우리는 인류학적 도정이라는 개념이, 상상적인 것의 위상에서의 주체적 충동과 문화적 맥락 사이에 오고가는, 상호 발생적 개념이라는 뒤랑의 말을 인용했었다. 그 말은, 첫째, 충동적인 본능의 차원과 사회적 혹은 문화적 맥락의 차원 중 그 어느 것도 존재론적으로 선행하는 것이 아니다, 둘째, 본원적 충동과 문화적 맥락 사이에는 억압, 변장의 메커니즘만 존재하는 것이 아니라 상호 화합의 메커니즘도 존재한다, 인간의 본원적 충동이라는 것은 단일 충동으로 이루어져 있는 것이 아니라 서로 환원 불가능한 이질적인 충동들로 되어 있다는 것을 전제로 하고 있다. 뒤랑의 구체적 방법론에 대한 검토는 그러한 전제들에 대한 검토 과정이며, 그것을 각각 뒤랑이 어떻게 구체화하는가에 대한 검토 과정에 다름 아니다.

충동적인 본능의 차원과 사회적 혹은 문화적 맥락의 차원 중 그 어느 것도 존재론적으로 선행하는 것이 아니다.

상징 발생의 동기를 설명하는데 있어서는, 사회학적인 기능을 탐구함으로써 기능적 분류에 따라 설명을 하는 경우도 있고, 인간의 본원적 충동을 중심으로 그것의 변형 관계를 탐구하는 방법도 있다. 전자의 경우가 로마 사회의 신분제도를 연구한 뒤메질 Dumézil이나, 지중해 세계 내의 신화·관습·상징들의 배열 관계를 연구한 피가뇰 Piganiol 같은 사람의 경우이다. 그들은 한 사회의 기능이나 신화·관습·상징들이 상호 이질적인 요소들의 복합체로 이루어져 있음을 밝혀내어 인간의 사회에 대한 다원적 인식을 가능케 해준 큰 공로를 지

닌다. 그러나, 그들은 상징의 동기를 설명하는데 있어, 상상하는 의식 밖에서 주어진 여건들에 도움을 청하고 있음으로 해서, 인간의 본원적 충동을 배제해버린 체계로 환원하는 결과를 낳는다. 한편, 우리가 앞서 살펴본 프로이트의 정신분석적 탐구는, 인간의 본원적 충동 밖에서 주어져 있는 객관적 여건들에 대한 논리적이고 실증적인 설명보다는 인간의 상징 표현이 발생하게 되는 동기 자체를 충동과의 관련 하에서 탐구한다. 우리가 몇 번이나 강조했듯이 그 방법은 인간의 명백한 의식 속에 감추어진 그림자의 중요성을 밝혀냈다는 지대한 공로를 가진다. 그러나 또한 우리가 융과 바슐라르를 거쳐오면서 확인했듯이, 프로이트가 말하는 바의 상징 표현은, 본원적 충동이 억압에 의해 변장을 하게 되는 제한된 경우일 뿐이다.[99]

뒤랑은 전자들과 후자들의 공로를 인정하면서도, 그것들이 각기 지니고 있는 한계를 넘어서려는 의도 하에, "상상력의 근본적 의도의 축이란, 인간이라는 동물의 주요 몸짓들이 자신의 자연환경을 향하는, 그리하여 곧바로 도구적 인간 homo faber의 사회적이고도 기술적인 원초적 설립물 institution로 연장이 되는 도정이다. 그런데 이 도정은 역으로의 진행 역시 가능하다. 왜냐하면 이 기본적인 환경 자체

---

99) 프로이트의 원리대로라면 무의식의 내용은 언제나 '억압된 성 충동'이라는 단일 내용을 갖는다. 그러나 본원적 충동의 다원화에 의해 무의식의 내용은 문화형에 따라 통시적으로도 공시적으로도 달라질 수 있다. 예컨대 모계사회에서는 오이디푸스 콤플렉스는 전혀 존재하지 않을 수 있으며, 16세기부터 유럽 사회의 가치관이 자본주의적으로 바뀌지 않았으면 돈 키호테는 출현하지 않았을 것이다.

가, 가혹함, 유동성, 뜨거움 앞에서 적응된 태도 자체를 드러내주기 때문이다. 따라서 모든 몸짓은 자신의 물질을 요구하고, 자신의 도구를 찾으며, 한편 그렇게 선택된 물질들, 즉 이 우주적 환경으로부터 따로 떼어 나온 물질들은, 그것이 어떠한 도구이건 기구이건 간에 그 옛날의 몸짓들의 발자취이다"[100]라고 말한다. 이 말은, 상상적인 위상에서 바라볼 때에, 인간을 다른 동물과 구별할 수 있는 것은, 동물적 본능을 억압할 수 있는 인간만의 능력이 있기 때문이 아니라, 인간 누구에게나 내재해 있는 본원적 충동들이 그 충동을 둘러싸고 있는 물질과 만나 적절한 표현을 얻을 수 있기 때문이라는 뜻이다. 그 표현을 얻는 과정이 바로 상징화 과정이라는 것인데, 인간에게 그런 상징화 과정이 일어나게 되는 것은 인간의 모든 표현이 간접적일 수밖에 없기 때문이다.

동물의 세계와 같은 가장 낮은 위상, 어떤 점에서는 파블로프의 위상이라 부를 수 있는 위상에서 상징이란 신호의 콤플렉스처럼 나타난다(물론 상징적 세계의 지도에서 그 위상은 제외된다). 웩스킬 Uexküll이 연구한 바 있는, 저 유명한 진드기는 결코 상징화하지 않는다. 그것이 의미하는 세계는 세 개의 일의적인 차원으로 이루어져 있는 반면에, 개라든가 혹은 새와 같이 최소한 뇌를 지니고 있는 동물에게서는—자세적 몸짓이나 반사적 행동을 살펴볼 때—반사나 본능이 본래의 직접적인 기능으로부터는 어느 정도 떨어진 경우를(물론 아주 드문 경우이긴 하지만) 발견할 수 있

---

100) 뒤랑, *Op.Cit.*, p. 39.

다. 고등 동물은 조심스런 행동을 보이고, 파블로프의 개도 신호로부터 옮아간다. …… 그러나 상징화의 독특하고 주된 특성이 나타나는 것은, 발가벗은 원숭이인 이 이상하고 독특한 영장류, 인간이라는 육식성 영장류에서이다. 그것은 유형 성숙 혹은 미성숙 상태에서의 욕망과 현실 사이에 놓인 간극이 그 어떤 영장류의 동물에게보다 인간에게 크기 때문일 것이다. 간접적인 사고의 과정이나, 다양한 의미화의 장 場들 중에서 기호적 방법에 의한 이해의 과정이 아주 풍요롭게 꽃피는 것은, 바로 호모 사피엔스에게서이다. 이런 상징화는 점진적으로 이루어진다.[101]

가까운 데서 예를 들자면, 어린아이의 일어나고 싶은 욕망, 먹고 싶은 욕망은, 말이나 개의 그것에 비해 훨씬 어렵게 충족되며, 그 욕망의 충족은 그 욕망을 둘러싸고 있는 환경에 의해 간접화되지, 직접적으로 충족되지는 않는다. 다시 말해 본능적인 욕망과 그것의 충족, 혹은 표현 사이에는 거리가 존재한다. 인간의 표현이 그런 거리두기를 필요로 하는 것은, 인간이 그 어떤 동물보다도 미성숙하고 불완전한 채로 이 세상에 오기 때문이다. 인간의 천성, 혹은 뇌는 항상 가능성으로 존재하는 것이기에, 문화적 교육이 없다면 성장도 없다. 즉 분명히 인간의 천성이란 것은 있지만, 하나의 문화에 의한 독특한 활성화에 이르는 하나의 잠재성으로만 있으며, 그 잠재성이 활성화되는 순간 타고난 본능과는 거리가 생긴다. 그러나 거리 혹은 이격화 離隔化 distantiation는 있지만 단절은 없다. 우리가 상징과 자의적 기호

---

101) 뒤랑, 『신화의 형상들과 작품의 얼굴들 *Figures mythiques et visages de l'œuvre*』, Berg. Inter., 1979, p. 24.

를 고찰하면서 말했듯이, 상징은 그것이 표현하고자 하는 바와 표현해 내는 것 사이의 자의성이 약화되고 표현 자체가 의미를 지니려는 경우라고 말했었다. 뒤랑은 그것을 '상징이란 간접적 인식의 제한된 경우인데, 역설적으로 이 간접적 인식이 직접적이 되려는—그러나 생물학적인 신호나 논리적인 언술과는 다른 국면에서—경향을 지닌 경우이다'[102]라고 요약해 표현한다.

물론 그러한 상징표현에도, "상징화는 점진적으로 이루어진다"라는 말대로 단계가 있다. 어린아이의 단계에서는, 자아와 세계와의 거리에 대한 성찰이 부족하기에 어린아이의 표현은 본능적 충동의 직접 충족에 가까우며, 정신적 질환자의 경우에도 상징에 필요한 거리두기가 와해되어, 역으로 상상적인 것의 활성화된 표현을 막는다. 뒤랑은 "상상적인 것의 지도가 풍요롭게 나타나는 것은 문화와의 접촉 및 그것의 변모에 의해서일 뿐이며, 그 경우에도 순전히 상징적인 것, 혹은 신화 파생적인 것, 문학, 유토피아적 설계로부터 문화적 교환조직 자체에의 참여에 이르기까지 여러 등급이 있다. 헤겔이 예감했듯이 상징적 의식이 가장 높은 위상에서 기능을 발휘하게 되는 것은 예술, 철학, 종교에서이다"[103]라고 말한다.

그러나 한편으로 상징은, 문화적 맥락 속에서 기표와 기의의 거리가 너무 멀어져서 단절이 되고 그것의 다가성 多價性을 상실하는 경우에도 상징적 함축성을 상실한다.

---

102) 뒤랑, *ibid.*, p. 26.
103) *Ibid.*, p. 18. 바로 이 때문에 인간의 원초성, 인간의 인간다움은 과학에 있는 것이 아니라 철학과 종교에 있다.

상징 체계는, 동물의 심리 체계 내에서의 직접적인 지각이나 표현의 경우처럼 거리두기가 결여된 경우에도 기능이 중지되고, 종합화 과정 속에서 그 다의성을 잃어버릴 때도 그렇게 되며, 소쉬르가 애호하는 '기호의 자의성'의 경우처럼 시니피앙과 시니피에 사이에 단절이 있는 경우에도 기능이 중지된다.[104]

상징의 발생을, 인간의 본원적 충동의 간접 표현의 측면에서 살펴본 셈인데, 그 간접 표현이라는 것은, 인간의 표현 자체는, 동물적 본능, 혹은 주체적 충동과 문화가 상호 불가분이라는 것을 확인시켜 준다. 이제 우리는 그 상징 발생과 쇠퇴의 메커니즘을 조금 더 자세히 알아보기로 하자.

본원적 충동과 문화적 맥락 사이에는 억압, 변장의 메커니즘만 존재하는 것이 아니라 상호 화합의 메커니즘도 존재한다.

우리는 융을 다루면서, 인간의 개별화 과정은 본능적 충동에 대한 외계의 억압, 훼손에 의해 이루어지는 것이 아니라 세계 및 우주와의 내면적 결속에 의해 이루어진다는 사실을 확인했다. 한편 바슐라르는 몽상과 감각할 수 있는 실체 사이에는 '연루…… 꿈꾸는 자아와 주어진 세계 사이에는 충만한, 가벼운 밀도로 충만한 중개지역으로

---

104) *Ibid.*, p.21. 융이 서구가 지나치게 기호화된 로보트적 세계로 빠질 위험이 있다고 경고한 것, 뒤랑이 서구의 인식론이 인간 행동의 토대에 대한 총체적 인식으로서의 그노스 인식을 결여하고, 인문과학들이 서로 찢기고 있다고 경고한 것은 모두 이러한 맥락에서이다.

서의 내밀한 연루가 존재한다'[105]라고 썼으며, 뒤랑도 '이미지에 동기를 부여하고 상징에 활력을 주는 것은 검열이나 억압이기는커녕, 반대로 주체의 반사적 충동들과 그것을 둘러싸고 있는 환경, 거의 절대적인 impérative 방법으로 표현 représentation 속에 커다란 이미지들을 뿌리내리고 있으며, 그 이미지들이 영속하기에 충분할 정도로 그것들을 행복으로 가득 채운, 그러한 환경 사이의 합의인 듯이 보인다'[106]라고 썼다.

인간의 본원적인 충동과 그것을 둘러싼 환경 사이에 내밀한 연루 관계가 존재한다면, 어떤 충동이 어떤 환경을 만나서 어떤 표현을 얻는 것인가 하는 질문이 우리에게 떠오른다. 그 질문은, 인간의 본원적 충동이라는 것을 어느 위상에서 정의 내릴 수 있는 것인가 하는 질문에 다름 아니다. 뒤랑은, 르루와 구랑 Leroi-Gouhran의 연구를 빌어와,[107] 인간의 구체적 몸짓에서 그것을 찾는다. 그는 이렇게 말한다. '물질이란 르루와 구랑의 말대로 심리 성향의 복합체, 몸짓의 그물들일 뿐이다. 하나의 그릇이란, 액체를 담고자 하는 보편적 성향의 물질화일 뿐이며, 그 일차적 성향에, 찰흙으로 빚을 것인지 혹은 나무나

---

105) 바슐라르, 『몽상의 시학 La poétique de la rêverie』, P.U.F., 1960, p. 144. 그 점에서는, 바슐라르가 『불의 정신분석』에서 인류의 불의 발견에 대한 일반적으로 통용되고 있는 프레이저의 견해를 반박하고 있는 부분을 살펴보는 것도 유익하다. 바슐라르는 불은 필요와 궁핍의 산물이 아니라(현실 원칙), 행복한 꿈꾸기의 산물이다(쾌락, 행복 원칙). 자세한 내용은 『불의 정신분석』, 「제2장 노발리스 콤플렉스」, pp. 68~72 참조.

106) 뒤랑, 『상상계의 인류학적 구조』, p. 52.

107) 르루와 구랑, 『인간과 물질과 환경과 기술, L'homme et la matière et milieu et technique』, Albin Michel, 1943.

나무껍질을 깎아서 만들 것인지의 이차적 성향이 덧붙여진다.' [108] 그는, 르루와 구랑의 힘 Force + 물질 Matière = 도구 Outil라는 공식을 따라, "각각의 몸짓은 하나의 물질과 기술을 동시에 요청하며, 하나의 상상적인 물질, 하나의 도구를 야기시킨다"고 말한다. 요컨대 그는 인간의 구체적 몸짓의 동사적 힘의 차원을 하나의 출발로 가정한다. 즉, 모든 물질, 문화, 이미지적 표현에서 중요한 것은 그것을 낳게 한 동사적 힘으로서의 표상이다.

인간의 본원적 충동이라는 것은 단일 충동으로 이루어져 있는 것이 아니라 서로 환원 불가능한 이질적인 충동으로 되어 있다, 라는 전제를 함께 고려할 필요성을 느낀다.

우리는 성 충동으로서의 리비도를 거의 절대시한 프로이트도, 후기에는 에로스와 타나토스라는 대립되는 본능에 대해 주장했다는 사실을 지적한 바 있으며, 융의 심리학 자체는 인간성 속에서 양극을 이루는 상반되는 가치의 존재를 전제로 하여 성립되었음을 알아본 바 있다. 뒤랑은 융이, 자아가 복수로 되어 있음을 확실히 보여줌으로써 데카르트적인 영혼의 단일성 및 합리적 이성의 전체주의에 문제를 제기한 데에 융의 크나큰 공로가 있다고 말하기도 한다.[109]

뒤랑은 모리스 D. Morris라는 생물학자를 예로 들면서, 인간의 뿌리에는 영장류로서의 행동, 예컨대 과일을 먹고 곤충을 먹는 행동과 육식성 행동 사이의 모순이 존재함을 알려주고 있다고 말한다.[110] 그

---

108) 뒤랑, *ibid.*, p. 53.
109) *Ibid.*, p. 296.

런데 뒤랑은 그러한 다원주의에 입각한 상상적인 것의 구조를 세우기 위해, 수렴방법을 내세운다. 수렴방법은 상이한 것들끼리의 관계들의 유사성에 대한 인식에 의해 진행되는 게 아니라, 사고의 각기 다른 영역 속에서 서로 서로 유사한 이미지의 별자리들을 찾아내는 방법으로서, 상동성 homologie을 중시한다. 요컨대 A와 B의 관계는 C와 D의 관계와 같다는 유추와 달리 상동성을 중시하는 수렴방법은 A와 B의 관계는 A′와 B′와 같다는 식이 될 것이다. 그가 말하는 구조설립이란 상이한 영역에서 상동적인 의미를 갖는 것들을 다른 것들과 분리하여 수직적으로 분류해 놓은 방법이다.[111]

뒤랑은 유사한 것, 상동적인 것들이 운집해 이루는 총체를 별자리 constellation라고 부르는데, 그 별자리가 보여주는 구조를 설명하기 위해 우리가 방금 앞서 말한 대로 심리학적 영역에서부터 출발을 한다. 그 출발점에서 뒤랑은 그의 분류의 원칙을 베체레프 Betcherev의 반사학 '지배적 몸짓 gestes dominantes'의 구분법으로부터 차용해 오면서 이렇게 말한다.

반사학만이, 갓난아이의 신경기관이며 특히 뇌수인 이 '기능적 체계'를 연구할 수 있는 가능성을 제공해주는 듯이 보인다. 갓난아이의 반사학이 방법론적인 뼈대를 분명히 드러내 보이고, 바로 그 뼈대 위에서 삶의 경험, 생리학적이고 심리학적인 위상 位相들, 환경에의 긍정적 혹은 부정

---

110) *Ibid.*, p. 300.
111) 바슐라르가 시적인 이미지들에 대한 몽상의 과정에서 마주친 것이 바로 이러한 상동적인 이미지들의 운집 현상이다.

적 적응상태들이 나름대로의 동기들에 윤색을 하거나 어린아이의 충동적인 동시에 사회적인 다원적 결정 polymorphisme에 특수현상을 띠게 되는 것처럼 보인다.[112]

인간의 생물학적인 토대인 반사학으로부터 인간의 온갖 예술적, 문화적 산물까지를, 그 어느 것에도 발생론적인 우위를 두지 않고 또한 인간이 본능적으로 지니고 있는 반사학적 층위에서의 본능적 욕망들 간에 서열을 두지 않는 종합적인 인류학적 구조(그가 구조들이라고 복수형으로 서술한 것은, 인간 욕망의 다원성을 염두에 두었기 때문이다)를 그는 다음 도표와 같이 간단하게 제시하였다. 600페이지에 달하는 『상상계의 인류학적 구조들』이라는 책은 다음의 도표를, 인류가 구체적으로 만들어 낸 이미지들과 도구들을 참조하면서 설명한 책이라고 볼 수 있다.

뒤랑은 자신이 설립한 구조의 정당성을 입증하기 위해 교육학적 위상─아이들의 놀이, 옛날 이야기, 친족적 교육학적 위상─으로부터 문화적인 위상─사회적 관습, 언어, 예술─의 그 어디를 살펴보아도, 서로 환원되기 어려운 두세 개의 그룹으로 분류된다는 사실을 지적하며[113] 또한 그런 식으로 구분이 지어진 하나의 문화적 체제 한 가운데에서도, 주어진 문화의 상징 체계를 자극하고 역동화시키고 거기에 생기를 불어넣어 주는 일종의 변증법이 존재한다는 사실을 지

---

112) 뒤랑, *Op. Cit.*, p. 47.
113) 『상상계의 인류학적 구조』를 구체적으로 참조하기에는 그 내용이 너무 방대하다면 『상징적 상상력』의 번역본 106부터 119쪽에 그 내용이 간단히 요약되어 있다.

## 〈이미지들의 동위적 同位的 분류도〉

| 체제 혹은 極性 | 낮 체제 diurne | | 밤 체제 nocturne | | | |
|---|---|---|---|---|---|---|
| **구조** structure | 분열형태적 schizormorphes (혹은 영웅적 héroiques)<br>ⅰ) 이상화 혹은 자폐적 후퇴<br>ⅱ) 분열주의 (분열)<br>ⅲ) 기하주의, 대칭, 거인증<br>ⅳ) 논쟁적 대구법 | | 종합적 synthétiques (혹은 극적 dramatiques)<br>ⅰ) 모순의 병존과 체계화<br>ⅱ) 대립적인 것 간의 변증법, 극화<br>ⅲ) 역사화<br>ⅳ) 부분적(순환)혹은 전체적 진보주의 | | 신비적 mystiques (혹은 반어적 antiphrastique)<br>ⅰ) 중복과 끈기 있음<br>ⅱ) 점착성, 반어적 집착성<br>ⅲ) 감각적 사실주의<br>ⅳ) 축소 변형(갈리버) | |
| **설명 및 정당화 원칙, 혹은 논리적 원칙** principes d' explication et de justification ou logiques | 객관적으로 이질화 지향과 주관적으로는 동질화 지향(자폐증). 배척, 대립, 동일성의 원칙이 지배. | | 시간의 요인에 의해 모순을 연결하는 통시적 재현. 갖가지 형태를 띤 인과성의 원칙이 지배. | | 객관적으로는 동질화 지향 (끈기 있는)과 주관적으로는 이질화 지향(반어적 노력), 유추, 유사의 원칙이 지배. | |
| **지배반사** Réfexes dominants | 자세적 지배와, 손으로 만든 도구와, 거리를 두는 감각적 고안물들(시각·청각 등). | | 계합적 영역, 리드미컬한 고안물들, 그리고 그에 해당하는 감각적 고안물들(운동 감각적, 음악적, 리듬적 등등) | | 소화 지배와, 체내 감각 및 체온의 고안물 및, 촉각적, 후각적, 미각적 고안물 | |
| **동사적 표상** schèmes 〈verbaux〉 | 구분하다 | | 연결하다 | | 뒤섞다 | |
| | 나누다 ≠섞다 | 오르다 ≠추락하다 | 오르다 ≠추락하다 | 되돌아오다 대조하다← | 내려가다, 소유하다 → 침투하다 | |
| **형용사적 원형** archétypes 〈epithètes〉 | 순수하다 ≠더럽혀진 | 높은 ≠낮은 | 앞으로, 미래의 | 뒤로, 과거의 | 깊은, 고요한, 따뜻한, 내밀의, 감추어진 | |
| **실사적 원형** archétypes 〈substantifs〉 | 빛≠어둠 공기≠독기 영웅의 무기 ≠사슬 세례 ≠더럽혀짐 | 정상≠심연 하늘≠지옥 우두머리≠부하 영웅≠괴물 천사≠동물 날개≠파충류 | 불−불꽃 자손, 나무 씨앗<br><br>달력, 계수학, 점성학 | 바퀴, 십자가 달, 남녀 양성 복수신 | 소우주, 어린아이, 엄지 손가락, 동물인형, 색, 밤, 어머니, 그릇 | 거주지, 중심, 꽃, 여성, 음식물, 실체 |
| **상징부터 종합소까지** Des symboles aux synthèmes | 태양, 황도, 아버지의 눈, 룬문자, 만트라, 무기, 갑옷, 울타리, 할례, 삭발례 등등 | 사다리, 계단, 신석 神石, 종루, 독수리, 종달새, 비둘기, 주피터 등등 | 입문, 두 번 태어남, 주신제 酒神祭, 메시아, 화금석, 음악 등등 | 희생, 용, 나선, 달팽이, 곰, 어린 양, 산토끼, 바퀴, 부싯돌, 교유기 등등 | 배, 삼키는 것과 삼키우는 것, 코볼트(독일의 귀신), 장 단격, 오시리스, 물감, 싹, 멜리켄, 돛, 망토, 잔, 컵 등등 | 무덤, 요람, 번데기, 섬, 동굴, 만다라, 배, 연돌구, 알, 우유, 꿀, 포도주, 금 등등 |

209

적한다.[114]

이제 우리는 뒤랑의 그러한 전제를 바탕으로 아주 간략하게 도표를 설명해 보기로 하자.

'이미지들의 동위적 분류도'라는 제목이 붙어 있는 위의 도표에서 가로축의 분류들은 각기 상동적인 것들끼리 이미지의 별자리를 형성하는 상호 이질적인 구조들의 분류이며, 위에서 아래로 내려오는 세로축은 그 별자리의 성격을 설명할 수 있는 구조적 특성과 그것을 지배하는 논리적 원칙 및 뒤랑이 인류학적 도정이라 일컬은 과정에서의 상징 발생과 쇠퇴의 메커니즘이다. 상호 이질적인 세 축 간의 분류는 우리가 앞서 말한 대로 베체레프의 반사학에서 빌어온 것이다. 그중 첫 번째의 것은 어린아이가 몸을 꼿꼿이 세울 때 다른 반사들을 조정하거나 억제하는 것으로서, 자세 position의 지배에 해당하며, 신체의 평형 감각과 관계가 있다. 그리고 그 지배는, 빛나거나 시각적인 물질들 및 분리하는 기술, 순화의 기술들을 요구하고, 그런 도구를 만들어 낸다. 도표의 제일 오른쪽에 위치한 것은, 영양 섭취 nutrition의 지배를 받는 것으로서 갓난아이에게 있어 입으로 빠는 반사행위 및 그에 부응해서 아이의 머리가 나아가는 방향에 의해 표명되는데, 동굴 모양의 땅 등 깊이 있는 물질들을 요구하며, 무언가를 담는 그릇을 낳고, 음료나 음식물의 기술에 대한 몽상으로 기울게 한다. 한편 도표에서 종합적 구조라 명명되어 있는 항은, 팔로 껴안는 충동과 관련이 있는 것으로써 주기적인 성격과 율동적 움직임을 수

114) 그러한 역동적 변화가 중지될 때, 한 사회는 증발하거나 고사 枯死하며, 개인도 마찬가지이다.

반하면서, 계절적인 순환 및 그에 따른 천체의 이동에 투사되어 나타나며 바퀴나 도르레, 교유기나 부싯돌 같은 순환이나 율동적 기술의 대용물들을 그 안에 포함시키고, 종국에는 성적인 율동에 의한 기술론적인 마찰과 관련된 표현을 낳는다. 하지만 이런 이질적인 충동들의 구분은 우리가 이원론, 일원론에 대해 알아보면서 확인했듯이, 그 중 어느 한 쪽이 우세하다는 것을 드러내기 위한 구분이 아니다. 간략히 줄인다면 그 세 개의 반사지배적 구조들은 상호간에 갈등을 일으키며 인간의 표현 속에 언제나 내재해 있어, 한쪽 지배의 강화는 다른 쪽의 약화와 억압, 이어서 반발을 낳는다.

한편 수직적 도표는 인간이 지니고 있는 반사적 지배가 그 선호하는 물질에 따라 표현을 얻는 단계로서 표상 → 형용사적 원형 → 명사적 원형 → 상징 → 실사의 단계로 이루어져 있다.

뒤랑이 "우리는 그 용어를 사르트르와 뷔를루 Burloud와 르보 달론느 Revault d'Allonnes로부터 빌어왔고, 그들은 그것을 칸트로부터 빌어왔다" [115]라고 밝히고 있는 이 표상이란 용어는, 무의식적인 몸짓과 원동 감각 사이를, 반사지배와 표현 사이를 접합시켜 주는, 구체적 표현 속에 육화된 도정이다. 자세적 몸짓에는 상승하는 수직 상승의 표상과, 시각적인 분류의 표상이 일치하고, 삼킴의 몸짓에는 하강의 표상이, 계합적 몸짓에는 순환의 표상이 조응한다. 그 표상은, 인간

---

115) 뒤랑, 『상상계의 인류학적 구조들』, p.61. 칸트는 오성의 범주를 현상에 적용케 해주는 선험적 상상력의 표현을 초월적(선험적) 표상이라고 명했다. 하지만 뒤랑은 표상이라는 용어를 칸트에게서 빌어왔지만 이미지와 개념을 접합시키는 의미에서가 아니라, 바슐라르의 원동 상징처럼 대상과 만나 이미지를 만드는 원초적인 동사적 힘의 의미로 사용한다.

의 집단 무의식 속의 원형들의 저장소가 아니라, 인간의 구체적 몸짓의 최초의 동사적 표현이다.

상상력의 이 세 범주는 바로 상상계의 세 구조를 이루는 하나의 씨앗이 되는데, 각각 분열형태적 구조, 신비적 구조, 종합적 구조에 조응한다. 그리고 이 상상력의 각기 다른 구조들은 각기 상승과 초월적 이분법, 전복과 내면의 깊이, 끊임없는 순환과 반복을 그 원칙으로 삼고 있는 정서적 공간과 형태를 낳는다. 수사학의 측면에서 보자면 형태적 구조는 과장법, 대조법에, 신비적 구조는 반어법에, 종합적 구조는 활사법 등에 조응한다.

한편 원형은 표상이 자연 환경, 사회 환경과 만나면서 구체적인 표현을 얻게 된 것을 의미하며(뒤랑은 실사화 substantification라는 단어를 쓴다) 어떤 의미로는 표상과 상징의 중간 단계에 속한다고 볼 수 있다. 즉, 표상이 인간 몸짓의 층위에서 비롯된 일정한 구조를 보여준다면, 상징은 문화적이고 사회적인 맥락에 따라 그 의미가 복수화되고 하나의 의미로 굳어버릴 취약성을 지니고 있다. 원형은 포유동물로서 인간이 지닌 공통되는 특질로서의 표상과 그것의 문화적 맥락 속에서의 표현인 상징의 가운데 위치한다는 의미에서(그러나 원형은 분명 이미지적 표현을 얻은 경우이다), 인류에게 누구나 보편적인 의미를 띠고 있는 이미지이다. 그러한 원형적 이미지들은 높은, 낮은, 따뜻한, 추운, 메마른, 습기 있는, 순수한, 깊은 등등의 감각적 혹은 지각적인 특질이 문제되는 형용사적 원형들과, 빛, 어둠, 심연, 어린아이, 달, 어머니, 십자가, 원 등등 명사화된 원형으로 구분되며, 문화적, 지리적 차이를 불문하고 인류가 공통으로 의미를 부여하고 만들어 내는 이미지들이다.

그런데 이러한 원형들은 문화적 양태에 따라 다양하게 분화된 이미지들과 연결되면서, 하나의 이미지에 단일한 표상이 결합하는 게 아니라 여러 표상이 끼어드는 현상과 마주하게 된다. 그때, 가장 좁은 의미, 엄밀한 의미에서의 상징이 태어나는 것인데, 요약한다면 상징은 원형적 이미지들이 '순전히 외부적인 요인들, 즉 기후, 기술, 지리적 환경, 문화적 상태, 혹은 문화적 접촉에 의한 결합, 음성학적인 모음 압운 assonnance이나 자음 압음 consonance에 의해 질적인 영향력을 받고 특수화된'[116) 경우이다. 원형이 '사고화, 혹은 실체부여화의 도정에 놓여 있는데 반해 상징은 실사화, 명사화의 도정, 심지어는 고유 명사화의 도정에 놓여 있다.'[117)

상징은 문화적인 맥락과 밀접한 관련 하에 특수화된 양상을 띠는데, 이는 상승의 표상이나 하늘이라는 원형에 조응하는 상징이 시대의 변천에 따라 날아가는 화살, 비행기, 우주선 등으로 바뀌기도 하며, 같은 시니피앙에 여러 의미가 덧붙여지기도 한다. 예컨대 불이라는 시니피앙이 정화의 불, 성적인 불, 파괴의 불 등 다양한 의미로 쓰일 수 있는 것이다. 그런데 이러한 상징 표현들은, 그 다가성을 상실함으로써 우리가 앞서 살펴본 자의적 기호로 바뀌기도 한다. 앞의 도표에서 종합소라 표현한 것은 상징이 문화적인 특수한 맥락이나 역사적인 상황이나 사건과 결부되면서 그 의미의 다가성이 사라진 경우를 일컫는다. 따라서 도표를 따라가면, 종합소는 어떠한 특수한 문

---

116) 뒤랑, 『신화의 형상들과 작품의 얼굴들』, p. 20.
117) 뒤랑, 『상상계의 인류학적 구조들』, p. 64.

화적 맥락에서만 그 의미가 드러나는, 상징 발생 메커니즘 속의 제한된 한 경우라고 우리는 말할 수 있게 된다.[118]

이제 우리는 뒤랑의 종합적이고 복합적인 사유체계를 아주 간략하게 도식화한 '이미지들의 동위적 분류도'가 함축하고 있는 내용과 그것의 의미들을 검토해 보기로 하자.

### 첫째, 불변성과 가변성, 구조와 발생의 종합

레비 스트로스가 아메리칸 인디언 신화를 공시적 신화소들의 반복에 주목해서 그것을 관계의 체계로 도식화한 것과 같이 그와 비슷해 보이는 뒤랑의 도표는 그를 인간의 상상계, 이미지의 아틀라스 Atlas의 표본 채집에 성공한 또 하나의 구조주의자로서, 인간 사회의 통시적 변화나 역사성에서는 눈을 돌린 사람으로 오해할 소지가 있다.[119]

실제로, 뒤랑이 상상력의 활동을 신경-생물학적인 하부 구조와 연결시킨 것을 보고 그를 자연과학적 방법을 인문학에 단순히 적용한 사람이라고 가끔 비난하기도 했다. 하지만 『상상계의 인류학적 구조

---

118) 하지만 원형이 지니는 보편적 일의성과 기호가 지니는 자의적 일의성은 확연하게 구분된다. 후자가 특수한 문화나 관습적 코드 밖에서는 의미가 없는, 즉 언어적 맥락에 의해 굳어진 일의성으로서 그때 시니피앙과 시니피에를 맺고 있는 끈이 자의성에 의해 사라진 경우라면, 전자의 일의성은 그러한 문화적·언어적 코드 밖에서도 의미가 전달되는, 그러한 자의성 너머에서도 인간끼리의 소통과 이해가 가능케 하는 일의성이다. 이미지적 표현이 그 문화적 코드 너머에 있어서도 감동을 줄 수 있고 소통을 가능케 하는 것은, 학습에 의한 습득이 없이는 불가능한 일반 언어와 달리 그런 원형적 요인을 품고 있기 때문이라고 보아야할 것이다. 그런 문맥에서, 원형은 개인적·문화적 환경의 차이에도 불구하고 인간에게 공통되어 있는 특질이라는 뜻으로 널리 해석되는 일도 있는데, 그 경우 우리는 원형을, 하나의 독특한 작품이 태어나게 하는 원초적 배경으로서의 건반이나 팔레트의 제한된 색상 등으로 이해해도 될 것이다.

들』이후 그가 끊임없이 보인 통시성·역사성에 대한 관심과 그 구체적 작업들은 그런 식의 일반적인 비난을 공박하기에 충분한 것이었다. 실제로 도표에서 우리가 주목해야할 것은(간과하기 쉬우므로) 공시적인 분류법 자체가 아니라 도표가 보여주고 있는 역동성 자체이다. 즉 반사학적으로 셋으로 분류된 각각의 특징들 사이에는 끊임없는 긴장, 갈등, 교차 관계가 존재하며 그 특징들 중 우세하게 자리를 잡은 반사지배가 한 문화의 주도적이고 지배적인 논리, 제도, 신화(프로이트 식으로라면 초자아)를 형성하여 다른 반사 지배들을 억압하게 되는 것이다. 그때 억압된 반사 지배들은 즉각적인 표현을 얻지 못하고 모호한 표현(간접 표현으로서의 상징)을 통해 그 에너지를 표출하게 되며, 그때 상징의 역동성이 나타나게 되는 것이다.

　서구의 경우를 예로 들면, 서구의 이원론적 인식이란 그렇게 이질적인 반사 지배적 특징 중 자세적 지배(영웅적 구조, 분열형태적 구조)가 특권적 자리를 차지하고 다른 반사 지배들을 억압해온 인식이라고 볼 수 있으며, 그러한 억압과 반동 사이의 균형 잡기의 움직임이 바로 통시성을 이룬다. 요컨대 도표에서 제시되고 있는 것은 언제나 불변적으로 인류의 문화나 삶에 나타나는 하나의 원판적 모형이 아

---

119) 그 오해는, 인간에게 공통된 토대 fond commun, 불변적 요소 invariants에 대해 관심을 갖는 모든 연구를 일종의 원형학 archétypologie으로 간주하면서, 그런 식의 원형학은 인류 역사의 변천 과정, 문화의 차이 등을 드러내는 데는 무력하다는 생각과 비슷하다. 불변적 요소에 대한 관심이 가변적 요소에 대한 배려를 불가능하게 한다는 것이다. 하지만 그러한 견해는, 불변적 요소를 불변인 채 실재하는 하나의 실체로 삼는 오류에서 비롯된 견해이다. 원형학의 불변적 요소는, 온갖 가변성을 낳은 모태로서의 의미를 지니는 것이지 가변적 요소와 대립되는 절대 불변적인 실체가 아니다. 앞의 주 23) 참조.

니라(그런 총체적 모형으로 간주할 수 있는 것이 인류의 온갖 상상력의 총
집결소인 신화—개별 신화가 아니라—이다), 인간 삶의 온갖 변화 양상
의 가능성을 모두 품고 있으며 그 변화를 낳는 하나의 모태에 관한
것이다. 한마디로 말한다면 상상계는 인류의 정신현상의 총체라는
뜻에서 단일하게 닫혀 있는 세계가 아니라 다양성과, 거의 무한한 변
모의 원천이다.[120] 그리고 우리의 일정 기간의 삶이나 문화는 그러한
원천으로서 존재하는 상상계 구조의 부분적 발현이다. 즉 우리의 현
상은 언제나 부분적 드러남이며, 그렇기 때문에 필경 총체성, 부재해
있는 것(비가시적인 것)을 향한 꿈을 갖게 된다.

당연히 뒤랑의 형상적 구조주의는, 시대에 따른, 지역에 따른 변주
와 차이에 주목하는 발생론적이고 역사적인 축과 긴밀히 결합된다.
우리는 뒤랑의 작업을 하나의 방법 속에서(신화 방법론) 통시성과 공
시성, 불변소와 차이, 구조와 발생을 동시에 합류하게 만드는 데 성
공한, 인간학 Science de l'Homme 내에서는 매우 드문 경우라고 말
할 수 있다. 바로 그런 의미에서 상상계에 대한 연구는 인간이 지니
고 있는 보편적 형태에 대한 이론적 지식과 주어진 상상계가 하나의
문화, 혹은 하나의 표현 속에 어떻게 자리잡고 표현되는지에 대한 구
체적 작업이 병행되어야만 하는 것이다. 뒤랑의 모든 글 속에 대전제

---

120) 뒤랑은 지리 문화적 배경에 따라 이러한 상상계가 어떻게 다양하게 변화되어 나타나
는지를 통시적으로는 강의 비유를 사용해서 의미의 물줄기 bassin sémantique라는
개념으로 논리화하여 경험적으로(즉 구체적으로) 보여주고, 공시적으로는 풍토
climat, 경계 limite 개념을 통하여 서구 기독교 문화를 예로 들어 보여준다. 재차 말
하지만, 그의 그러한 구체적 작업에 대한 검토는 다음 기회에 행하게 될 것이다. 뒤랑
의 『상상력의 과학과 철학』 및 『신화비평과 신화분석』 참조.

로 들어 있는 정신은 바로 그러한 것이며, 그 자신이 그것을 실천하고 있는 것이다. 즉 그는 상징의 논리에 대한 큰 원칙들, 분류의 개념들을 다루는 철학적, 학문적 추상화의 작업과, 역사적 상황, 문화적 특수성—상상계의 발생적 형상화—을 가까이에서 고려하는 작업을 병행해 왔으며, 따라서 상상계와 이미지 연구 자체가 체계와 사건, 일반적 법칙과 그것의 특수한 발현 등 때로는 모순되기까지 하는 각도에서 인간 현상을 다루어야 하는 복합적인 것이 된다.

둘째, 뒤랑의 방법론이 지니고 있는 가장 핵심적인 내용의 하나로서, 뒤랑의 도표에 의해 이미지와 개념, 상징계와 디지털, 시적인 것과 과학적인 것의 관계가 새롭게 정립이 된다.

우리는 바슐라르를 살펴보면서, 인간의 '꿈꿀 권리 le droit de rêver'가 개념화의 의무와 어깨를 나란히 하게 되었으며 상상력도 과학적 진리를 이루는 논리의 법칙만큼 엄격한 내적인 법칙을 지니고 있다는 사실을 확인한 바 있다(이미지의 현상학). 하지만 바슐라르는 그 둘은 서로 적대적이며 절대 화해할 수 없는 상이한 두 축이라고 수차 주장했다(그가 죽기 두 해 전에 쓴, 그의 상상력에 관한 저술을 집대성한 책 중의 한 권이라고 할 『몽상의 시학』에서도 그는 그러한 견해를 밝혔다).

하지만 질베르 뒤랑은 상상계의 내용들을 연구하고 과학적 인식 활동에 대한 심리 비평적 연구들을 검토한 후 이미지와 개념, 신화와 추상적 이론들 사이에는 단절이 존재하는 것이 아니라 이상한 상호 삼투현상이 존재한다고 말한다. 즉 바슐라르가 확언하듯이 상상계는 합리성과 대비되는 것이 아니며 개념화 작업, 추론, 추상적 성찰에도 상상력이 깊이 관여되어 있다는 것이다. 우리가 제시한 〈이미지의 동위적 분류도〉를 참조해서 간략히 말한다면 각각의 상상 구조는 나름대로 각각의 논리화가 가능하다. 예컨대 분열형태적 구조에 해당하는 표현을 낳는 낮 체제는 서구의 철학과 과학이 지탱해온 진실 추구라는 명목 하의 이원론적 논리를 낳는다. 즉 낮 체제에 해당되는 상상계는 이원론적 합리주의가 지향하는 명백한 이성과 상동적이다. 반대로 밤의 체계 중의 신비 체제는 그 상상계가 의미하는 대로(내면의 구조, 신비적 구조), 시적인 활동이나 꿈의 세계에만 머물러 있는 것이 아니라 나름대로의 논리적 표현에 이르며 그러한 상상계는 특히 철학적이고 종교적인 성찰이나 논리에 두드러지게 나타난다. 뒤랑은 뒤메질이나 뤼파스코 St. Lupasco의 작업을 참조로 하여 그들이 행한 문화적 분류 유형의 근저에는 바로 이런 인간 상상력의 근본적 다원성이 놓여 있다고 주장한다. 각기 다른 상상계가 각기 다른 논리를 낳고 다른 제도를 낳고 다른 문화를 낳는 것이기에 상상계-논리, 상상계-제도의 이원론적 대립은 무의미해지는 것이다.

그러한 사실로부터 중요한 두 가지 결과가 빚어지는데 그중 하나는, 인간 정신의 원형적 복수성과 관련을 맺는 합리성 rationalité이 소위 서구가 주창해온 단 하나의 유일한 합리성으로 귀결될 수 없다는 것이다. 철학적이고 과학적인 성찰도 상상 체제의 다양성을 드러낼 수밖에 없으며, 그 각각의 철학적이고 과학적인 성찰들은 그 어느 하나에 종속될 수 없다. 서구의 많은 논리와 이론들은 대개 분열형태적 상상계와 상동관계를 이루는 것으로써 이원론적 합리성에 입각해 있는 것이지만 서구의 어떤 이론들, 예컨대 헤겔과 마르크스의 변증법 같은 것은 종합적이고 순환적인 상상계 구조를 드러내 보여준다. 따라서 인간정신의 논리적이고 추상적인 활동은 최소한 세 가지 유형의 합리성을 갖게 되며, 그러한 복수화된 합리성들 rationalités은 나름대로의 논리와 활동 영역을 갖게 된다. 그런 관점에서 볼 때 과학은 단순히 상상력과 대립되는 영역에서 상상력을 억압해오면서 발전한 것이 아니라, 사고의 체제나 구조를 바꿔오면서 인간과 세상과 자연에 대한 이해의 방법을 교대로 교차시켜 왔다고 보는 것이 옳다.

뒤랑이 인간의 학문 Science de l'Homme이라는 이름 하에 자연과학 분야에서 이룩한 최첨단 과학의 업적들과 자신의 상상력 논리의 근친성을 자주 언급하면서 그들과 자주 접촉을 갖는 것은 첨단 물리학·생물학 등 과학자들의 업적의 출발점이 반이원론적이고, 반인과론적이고, 반기계적인, 달리 말해 지금까지 서구의 과학을 발전시켜 온 상상계와는 다른 체제, 다른 구조에 있다고 보기 때문이다. 따라서 과학도, 합리성도 인간의 상상계 연구에 의해 드러난 인간정신의 복합성과 결합하려 애를 써야 하며, 그 추상적 논리들도 다원화시켜야 하는 것이다.[121]

---

121) 그렇다면 우리는, 서구의 인식론이 합리화와 과학화에 유리하고 다른 문화의 인식론들(이제는 상상 체계라고 불러도 되리라)은 그렇지 못한 것이 아니라, 서구인은 서구인의 상상 체계를 다른 문화에 비해 비교적 빨리 논리화, 과학화한 것이라고 말할 수 있을 것이다. 요즘에야 디지털 기술 시대의 도래 운운하며 세상이 떠들썩하지만 몇 년 전만 해도 퍼지 이론, 아날로그 방식 등 기초의 기술·과학과는 전혀 다른 패러다임에서 우연성, 인공지능 등의 개념을 기술에 도입하여 그것이 최첨단 기술로 소개된 적이 있는데, 그 현상에 대한 정확한 이해와 소개는 없었다. 한편, 서양의학과 동양의학의

그런데 합리성이 유일한 것이 아니라 복수화될 수 있다는 이러한 생각은, 소위 이성이라는 것도 특이한 상상구조가 활성화되어 나타난 것일 뿐, 그 자체 고유의 법칙을 갖는 자율적 기능으로 간주될 수 없으며 정서적·상징적으로도 표현할 수 있는 것을 추상적으로 표현한 하나의 표현 양식에 불과하다는 생각으로 자연스레 이어질 수 있다. 게다가 이성은, 상상력은 진실에 접근할 수 없고 이성만이 진실 파악이 가능하다는 특권적 지위를 상실하고, 보다 폭넓고 일반적인 상상계의 제한되고 부분적인 활동이 된다. 상상계는, 이성이 상상계를 배척하는 데 반해 그 이성을 감싸는 것이다. 그렇다면 이미지의 낮 체제(분열형태적 구조)와 상동구조를 가진 서구적 이성과 합리주의를 인간 이해의 보편원리로 삼은 서구적 인식론은 부분을 전체로 삼으려 한, 하나의 부분을 최종 심급으로 간주해 그와 동등한 다른 부분들을 억압하려 한 인식론이라고 할 수 있다. 이성에 대한 이러한 새로운 인식은 종국에는 이성 자체를 더 이상 인간 인식의 중심에 위치시킬 수 없게 한다.

셋째, 이성에 대한 그러한 일종의 가치 전복은, 이제까지 인간 인식의 중심에 있던 이성(로고스 중심주의)을, 마치 지동설이 천동설을 대신하고 그것을 감싸듯 '이미지 중심주의'의 부분으로 포섭되게 하는 결과를 낳는다.

---

경우도 그것이 합리성-비합리성, 과학성-직관성·경험성 등의 대립으로 살펴볼 것이 아니라, 우주, 세계, 인간에 대한 근본적 인식의 차이(상이한 상상 구조)에서 비롯된 의학적 체계의 차이로 보아야 하며, 따라서 그 둘은 나름대로의 과학성과 합리성을 갖는다고 볼 수 있다.

뒤랑은 바슐라르의 '신과학정신'의 개념을 차용해 '신인류학 정신 Nouvel esprit scientifique'이라는 개념을 사용하며, 서구의 독단적이고 편파적인(이미지의 낮 체제라는 하나의 극 極에 불과한 상상계와 상동구조를 가진, 그 상상계가 활성화시킨 부분적 합리성 중심의) 인류학을 부정하면서 동시에 그것을 부분으로 감싸는 새로운 인류학을 주창하는데, 우리가 앞의 도표에서 볼 수 있듯 그것을 우리는 '이미지 중심주의'라고 부를 수 있을 것이다. 이러한 이미지 중심주의에 입각한 새로운 인류학은 다원성을 바탕으로 하는 인류학이며, 다른 것에서 차별이 아니라 차이를 보는 인류학이며, 그 차이 너머에서 공통 토대를 보는 인류학이며, 차이의 변화양상도 동시에 고려하는 인류학이다.

뒤랑의 이러한 인류학은 당연히 인간의 선조적 진보나, 표면적 변화의 양상만 주장하고 주목하며 연구하는 태도를 거부하면서 인간이 이룩해온 온갖 전통을 시야에서 놓지 않는 인류학이 된다. 서구의 주된 인식론적 입장에서 보자면 일종의 도치이고, 방향 전환적 인식론을 뒤랑은 주창하고 있지만, 뒤랑의 그러한 생각은 인류의 원초적 층위는 사라지는 것이 아니라 인간의 모든 활동의 기층구조로 여전히 머물러 있다는 생각을 기조로 하고 있으며, 바로 그러한 생각이 기존의 인식론에 대한 혁명적 인식의 내용을 이룬다. 그러나 뒤랑의 전통적 인식에 대한 관심을, 복고주의나 보수주의로, 혹은 미래에 대한 몽매주의로 이해해서는 안 된다. 그것은 인류가 제 아무리 변화를 겪더라도 인류의 변치 않는 토대, 근원을 이루는 것, 달리 말해 그 변화를 낳게 한 원인과 동기를 살피고, 그 변화의 의미를 진정으로 해석할 견자 見者적 지혜를 얻기 위한 것이다. 따라서 전통은 지나간 과거가 아니라 감추어진 것의 현존(비가시의 현존)으로서, 시간의 변화에 따라 언제고 새로운 모습으로 드러날 준비가 되어 있는 것이다.

이상으로 우리는, 일종의 암호를 해독하듯 앞의 도표에서 숨어서 제시되고 있는 뒤랑의 기본 원칙들을 일별해 보았다. 이제 우리는 뒤랑이 제시하고 있는 원칙들을 토대로 해서 그의 '이미지 중심주의'가 말 그대로 이미지와 상징에 대해 무조건적으로 긍정적이고 낙관적인 평가 하에, '이미지 범람시대'의 도래를 느긋한 모습으로 관조하는 인식이 아니라는 것, 어떤 의미에서는 '이미지 범람시대'의 도래를 지극히 우려하는 '이미지 중심주의자'의 모습을 그에게서 볼 수 있다는 사실을 지적하려 한다. 그의 '이미지 중심주의'는 인간의 공통 토대로서의 상상계에 입각한 균형 잡힌 인식과 인류학을 지향하는 것이지 온통 이미지로 뒤덮인 이미지의 천국을 꿈꾸는 것이 아니기 때문이다. 그의 '이미지 중심주의'의 입장에서 시각적 이미지의 지나친 범람은 이미 그 자체 단차원적인 극화 極化현상일 수 있고, 인류학적인 구조들의 불균형일 수 있다. 그 불균형은 상상계가 지나치게 위축될 때도 올 수 있고, 한쪽 구조의 이미지, 상징이 지나치게 범람할 때도 올 수 있다. 우선 상상계가 지나치게 위축되는 경우, 즉 이미지적 표현이나 시적 표현이 그 자체 인간의 삶이나 진실에 대해 아무 것도 말할 수 없고 그에 접근할 수 없다고 억압되는 경우는, 우리가 앞에서 서구의 성상파괴주의의 흐름을 살펴보면서 확인했듯이 ⅰ) 로고스 중심주의에 입각한 독단적, 배타적 인식론으로 흘러가, 그러한 문화 자체가 역동성을 잃고 획일화·전제화될 위험이 있으며, ⅱ) 상상계에 대한 억압 자체가 비가시적인 것에 대한 인식의 길을 차단하여

가시적인 현상계에 대한 경험과 증명을 위주로 하는 편협한 인간 인식으로 귀착되어, 종교, 예술 등이 본래의 기능을 상실하고 인간의 꿈을 실어나를 표현의 길이 차단되어, 종국에는 프로이트의 이론에서 보듯, 세계와 화합하는 인간의 몽상 기능이 억압될 수 있다.

하지만 우리가 보다 중요하게 취급해야할 것은 이미지의 범람 현상에 의해 오게 될 균형의 와해이다. 신화가 닻줄을 끊고 귀환하는 현상, 이미지가 범람하는 현상을 우리는 지나치게 차가운 이성이 굳건히 지배해 온 세상에 대한 일종의 보상으로 볼 수도 있다. 마치 바슐라르에게서 그 고단한 과학철학적 작업에 지친 영혼을 달래려고 찾아온 아니마라는 중개 천사처럼 여길 수도 있다. 그러나 오늘날의 이미지의 범람 현상을 그런 편안한 마음으로 지켜보기에는 석연치 않은 부분이 너무나 많다. 우리는 이미지가 그 자체 제도, 사유, 이성과 긴밀하게 연결되어 하나의 상상적 구조 속에 수렴될 수 있다는 사실을 확인한 바 있다. 그렇다면 우리가 생산해 내는 이미지는, 이미 주도적으로 자리잡고 있는 상상체계(논리화 · 제도화를 이루는 한 사회의 지배적인 인식이 된 신화)를 그대로 재생산해 복사해 내는 이미지(기호적 이미지), 그리하여 오히려 그런 주도적 신화에 대한 성찰조차 불가능하게 하고 우리를 그 주도적 신화에 수동적으로 순종하도록 마비시키는 이미지일 수도 있으며, 그 주도적 신화에 대항해서, 기존의 기호적 표현으로는 담아내기 어려운 새로운 의미, 그래서 필경 상징적 표현이 되어 한쪽으로 극화된 사회에 균형을 취해주는 이미지도 있을 수 있다.

전자의 이미지라면 오히려 상상계의 다원성을 고갈시키고 스테레오 타입화된 이미지를 재생산하여, 한 사회의 인식을 전체주의로 몰고 갈 우려가 있는 것이다. 전자 영상 매체를 온통 장식하고 있는 판에 박힌 이미지들은 겉보기에는 화려한 이미지의 꽃 피어남을 구가하고 있지만, 그것들은 오히려 상징적 인간으로서의 인간의 상징의 기능을 마비하고 우리의 정신을, 지배적 신화에 수동적으로 이끌리게 할 위험성이 다분히 있다. 뒤랑의 이미지에 입각한 인류학은, 상상계에 입각해서(다원성, 심층성), 그런 이미지를 거부하고 해석하고 내면화할 수 있는 정신적 성찰의 길을 열어 보인 것이지 무조건적인 이미지의 수락을 요구하는 것은 아닌 것이다. 상징이나 이미지나 상상계가 그 자체 건강하거나 건강하지 않거나 한 것이 아니다. 문제는 '인류학적 도정' 내에서 한 인간이나 사회가 끊임없는 상징화 과정을 통해 얼마나 그 균형을 잘 유지하느냐, 혹은 균형의 가능성을 보이느냐, 혹은 균형의 몸짓을 보일 수 있느냐이다.

뒤랑이, 이미지 중심주의를 내세우면서, 이미지를 억압해온 서구의 성상파괴주의와 이미지가 범람하고 있는 현대의 서구 사회를 이중으로 고발하고 새로운 인식의 전환을 촉구하는 것은 바로 그러한 맥락에서이다. 따라서 뷔넨뷔르제는 "질베르 뒤랑은 도덕적인 애처롭고 별 효과 없는 유혹에 몸을 맡기기보다는 우리의 현대 문명의 새로운 지향은 우선 학문적 작업의 단계를 거쳐야 한다고 생각하며…… 이런 의미에서 질베르 뒤랑의 작업은 일종의 '인식의 지적인 윤리'와 긴밀하게 연결되어 있다"라고 말한다. 뷔넨뷔르제는 "뒤랑이 보기에 그 어떤 도덕적 예언과 예견도 인간성의 진리를 끈기 있게 밝히려는 노력을 대체할 수 없고, 인류가 (이제까지 서구가 지녔던) 환상과 오류에 종지부를 찍기를 희망하려면 우주와 생명의 법칙에 종속된 인간 종족으로서의 인간을 스스로 인식하는 수밖에는 없다"[122]라고 말하면서, 서구의 인식론적 위기 속에서 하나의 예지 sagesse를 찾으려는 모습으로 뒤랑을 그리고 있다.

이제까지 우리는 이미지와 상상력에 대해 적극적인 의미를 부여해 온 정신분석학자, 심리학자, 철학자, 인식론자, 민속학자, 인류학자 등의 사유의 궤적을 뒤따르면서 이미지는 단순히 감각과 의식의 재현이 아니라는 것, 이미지는 그 자체 의미를 담고 있는 그릇일 수 있다는 것, 이미지를 생성하는 상상의 주체는 개념화하는 주체에 종속되는 것이 아니라는 것, 등을 확인했고 드디어는 뒤랑의 '이미지 중심주의'라는 하나의 종합적 체계(역동적 체계)에까지 이르렀다. 그에 의해 이미지는 사유의 종속물이 아니라 사유의 모태이며 사유나 개념은 방대한 상상계의 일부분에 속하는 것으로 드러났고, 이미지에 대한 본격적인 이해는 서구의 로고스 중심주의를 서구가 지닌 하나의 인식론적 프로필에 불과한 것으로 평가 절하할 수 있게 했다.

데리다는, 철학은 모든 것을 개념적 대립 하에 포섭하면서 스스로 궁지에 몰려 기진했고, 따라서 이러한(철학의) 몰락에 대해 우리는 추상적인 범주들의 해체를 택하는 철학적 작업이 필요하며 그 해체를 통해 단어들을 놀게 해 언어의 난외 marge와 사이 intervalle 속으로

---

122) 뷔넨뷔르제의 미간 원고,「질베르 뒤랑에게 있어서의 상상계와 합리성 *Imaginaire et rationalité chez Gilbert Durand and*」(서울 초청 강연회 원고, 1999).

숨어버린 의미를 되찾아야 한다고[123] 주장했다. 그것을 우리는 서구의 로고스 중심주의의 해체를 통해 개념과 개념 사이, 언어와 언어 사이의 구체적인 영역이 자유로이 되살아나게 해야 한다는 발언으로 이해할 수 있으며, 바로 그 사이를 풍요롭게 가득 채우고 있는 것이 바로 이미지와 상상력이라고 말할 수 있다.

또한 뒤랑의 견해를 빌어 다시 말한다면 포유동물로서의 욕망의 직접 표현과(갓난아기 때의 아주 짧은 시기) 개념적, 추상적 표현 사이의 모든 영역을 이미지가 채우고 있다고 우리는 말할 수도 있다. 그리고 그 영역은 동물적 직접성의 영역도 아니고 개념의 추상적인 영역도 아니고 구체적이며 경험적인 영역이다. 따라서 우리는 이미지 범람의 시대를 맞이하지 않고서라도 이미지와 이미 함께 살고 있는 것이 되며, 이미지와 함께 사유하고, 꿈꾸고, 고뇌하고, 즐거워하며 살고 있다고 말할 수 있다. 즉 이미지는 우리 삶의 전 영역(초현실까지 포함해서)을 물들이고 있는 것이다. 그래서 우리는 그러한 이미지와 어떻게 함께 살아가야 하는가, 우리의 삶에서 이미지란 무엇이며, 그 기능과 가치는 무엇인가를 당연히 물어야 하고, 이미지와 함께 균형 잡힌 정신, 사회를 지향하며 사는 방법도 모색해야 한다. 우리가 이제부터 해보려는 것이 바로 그러한 모색의 노력이다.

---

123) 데리다, 『그라마톨로지에 대해 *De la Grammatologie*』, Ed. de Minuit, 1967.

# *image*

# 우리의 삶에서 이미지란 무엇인가?

## 이미지의 기능과 가치

우 리는 우리 삶의 전 영역을 물들이고 있는 구체적인 이미지들의 구체적인 기능과 가치를 알아보기 위해 몇 개 분야로 나누어 고찰을 행하게 될 것인데, 1) 이미지는 과학이나 합리성에 대립하지 않는다; 이미지와 과학적 합리성, 2) 이미지는 인류학적 윤리의 정립에 직접적으로 관여한다; 이미지와 윤리, 3) 이미지와 정치 4) 이미지는 창의적이고 균형 잡힌 인간을 교육하는 데 필수적이다; 이미지와 교육의 네 분야가 바로 그것이다. 그러나 이미지의 기능과 가치를 그렇게 구체적으로 살펴보기에 앞서 우리는 우리 시대에 여전히 남아 큰 위력을 발휘하고 있는(그리고 부분적으로는 옳은), 이미지에 대한 경고의 메시지들을 먼저 하나씩 검토해 볼 예정이다. 우리가 이러한 작업을 선행하려는 이유는 이미지론이 이미지에 대해 무조건적으로 긍정적 가치 부여를 위해 쓰이는 것이 아니라는 것을 다시 한 번 강조하기 위해서이다. 이미지는 그 자체가 옳거나 그른 것, 혹은 좋거나 나쁜 것이 아니다. 이미지를 생산하고, 소비하고, 상상하는 각각의 주체가 서로 다른 특수한 상황에서, 이미지가 자유롭고 풍요로운 의식으로서의 창조성(비판성을 포함한)을 발휘하는 데 사용하느냐, 아니면 현실 망각, 현실 소외의 수단으로 받아들여져 주체의 상실을 초래하느냐에 따라, 그 의미 작용이 달라질 뿐인 것이다.

# ❶ 이미지에 대한 비판들

## 1) 이미지는 기만적이다

이미지에 대해 가장 고전적인 비판은 이미지가 진실을 가리거나, 진실이 아닌 것을 진실인 양 믿게 만든다는 것이다. 즉 첫째, 진실이 아닌 것이 진실인 양 구조와 모양을 하고 있어 보는 이를 속게 하거나, 둘째, 이미지가 지닌 매력으로 우리를 유혹하고 매혹시키고, 놀라게 해 우리의 사고를 교란시킨다는 것이다.

첫 번째 입장의 대표적인 예를 우리는 플라톤에게서 찾아볼 수 있다. 그는 아이콘과 우상 idole을 구분하고, 그 이미지가 모방한 이데아와 상동성(닮음)을 지니고 있어 직접적으로 그 이데아를 환기시키거나 그 이데아까지 의미가 연장되는 이미지를 전자로, 스스로 하나의 진리나 이데아인 양 가장한 이미지를 후자로 간주했다. 플라톤의 시인 추방론은 진리에 대한 환상을 줄 만큼 스스로 멋진 표현을 함으로써, 신이 한 개인을 통해 말하는 듯한 착각을 불러일으키고(시인 자체가 신의 대변자), 신의 부재성 不在性, 비가시성 非可視性

을 못 느끼게 한다는 비난에서 비롯된 것이다. 플라톤의 궤변론자들에 대한 비판도, 그들의 궤변이 그 말을 듣는 영혼이 진리를 찾을 수 있도록 도와주는 것이 아니라 궤변 자체가 최후의 진리인냥 온갖 수사학을 다 동원한다는 점에 대해 가해진 것이다.

진실을 가리고, 겉보기에 혹해 외양에 불과한 것을 진실인 양 착각하게 만드는 이미지의 이러한 부정적 기능에 대한 비판은 특히 대중적이거나 집단적인 거짓 믿음을 비판할 때 주로 가해진다. 저 유명한 '동굴의 우화'에서 플라톤은 사회·정치적 존재 양태를 하나의 동굴에 비유하고, 대개는 사람들이 이미지와 그림자만 볼 뿐이면서 그 이미지와 그림자를 실재나 진실인 양 착각한다고 말한다. 따라서 집단의 삶은 일종의 인형극 극장 같은 것으로써 시민들은 숨겨져 있는 힘(궤변이나 독재자)에 의해 조종되는 이미지에 이끌리고, 열광하고 속는다는 것이다.

플라톤은 모든 시민들이 그러한 사기적 환상에서 벗어나는 것은 불가능하더라도 최소한 사회 지도자들은 시민들을 그러한 환각병에서 치료해줄 수 있는 지적 능력을 가져야 하며 바로 그런 사람들을 철인이라고 불렀다(철인정치).

우리는 플라톤의 그러한 생각이 절대적 진리, 절대적 형태의 존재에 대한 그의 믿음에서 비롯되었다는 것임을 모르는 바 아니지만 사회·정치적인 권력은 애당초 환각과 사기에 기반을 둘 수밖에 없다는 논리 쪽으로도 오용되어, 이미지에 의한 대중 조작이 권력 유지의 필수적인 수단이 되기도 한다는 점을 잊어서는 안 될 것이다. 마키아벨리의 군주론의 바탕을 이루는 것이 바로 그러한 생각인데,

그는 한 국가의 통치자가 사자의 이미지(공포)와 여우의 이미지(꾀)를 동시에 지녀야 한다고 주장한다. 국가의 궁극 목표가 안정과 평화를 유지하는 데 있는 이상, 권력은 그것이 실제 지니고 있는 힘 이상을 지닌 것처럼 백성들에게 보이게 해서, 그 보이는 모습으로 (이미지로) 백성을 결집하게 하고 복종하게 해야한다는 것이다. 따라서 실제로 강한 것보다는 강하게 보이는 것이 중요하며, 거짓과 위선은 뛰어난 통치술의 속성이 된다.

  이미지의 그러한 기만적인 힘은 전체주의 국가의 전제적 권력을 유지하는 데 자주 이용되어 왔으며 그러한 예를 우리는 얼마든지 들 수 있다. 이미지가 지닌 이러한 부정적인 기능은 이미지에 대한 가장 근본적인 비판을 가능케 했으며, 이미지는 다른 방식으로 세상을 이해하고 표현하는 인식, 즉 이미지가 지닌 모호함(진실에서 멀어지게 하는 속성)을 몰아내고 보다 명확하고 단호하게 올바른 삶을 바라보고 체계화할 수 있는 인식으로 대체해야 한다는 생각을 낳게 되고, 인간의 합리적인 이성의 능력, 합리적인 성찰의 능력이 중요시되는 결과를 낳는다.

  하지만 우리가 이미지가 지닌 그런 가공할 부정적인 기능을 인정한다고 하더라도, '이미지가 진실을 왜곡한다' 라는 비판 속에 이미 '단 하나의 진실이 존재한다는 믿음' 으로서의 주관적 선택이 들어 있으며, '객관적 진실' 이라는 것이 말 그대로 객관적으로 존재하는 것은 아니라는 사실을 앞 장에서 확인한 바 있다. 이미지가 지닌 그러한 부정적인 기능은, 진실과 이성의 이름으로 처단할 이미지 자체의 기능이라기보다는, 이미지의 역동성과 다원성이 상실되고 이미지가 획일화되었을 때, 다시 말해 한 사회의 인식 구조가 일차원화되었을 때 발생하는 현상이라고 보아야 할 것이다. 그때의 이미지란 주체의 능동적 참여가 배제된 기호적 이미지이며, 창조성이 결여된 수동적 이미지이다. 이미지에 대한 그러한 비판의 기저에는, 이 세상에 대한 성찰적 기능이 결여되어 있으며 삶의 진리 파악과는 무관하게 존재한다는 전제가 이미 들어 있다. 이미지에 대한 그러한 경고와 처단은 이미지의 상징적 기능이 이미 배제된, 그 가능성이 배제된 입장에서 가해지는 비난이며 이미지에 대한 그러한 비난은 이미지가 한 주체를 자기 자신으로부터 소외시킨다는 비난으로 이어진다.

## 2) 이미지는 주체를 소외시킨다

이미지를 순전히 파토스 pathos(감정·정서적 표현과 반응)의 영역에 국한시킬 때 올 수 있는 비판으로서, 이미지는 지나치게 감수성과 감각을 자극해서 정신에 불균형과 교란을 가져온다는 것이다.

그때 이미지에 대한 비판은 첫째, 이미지를 낳는 힘, 즉 상상력이 주어져 있는 대상에 대한 지각을 단순히 재생산하는 수동적인 기능만을 갖는다는 생각에서 비롯된 것이며, 또한 그러한 상상력을 움직이는 동력은 우리의 감각이며 정념이라는 생각을 그 기저로 하고 있다. 자신의 주체적 판단을 가능케 하는 지성과는 달리 상상력은 자아와는 상관없이 다른 것(특히 몸의 감각기관)에 의존한다는 것이다. 이미지는 자아의 성찰적 기능을 마비시키고 중지시켜 주체 자신이 스스로에게도 낯선 존재로 만든다(그것이 바로 자아의 소외이다). 그런데 자아에 대한 이러한 교란이 일어나면 주체가 이 세상과 올바른 관계를 정립하지 못하고 유아적이고 폐쇄적인 자신의 욕망만으로 이 세상을 보게 된다.

이미지의 그러한 작용에 완벽히 함몰해서 상상력의 세계를 헤매게 될 때, 이미지는 의식과 이성의 활동을 교란해서 객관적인 현실의 질서와는 전혀 무관하게 순전히 주관적으로(병적으로) 이 세계를 쾌/불쾌, 기쁨/슬픔의 정서적인 차원으로만 받아들이게 된다. 이러한 정신의 교란 상태에서는, 이미지가 결코 실재가 아니라는 것, 이미지는 실재를 그럴 듯하게 표현한 것이라는 사실을 자각하지 못하고 이미지 자체가 현실이 되어 현실과 제대로 관계 맺는 것이 불가능해진다. 그리고 이러한 현실에 대한 객관적 인식을 갖는 능력이 교란되면 결국 환각을 낳게 되고, 존재하지도 않는 현실을 실재하는 것처럼 보게 만든다.

한편 이미지가 주체를 소외시키게 되면(의식과 이성의 마비), 우리가 바슐라르에게서 확인했듯이, 하나의 대상에 대한 정서적 반응에 불과한 것을 객관적 진리로 착각해서 잘못된 확신과 믿음을 낳게 한다(물론 순수 객관적 사고의 가능성을 추구하던 과학철학자로서의 바슐라르이다). 그러한 잘못된 확신과 믿음이 집단화되고 이미지에 대한 가치 부여가 스테레오 타입으로 굳어지면, 이미지는 잘못된 이데올로기를 강화하는데 쓰여질 수 있다. 이미지가 개인적이건 집단적이건 순전히 그 욕망, 잘못된 믿음을 만족시키고 실상을 왜곡시키는 경우로, 거짓 속죄양을 만드는 언론의 이미지, 우리의 레드 콤플렉스를 키워왔던 시뻘겋고 털이 난 북한 괴뢰의 이미지, 끊임없이 재생산되는 드라큘라의 무시무시한 이미지들을 그 예로 들 수 있을 것이다. 이런 경우 주체적 판단의 과정을 거치지 않고 주어진 의견 · 판단력 · 믿음 등을 자신의 확고한 의견 · 믿음 등으로 착각하고, 결국 현실과 자아에 대한 올바른 성찰과 비판 능력을 상실하게 된다.

한편, 그렇게 자기 성찰 기능을 마비시키는 이미지는, 주체의 욕망에 직접 가 닿고 그에 호소함으로써 인간의 욕망을 실현하는 데는 반드시 현실의 저항이 있다는 사실을 망각하게 하고, 자신의 욕망을 현실과 착각하게 만든다. 그로인해 자신이 바라는 것은 언제고 이룰 수 있다는 과대 망상을 낳는다.[124] 시각적 이미지의 범람시대인 요즈음 이미지가 끼칠 수 있는 가장 큰 해독이 아마 이러한 것이 될 것이며, 플로베르의 유명한 소설인 『보바리 부인』에서 우리가 읽어 낼 수 있는 것도 바로 이런 이미지의 왜곡된 힘과 기능이다.

그러나 우리는 앞서 '이미지는 기만적이다' 라는 항목의 말미에도 썼듯이 이미지가 드러낼 수 있는 그러한 위험성 때문에 일반적 이미지가 모두 그런 위험을 지니고 있다고는 볼 수 없다. 뒤랑의 "인간은 상징적 동물이다"라는 선언과 "상징 체계는, 동물의 심리 체계 내에서의 직접적인 지각이나 표현의 경우처럼 거리두기 distanciation가 결여된 경우에도 기능이 중지되고, 종합화 과정 속

---

124) 물론, 이미지와 욕망의 관계가 그렇게 단순하지는 않다. 때로는 존재하지 않는 이미지가 그것을 향한 욕망을 낳기도 하지만 때로는 부재해 있는 것에 대한 의식, 그것을 향한 욕망이 하나의 이미지를 낳게 하고 그 이미지를 현실로 착각하며 만족을 얻기도 한다.

에서 그 다의성을 잃어버릴 때도 그렇게 되며, 소쉬르가 애호하는 '기호의 자의성'의 경우처럼 시니피앙과 시니피에 사이에 단절이 있는 경우에도 기능이 중지된다"[125]라는 발언을 참조해서 말한다면, 자신의 욕망, 정서적 반응을 현실이나 객관적 사실로 착각해서 동일화가 일어나는 경우는 욕망과 표현 사이의 거리두기가 결여된, 아직 상징화가 진행되지 않은 경우에 해당되며(갓난아기의 경우), 엄밀한 의미에서 그때는 아직 하나의 주체는 성립되어 있지 않다고 말할 수 있다. 따라서, 그때의 이미지란 넓은 의미의 이미지가 아니라, 욕망의 동물적 표현에 불과한 것이라고 말할 수 있다.[126]

예컨대 경계해야 할 것은 욕망의 직접 표출로서의 동물적 표현의 범람이지 이미지 자체는 아닌 것이며, 이미지의 그런 부정적인 기능을 긍정적으로 전환시키기 위해서는 이미지에 대한 올바른 인식이 필요한 것이지, 이미지의 폐기가(그것이 도대체 가능할까?) 필요한 것이 아니다.

### 3) 이미지는 신성 모독적이다

우리가 이미 앞에서 서구의 성상파괴주의의 흐름을 살펴보면서

---

125) 뒤랑, 『신화의 형상들과 작품의 얼굴들』, p. 21.
126) 우리는 요즈음 우리의 사회 전체가 거의 이러한 욕망의 직접적 표출을 자아의 확립, 다양성, 개성의 존중이라는 이름 하에, 방치 정도가 아니라 미화 美化까지 하고 있는 것이 아닌가 하는 우려를 갖고 있다. 그러한 슬로건을 밑받침하고 있는 것이 '거짓 권위'로부터의 해방이라는 명제인데, 우리로서는 우리 사회에 정말로 권위 같은 것이 존재하는가 하는 의문이 먼저 드는 것이다. 그러한 성찰이 결여되어 있을 때, 횡행하는 것은 날 욕망이 훤히 드러나 있는 동물적 이미지들뿐이며, 이미지가 성찰의, 사유의, 사회 균형잡기의 기능을 가질 수 있는 기회는 상실된다.

확인했듯이, 종교의 영역에서는 이미지에 대해 상반되는 태도가 대립되어 있다. 그중 하나는 신성한 존재는 인간의 손을 통해(조각이건 그림이건) 표현하는 것이 가능하다는 입장이고, 다른 하나는 신성의 모습을 인간의 손을 통해 표현하는 것은 신성 모독이라는 입장이다. 전자의 경우 신은 그의 이미지 속에 실재로 존재해 있거나, 신성의 이미지가 인간과 신 사이 중개 역할을 할 수 있다는 생각에서 신성의 이미지를 옹호하고, 후자의 경우에는 절대자인 신은 비록 그가 현현한 경우에도 그 모습은 드러나지 않는다, 신은 절대로 비가시적인 절대 존재다라는 생각에서 신의 가시적 형상화를 금지한다.

우리가 앞에서 그 내용을 비교적 자세히 살펴보았기에 반복은 피하기로 하고, 일신교적인 전통에서 주로 취하고 있는 성상파괴주의적 도그마에 대해 언급하자면, 여기에서는 그 어떤 유추적인 표현, 상징적인 표현에 의해서도 신은 재현될 수 없고 인간의 불완전한 손길에 의해 재현된 신의 이미지는 결국 절대성의 훼손만을 의미한다는 입장을 취한다. 즉 인간이 신에 대하여 할 수 있는 유일한 표현은 "하느님!"이라는 단어가 유일하며, 그 결과 현상계와 초월계, 현상과 본질을 철저히 나누는 이원론적인 입장을 보여준다.

오랫동안 지속되어온 종교적 입장에서의 그러한 성상파괴주의의 흐름은 이미지 자체에 대한 광범위한 평가 절하로 이어져 하나의 미학적 흐름으로 이어지기도 하는데, 시적이고 언어적인 표현만이 유일하게 진리에 접근하는 창조성을 지니고 있다고 간주하고 상대적으로 시각적 이미지를 억압하는 논리이다.[127] 그 논리는 유태교적 전통에 뿌리를 두고 있는 것으로써 신은 자신의 형상에 따라 가시적인 이미지를 창조하기에 앞서 우선 말씀으로 존재했다는 것에 근거를 둔다. 그러한 생각이 극단에 이르면 온갖 이미지적 가치 부여로부터 자유롭고, 그 자체 순수의미를 지니는 절대 언어의 창조가 가능하다는 꿈으로 이어지기도 하는데, 발레리나 말라르메의 시 작업은, 어떤 의미에서는 그런 흐름에 속한다고 볼 수도 있다.

언어의 역할이란 것은 현실(가변적 · 가시적인 것)을 드러내고 표현하고 제시하는 데 있는 것이 아니라 말하기의 고통을, 말하고 표현하기 어려운 것(본질)을 파악하고 그것을 언어도단으로 표현하는 데 있다는 것이다. 물론 그러한 흐름은 시적 창조의 영역을 보다 높이는 데 기여한 것은 사실이지만, 시적인 언어가 그 구상성, 이미지의 구체성을 잃어버리고 추상화되는 길을 밟게 하기도 한다. 즉 모든 창조에서 우리가 측량할 수 있고 감각할 수 있는 구체적인 영역으로서의 이미지가 추방되고, 이미지는 절대에 대해서는 아무것도 말할 수 없는 비어 있는 존재가 된다.

그러나, 이미지를 그렇게 절대에 다다를 수 없는 무능력의 영역으로 추방하는 태도 역시 절대에 대한 일종의 가치 부여적 태도로서 주관적 이미지 만들기의 연장일 것이다. 이에 대해서는 뒤에 다시 살펴보기로 하자.

---

127) 시각(색), 후각을 청각보다 중시하는 보들레르의 미학은, 그런 의미에서 반성상파괴주의적임을 우리는 다시 확인할 수 있다.

## 4) 현대 이미지의 증식은 현실을 덮어 버린다

이미지를 생산 유포하는 기술의 급속한 발달과 관계 있는 것으로 그러한 기술의 발달은 우리가 이미지의 홍수에 휩쓸려 떠내려가고 있다는 느낌을 주기에 충분하다. 신문, 텔레비전의 화려한 광고들과 화면들, 컴퓨터를 통해 생산되고 전파되는 이미지들은 마치 그것들이 바로 우리를 둘러싸고 있는 자연환경인 양 우리 삶의 중요한 부분을 차지하고 있다.

시각적 이미지의 과도한 증식(그 엄청난 양과 속도) 현상에 대한 우려와 비판의 목소리도 이미지의 증식 속도에 맞추어 한층 잦아지고 높아지는데, 그러한 비판의 내용은 이미지의 물결이 우리의 지각을 마비시키고 주체의 성찰 기능을 앗아간다는 것이다. 이미지 생산·보급 매체에 의해 유포되는 이미지는 우리가 바라보고 우리가 그 의미를 밝히고 해독해야할 대상으로 존재하는 것이 아니라 우리를 자극하고 사라져 버릴 뿐이며 더욱이 그렇게 스치고 지나가는 이미지들이 현실을 덮어 버림으로써(즉 이미지가 현실이 됨으로써), 우리의 현실감을 마비시키고 더 나아가 시공을 넘나드는 이미지의 초역사성은 우리의 역사 감각, 시간 의식을 불가능하게 한다.

이미지의 그러한 범람 현상에 대한 또 다른 비판의 내용은, 현대의 인간은 누가 생산해 내는지 모를(숨어 있는 빅브라더) 이미지를 단순히 수동적으로 소비하는 위치에만 존재하게 됨으로써 이미지를 비판하고 이미지를 꿈꿀(몽상할) 주체적 참여의 기회와 시간을 빼앗기게 된다는 것이다. 그래서 보드리야르 J. Baudrillard 같은 사람은 이미지의 증식을(사진·영화·텔레비전 등등) 전염병에 비유하면서,

그 현상이 인간으로 하여금 상상계와 현실을 착각하게 만들고 급기야는 현실이 이미지 속으로 사라져 버리게 만들 것이라고 경고한다. 한편 롤랑 바르트 R. Barthes는 그렇게 세상을 덮어 버린 이미지가 "갈등들과 욕망들로 이루어진 인간 세상을 완벽하게 비현실화해 버린다. 이른바 선진 사회를 특징짓는 것은, 오늘날 그런 사회가 예전에 그랬듯이 믿음을 소비하는 것이 아니라 이미지들을 소비한다"[128]라고 말한다. 더욱이 컴퓨터 그래픽 등 디지털 기술의 발달은 자유롭게 가상 현실을 만들어 내는 것을 가능하게 해서 그 가상 세계에서―현실 없이도―살아가는 것이 가능하다는 착각을 불러일으킨다.

그렇게 이미지에 의해 이끌리는 인간의 삶은, 이미지에 의해 모든 것을 얻고, 수정하고, 모방·생산하는 것이 가능하다는 환상 속의 삶으로, 그때 인간은 육체가 없이 눈만 가진 인간이 되어 버린다. 더 나아가 이미지의 과잉에 의해 거리두기, 현실 인식 등이 상실된 인간은 결국 이미지의 맹폭에 의해 맹목적(눈 멈)이 되어버릴 우려가 있다. 이미지(차라리 이미지 범람 현상)에 대한 이러한 비판은 사실 우리의 현대적 삶이 마주하고 있는 위기와 관련된 가장 근본적인 것으로써, 그 비판은 '이미지론'이 무조건적인 '이미지 옹호론'이 될 수 없는 이유를 잘 보여주며, '이미지론'은 이미지에 입각한 인간의 삶에 대한 새로운 인식의 노력으로 이어져야 하는 것이지

---

128) 바르트, 『밝은 방. 사진에 대한 노트 *La Chambre claire. Note sur la photographie*』, Gallimard, 1980, pp. 182~183.

이미지 현상 자체에 대한 무조건적인 긍정적 가치 부여로 이어지면 안 된다는 사실을 잘 보여준다.

따라서 이미지 범람 현상에 대한 비판은 즉각적으로 이미지 무용론, 이미지 폐기론으로 이어지지 않는다고 우리는 다시 주장할 수 있다. 현대의 이미지 범람 현상에서 문제가 되는 것은 그것의 생산·유포·사라짐의 속도이며, 따라서 이미지가 하나의 성찰 대상이 아니라 직접적인 소비와 현혹의 대상이 되어 버렸다는 것이지 이미지 자체는 아니다. 우리가 앞에서 살펴본 뒤랑의 상상계의 형상적 구조들에 비추어 말한다면, 현대 사회의 문제는 이미지 생산 기술의 발달에 따라 급속하게 생산·유포되는 이미지들이 이미 굳어 있는, 스테레오 타입화된 한쪽 구조의 강화에 기여한다는 점, 그리고 인류학적 도정에 입각한 새롭고 역동적인 상징적 이미지의 생산 가능성을 차단해 버린다는 데 있다.

그렇다면 우리는 이렇게 말할 수 있다. 현대 이미지의 범람에 대처하는 길은 이미지의 폐기를 주장하는 논리에 의해서 마련되는 것이 아니라, 이미지의 구조에 입각한 폭넓은 인식을 바탕으로 현대의 단차원화된 삶을 겹으로 만들어 줄 수 있는 다른 이미지들, 현대의 획일화된 인식에 균형을 취해 줄 이미지들을 자극하고 생산해 내는 데서 마련될 수 있는 것이 아닐까? 속도에 저항하는 느린 이미지들, 생산성·효율에 저항하는 균형의 이미지들이 가장 효과적으로 우리의 내부와 외부의 삶에 대해 성찰할 수 있는 거리두기와 균형을 유지해 줄 수 있는 것이 아닐까? 그것이 시각적 이미지이건, 청각적 이미지이건, 문학적 이미지이건 간에……. 이미지의 범람에 의한 병은, 이미지를 사회병 치료의 약으로 사용할 줄 아는 지혜와 의술에 의해 치유될 수 있는 것이 아닐까?

이상 우리가 살펴본 바와 같이 이미지에 대한 비판과 경고는 여러 각도에서 가해지고 있으며 나름대로의 논리를 가지고 있다. 하지만 다시 말하지만 그 모든 비판들은 각자 나름대로의 주관적 판단(가치 부여)과 인식론적 입장을 그 근본으로 가지고 있다. 좀더 과감히 말한다면, 그 비판들은 나름대로 상상계의 한쪽 구조에 속해 있다. 그리고 그들 입장들은 어떤 의미로는 이미지에 대한 근원적 성찰에서 비롯된 것이 아니라 이미지를 평가 절하할 준비가 미리 되어 있는 상태에서 가해진 비판(이미지의 긍정적 기능과 가능성을 애써 접어둔 상태에서 가해진 비판)이라고 볼 수도 있다.

우리가 굳이 바슐라르와 뒤랑의 견해를 빌지 않더라도 이미지가 긍정적으로, 그리고 창조적으로 인간의 삶에 참여하는 예는 얼마든지 찾아볼 수 있으며 우리가 지금부터 살펴보고자 하는 것이 바로 이미지의 그러한 기능들이다.

# ❷ 이미지는 과학이나 합리성에 대립하지 않는다

　우리가 질베르 뒤랑의 작업을 통해 이미지와 상상력은 과학이나 합리성에 대립되는 개념이 아니라는 사실을 확인했으면서도 굳이 '이미지와 과학적 합리성'을 하나의 항목으로 다시 다루는 것은, 상상력과 이미지가 사고의 형성과는 무관하며 이미지 없는 순수사고가 가능하다는 생각이 아직은 우리의 인식론적 프로필에서 보편적인 자리를 점하고 있다는 생각에서이다. 이미지와 우리의 구체적 삶이 맺고 있는 관계, 우리의 삶에서 이미지가 갖고 있는 가치와 이미지가 발휘하는 기능을 구체적으로 살펴보기 위해서는 그러한 '인식론적 오류'에서 벗어나는 것이 우선 필요하다.

　우리는 앞서 수차례에 걸쳐 이미지는 아무런 의미도 담고 있지 않은 추상적인 표현(자의적인 기호)의 영역에 속하는 것이 아니라 지식과 정보와 의미의 운반자라는 것을 지적했으며, 한마디로 기호와 상징 사이의 그 무수한 단계(다시 뒤랑의 상상계 구조를 상기하자)를 물들이고 있는 온갖 인식, 표현, 정보, 사고 형태가 곧 이미지라고 말할 수 있다는 사실도 확인했다. 그리고 관습과 교육과 수련에 기초한 지식이 있어야 듣거나 읽을 수 있는 언어와 달리(물론 언어도 형상적 부분과 추상적 부분을 모두 포함하는 경우가 많다) 이미지는 코드 밖에 있다는 것, 즉 그러한 수련이 없이도 해독과 소통이 가능하다는 의미에서(예컨대 '나는 화났다'라는 문자 표현은 우리말을 할 줄 알고 글을 알아야 소통과 해독이 가능하지만, 얼굴을 찡그리고 있는 모습은 그런 지식 없이도 의미가 전달된다) 훨씬 보편성을 띠고 있다는 지적도 이미 했다. 또한 이미지를 통해서만(특히 상징적 이미지. 독일어의 상징을 나타내는 단어인 Sinnbild는 Sinn〔의미〕과 Bild〔이미지〕의 결합으로서 상징은 의미를 그 자체 포함하고 있음을 명백히 보여준다) 개념적 정의를 통해 증명하고 보여줄 수 없는 비가시적 세계, 존재를 구체적으로 표현할 수 있음도 확인했다.

즉, 이미지는 논리와 개념에 비해 무의미, 비의미의 지대에 속하는 것이 아니라 보다 광범위한 의미 체계를 지니고 있어 논리와 개념이 보여주지 못하는 의미를 보여줄 수 있다는 것이다.

또한 우리는 뒤랑의 작업을 통해 이미지와 상상계의 세 구조는 합리성과 대립되는 것이 아니라 각각의 상상계에는 각각의 논리성이 서로 조응하니, 분열형태적이고 영웅적인 상상계의 구조에는 분석적 합리성이, 신비적 구조에는 유추적이고 상동적인 합리성이, 종합적 구조에는 변증법적이고 종합적인 합리성이 상호 조응한다는 것에 대해 말했다. 뒤랑의 그러한 작업을 통해 인간의 온갖 표현·인식을 종합하는 일종의 '이미지 중심주의'라는 새로운 인류학의 가능성에 대해서도 확인한 바 있다. 즉 이미지는 논리, 합리성에 대립되는 것이 아니라 그 모든 표현, 사유, 인식 형태를 포괄하는 것이다.

이제 우리는 이와같은 생각을 바탕으로 소위 '과학적 합리성'을 낳는 기저에 이미지와 상상력이 어떻게 구체적으로 작용하고 있는지에 대해 조금 더 자세히 살펴볼까 한다.

뒤랑의 작업이 있기 전에도 과학과 기술 활동이나 과학적 합리성의 근저에는 상상력이 크게 활동하고 있음을 의식하고 있었던 사람은 많았으며,[129] 우리는 사상, 현상의 표현, 가설의 설립, 모델화와 해석, 과학적 지식의 유포 등 하나의 과학적 논리가 설립되어 유포되는 전과정에서 이미지가 어떻게 개입하는가를 차례차례 살펴보기로 하자.

## 1) 이미지는 객관적 탐구의 가능성을 오히려 확장한다

하나의 과학적 이론이나 논리가 세워지려면 주어진 사상이나 현상들을 선택해서 그것을 객관화하고 그것들 간의 관계를 맺어주는 일이 선행되어야 한다. 그런데 우리가 바슐라르를 통해 확인한 것은 엄밀한 의미에서의 합리성(객관성)이란 모든 주관적 가치 부여로부터 자유로운 정신에 의해서만 도달이 가능하다는 것이었다. 따라서 이미지는 그러한 합리성과 객관성에는 장애물이 되며, 객관적

---

129) 그러한 입장에서 과학을 정신과 심리의 전개 과정에 비추어 해석한 책으로는 미셸 카즈나브의 『과학과 세상의 영혼 *La Science et l'âme du monde*』, Imago, 1987이 있다.

인식의 정신분석을 통해 제거해야 한다는 것이었다. 그리고 바슐라르의 그러한 '신과학정신'은 서구의 합리주의 전통, 이미지와 상상력을 '오류와 거짓의 원흉'으로 처단해온 전통에서 하나의 극점 極點을 이루는 것이다. 하지만 바슐라르의 '신과학정신'을 통해 우리가 또 한 가지 확인한 것은, 객관성과 합리성을 주장하면서 '상상력과 이미지'를 추방하려 애쓴 서구의 합리주의적 전통은 말 그대로 합리적 · 객관적인 것이 아니라, 자신의 객관성을 절대 객관성이라고 믿는 주관적 오류에 근거하고 있다는 사실이다. 따라서 모든 과학적 이론, 소위 객관적이고자 하는 논리의 바탕에는 이미 주관적 선택이 들어 있다.

서구의 합리주의 정신이 이미 상상계의 한 구조에 속한다는 뒤랑의 생각까지 나아갈 것도 없이 바슐라르의 견해를 다시 해석한다면, 서구의 합리주의 정신, 과학의 발달은 그러한 주관적 가치 부여에 이미 힘입고 있는 것이라고 우리는 볼 수 있는 것이다. 그런데 우리가 더 재미있게 생각해야 할 것은, 이미지를 평가 절하하는 상상력의 구조를 바탕으로 발전해온 서구의 과학 자체가, 대상의 관찰과 가설 설립의 과정에서 이미지의 힘을 빌어 왔다는 사실이다.

서구 과학의 발전은 사실 어떤 의미에서는 인간의 맨눈으로는 관찰하기 어려운 현실의 모습을 관찰하는 시각 능력의 확대 및 발전과 긴밀하게 맺어져 있다. 사실 과학이란 우리의 시각에 드러나는 현상에 대한 관찰에서 비롯된다고 보아야 한다. 그런데 과학에서의 가시성이 우리의 맨눈에 드러나 있는 현상, 우리의 맨눈에 포착되는 실제의 현실에만 국한된다면 과학의 발전은 이룩될 수가 없었을 것이다(시간적 · 공간적 제약성). 제 아무리 엄밀한 객관성의 요구 하에 출발한다 하더라도 하나의 과학적 가설이 세워지기 위해서는 눈에 드러난 현상들을 보다 관찰이 용이하게 시각화하는 것이 필요하고(그때 벌써 관찰자, 과학자의 인위성이 개입한다), 또한 눈에 보인 것들을 유추적 이미지로(데생, 도식, 도표 등등) 전환 종합하는 것이 필요하다. 따라서 우리의 눈에 드러난 것을 하나의 시각화된 이미지로 만드는 방식과 기술의 변화는 과학적 이론의 발전과 변화에 큰 영향을 미쳤다고 보아야 한다. 실제로 원근법의 도입으로 인해 시각적 표현에 변혁을 가져온 르네상스 예술이 서구 현대 과학의 부화를 가능케 했다고 지적한 사람도 있다.

과학과 기술은 현상들이 시각적으로 인지되고 측정되는 것이 가능하도록, 그리하여 논리적 상징화의 대상이 될 수 있도록 한 방법들을 창안해 낸 인간의 능력과 직접적 관련을 맺으며 발전되어 왔다. 그 방법이 없었다면 촉각과 미각과 후각만으로 현상의 의미를 알아냈을 것이고, 그리하여 현상을 논리적으로 상징화하지 못했다면 합리적 사고나 분석은 불가능했을 것이다.[130]

마찬가지로 사진의 발명, 고속 촬영술의 개발, 전자기술들의 발달은 우리의 자연적인 시선으로는 포착하기 어려운 현상들을 시각적으로 지각하게 함으로써(그 모든 것은 이미지가 아니고 무엇인가?) 그

---

130) 이벵스, 『정신의 관점들 *Vues de l'esprit*』, 「시선의 합리화 La rationalisation du regard」, CRCT, 1985, p. 36.

전에는 보이지 않던 감추어진 현실, 실재를 드러나게 했고 그것이 과학적 시각의 변화 및 발전을 가능케 했다.

이미지는 그렇게 현상을 관찰하고 검사하는 도구로서 유효하게 쓰일 뿐 아니라, 과학적 탐구의 대상을 구성해서 재현해 내는 방식 자체가 되기도 한다. 자연과학의 경우에도 그러한 예를 얼마든지 들 수 있지만 특히 인문과학(인간의 과학)의 경우에는 이미지에 도움을 청하는 것은 필수적이다. 인간 현상이란 그것이 심리적인 것이건 사회적인 것이건 불변적인 구조들과 개인적인 변형의 실제들, 추상적인 개념과 구체적인 현상의 복합으로 이루어져 있다(원형을 다시 상기하라). 따라서 인간을, 인간 현상을 하나의 총체성 속에서 파악하여 그것을 하나의 지식으로 세우려면 불변과 가변을 총괄하는 하나의 이미지(우리가 앞서 초상화의 경우에 살펴본 것과 같이), 하나의 형상으로 제시할 수밖에 없다.

형태(형식이 아니라), 혹은 형상이란 보편적인 형식적 구조들과(개념화), 언제나 개별적이고 특수할 수밖에 없는 다양한 변형 형태들 사이에서, 반추상, 반구체의 영역, 보편과 특수의 중간 영역을 구성한다. 그 중간 영역은 초상화가 그러했듯이 모든 변화된 모습이 그로부터 가능할 수 있는 하나의 구체적 원형으로서 그 자체가 구체적인 형상이면서(실제 존재), 존재하지 않는 것을 모두 수태하고 있는 모태가 된다. 따라서 최근의 사회학자들은 인간의 사회현상을 인문과학의 이름으로 탐구하면서 추상적이고 객관적인 논리를 세우려고 애쓰기보다는 그 사회를 하나의 형태 Forme나 형상 Figure으로 제시하려 애쓰는 경향이 있다. 사회학자인 르드뤼 R. Ledrut는 이렇게 말한다. "형태는 추상과 순수 구체(감각적인 것, 질 質)의 중간에 있으며 바로 그 때문에 형태는 유형과 감각적인 것의 중개 역할을 할 수 있다. …… 형태들은 외관과 모양과 특색들을 지니고 있고 구체적이고 감각적인 성격을 하고 있다. 형태는 거의 플라톤적인 의미에서 하나의 혼합, 질적인 무한과 추상적 결정의 혼용이다." [131]

짐멜 G. Zimmel, 마페졸리 M. Maffesoli, 쉿츠 Schütz 등의 형태주의 사회학자들도 한 사회의 복합성을 순수한 단순성으로 환원시키는 개념화에 반대해서 한 사회의 복합성과 다의성을 보여주기 위해서는 형상화, 형태화가 훨씬 유효하다고 주장하는데, 질베르 뒤랑이 여러 사회의 문화형을 하나의 상상계의 지도로서 보여주고자 하는 노력과 그런 경향들은 일맥상통한다. 그는 이렇게 말한다.

인간의 정신이나 문화의 형태, 혹은 그 상 相이나 풍경을 역사적 사건들을 통합하고 그 사건들에 의미를 주는 궁극적인 신화적 토대로 삼으면서, 우리는 구조와 동시에 전 역사적 의미를 두루 포섭하는 것이 바로 형상의 개념이라고 말할 수 있다.[132]

따라서 자연과학에서건 인문과학에서건 이미지는 객관성의 이름

---

131) 르드뤼, 『사회 내에서의 형태와 의미 La forme et le sens dans la société』, Librairie des Méridiens, 1984, p. 12.
132) 뒤랑, 『알록달록한 영혼 L'Ame Tigrée』, 「구조와 형상. 형상적 구조주의를 위하여 Structure et figure. Pour un structuralisme figuratif」, Denoël-Gonthier, 1980, pp. 148~149.

하에 추방되어야 할 것이 아니라 그 객관성의 영역을 오히려 확장해준다고 말할 수 있다. 또한, 우리가 더 근본적으로 살펴본다면 과학의 대상이 자연이건 인간이건, 그것이 우리의 직접 경험에 의한 것이건 이미지의 도움을 받은 것이건 그 현상 자체는 너무 복잡해서 있는 그 자체로의 접근은 불가능하고 필경 이성에 의해서 재구성되게 되어 있다. 그때의 이성을 우리는 이제 추론화된 허구 Fiction raisonnée라는 의미에서 하나의 상상력이라고 볼 수 있으며, 그때의 과학적 상상력이란 흔히 생각하듯 현실을 외면하고 비현실적인 것을 향하는 것이 아니라, 현실을 대신한 대상을 나름대로의 방식으로(주관적으로) 다듬어서 나름대로의 지적인 과정을 밟는 것이 가능해지게 해주는 능력을 의미한다.[133]

그때 우리는 과학적 추론의 출발은 바로 그 과학자의 정신 · 심리에 다름 아니며 그런 의미에서 과학은 광대한 이미지 · 상상력(주관적 가치 부여)의 한 영역에 속한다는 뒤랑의 주장을 보다 쉽게 이해할 수 있게 된다.

---

133) 제랄드 홀튼은 아인슈타인과 닐스 보르 간의 유명한 논쟁이 표면상으로는 과학적 논쟁이지만 그 둘의 과학적 대립은 생물체를 조직의 관점과 세포의 관점에서 보는 상상력의 대립을 그 근본으로 하고 있다고 말하면서 과학적 이론의 바탕에는 상상력이 자리잡고 있음을 명확히 밝힌다. 홀튼의 『과학적 상상력 L'imagination scientifique』, Gallimard, 1981 참조.

## 2) 이미지는 추상적 지식에 육체성을 부여한다

사실 새로운 과학적 발견, 과학적 지식의 진보에 새로운 직관, 예기치 못한 발견(그 경우 물론 이미지가 큰 역할을 담당한다)의 과정이 들어 있는 경우를 예로 들기란 별로 어렵지 않다. 즉 새로운 개념을 발견해 내고 새로운 기술을 발명해 내는데 상상력이 큰 역할을 담당한다는 것은 많은 사람들이 공감하고 있다. 하지만 그러한 개념, 새로운 과학적 지식은 이미지의 도움 없이 추상적ㆍ개념적으로만 표현이 되는 것일까? 새로운 과학적 모델을 설립할 때는 이미지의 역할은 존재하지 않는 것일까? 그렇지 않다. 과학적인 가설은 그와 같은 패러다임을 가진 다른 표현들, 이미지적 표현을 빌어와 표현되는 것이 대부분인 것이다.

예를 들어 코페르니쿠스의 지동설은 당시의 이미지들과 상징들에 주로 쓰이고 있던 비유적 체계로 구성되어 있는바, 그의 우주론은 '여러 중심의 존재'를 인정하는 인식과 상통하는 것으로, 그 당시의 공간에 대한 바로크적인 은유들이 새로운 과학적 가설에 실체를 부여하는데 직접적으로 사용되었다.[134] 그리고 제랄드 홀튼은 테마타 themata라는 개념을 사용하여, 과학적 상상력의 일종의 불변소라고 할 그 테마타가 사고-이미지들을 결집시키고 개념화 작업의 방향을 이끌어 준다고 했으며, 어떤 경우 그 테마타는 원형이라는 초석에 뿌리를 두고 있어 예컨대 양자 역학의 새로운 개념들은(파동-미립자 역학) 그에 상응하는 이미지들을 도교의 음양이론에서 찾을

---

134) 자세한 내용은 알린, 『세계의 시적인 구조, 코페르니쿠스, 케플러 *La Structure poétique du monde: Copernic, Kepler*』, Seuil, 1987 참조.

수 있다고 하기도 한다.[135]

한편 보다 직접적인 방법으로는 새로운 과학적 발견을 직접 그림의 형태로 보여주는 경우도 있다. 그때 이미지는 추상적인 지식을 시각화하여 그 이해와 해석을 보다 용이하게 해주는 중요한 매개 역할을 한다고 볼 수 있다. 그때 시각적인 이미지는 하나의 추상적인 지식을 보다 알기 쉽게 이해해주는 데 그치는 것이 아니라, 그러한 지식에 하나의 육체성을 부여해서 우리의 구체적 삶과 직접 만나게 하는 것을 용이하게 해주고, 결국 습득한 지식이 그대로 현실에 적용되어 세상을 새롭게 보고 세상을 재발견하는 데 큰 효력을 발휘하게 한다.[136] 과학은 그것이 과학으로 존재하기 위해서는(과학으로 해석되기 위해서는) 이미지에 도움을 청하는 것이 필연적이다.

### 3) 과학이여, 이미지를 창조하라; 과학성의 바탕엔 상상력이……

일단 하나의 논리로 정립된 과학적 지식은 과학자들의 사회에서뿐만 아니라 일반 대중에게도 전파되고 유포되어야 한다. 그때 이미지는 그러한 과학적 지식이 보다 쉽게 이해될 수 있도록 해준다. 그

---

135) 과학-상상력의 대립이 아니라, 여러 합리성들 간의 대립 개념으로 상상력과 과학의 구조적 통합을 주장한 뒤랑의 견해를 이들의 저술은 뒷받침해준다고 말할 수 있을 것이다.

136) 한편, 과학적 지식을 이미지화하여 보여주는 방식의 차이에서 각각의 합리성의 개념의 차이 및 그것이 노리는 효과의 차이에 대해 연구를 하는 것도 가능하다. 각각에 대해서는 바르상티, 『형태의 형상들 Figures de la forme』, 「자연의 형태들 Formes de nature」, L' Harmattan, 1992 및 다고네, 『에크리튀르와 이코노그라피 Ecriture et iconographie』, J. Vrin, 1973 참조.

때 이미지가 맡게 되는 역할이란 추상과 구체를 접목시키고, 복잡한 논리를 제한된 공간 속에 시각화시키고, 수많은 정보를 한눈에 살펴볼 수 있게 해서 그러한 지식이 대중에게 익숙하게 접해지게 하고, 세상을 다시 바라보고 인식할 내적인 동기를 유발시키는 데 있다. 지식의 전파, 대중의 교화가 가장 큰 목표 중의 하나였던 프랑스 계몽주의 시대(18세기)의 철학자들의 태도는 그러한 점에서 하나의 전범을 보여준다. 대중들이 읽고 쓰는 습관에 별로 익숙지 않으므로 유식한 방식으로 그들에게 설명을 하려고 하기보다는 이미지로 그 지식을 바꾸어서 보여주는 것이 훨씬 효과적이라는 것을 인지했다. 더욱이 전자 영상 매체의 발달로 점차 문자화된 텍스트로부터 멀어져 가는 오늘날의 대중들에게는 새로운 지식(그것이 자연과학적이건 인문과학적이건)의 유포를 위해 필경 이미지에 더 손을 내밀어야만 하는 것이 아닐까? 단지, 그러한 이미지가 단순히 그 수용자를 수동적 소비자의 차원에 머물게 하는 것이 아니라, 이미지들이 갖고 있는 효과는 그대로 유발하되, 그 과학적 지식─진리를 탐구한다는─이 지니고 있는 본연의 요구에는 부합할 수 있는 그런 잘 조절된 이미지가 되어야 한다는 전제 조건이 있어야만 할 것이다.

그런 의미에서 과학은 수학적 공식과 추상적 개념의 세계에만 머물러 있지 않다. 과학적 지식은 그것을 어떻게 이미지로 잘 표현하느냐 아니냐에 따라 그 가치가 잘 발휘되기도 하고 가치가 떨어지기도 한다. 과학적인 엄격한 사고는 상상력과 이미지를 그 출발로 하고 있으면서 최종적으로도 이미지에 의뢰한다. 그러니 이렇게 우리는 말할 수 있다. "과학이여, 상상하라, 이미지를 창조하라"라고.

## ❸ 이미지는 인류학적 윤리의 정립에 직접적으로 관여한다

우리는 우리가 하고 있는 일, 우리가 할 일, 우리가 누리고 있는 삶에 대해 그 어떤 판단도 않은 채 심드렁해 하는 태도를 버리고 그 것을 그 어떤 가치 판단의 대상으로 삼을 때 이미 도덕과 윤리의 길에 들어선 셈이라고 말할 수 있다. 한 인간이 도덕적이라는 것은(도덕은 반드시 외적 행동에 의해 판단되는 것이 아니라 그의 내적인 정신의 상태까지도 연장된다는 의미에서) 그가 자신의 행동과 삶에 대해 옳고 그른 규범을 나름대로 세울 수 있는 인간이라는 것을 의미한다. 따라서 단순히 내적인 충동과 욕망을 따르는 인간도 도덕적 인간이 아니며 외적인 규범을 그대로 준수하는 인간도 도덕적인 인간이라고 할 수 없다. 어떤 의미에서 도덕적인 인간은 이 세계의 균형과 질서와 건강을 위해, 내적인 성찰을 통해 새로운 규범을 만들어 가는 인간이라고 볼 수 있다. 따라서 진정으로 도덕적인 인간에게 가시적인 절대 규범은 존재하지 않을 수 있고 역으로 그는 그 가시적인 절대 규범을 용납 않는 절대 모럴을 상정하고 있다고도 볼 수 있다.

그렇다면 그런 도덕 의식의 함양은, 그것의 유지는 무엇에 의해 가능한가. 도덕적 정신, 도덕적 행위 규범, 도덕의 목적, 동기, 그 방법들을 논리적, 합리적으로 설득함으로써? 하지만 "상상력 없는 미덕이란 도대체 무엇이란 말인가?"[137)]라는 보들레르의 말처럼, 도덕과 윤리는 인간 사회의 가변성, 구체성 위에 근거해서 성립되는 것이지 하나의 규범적 논리의 무조건적인 수용을 통해 성립되는 것이 아니기에, 필연적으로 '되어야 할 삶'을 그리는 상상력을 요구한다. 우리는 이번 항에서, 상상력에 입각한 인류학이 왜 자연적으로 윤리와 연결되는가의 문제 및 자유로운 상상력에 의한 인식의 전환이 갖는 윤리성에 대하여 살펴보게 될 것이다.

우리는 앞서 인간에게 왜 상징이 발생하며, 인간을 왜 상징적 동물이라 부를 수 있는가에 대해 고찰하면서, 인간이 그 어떤 동물보다 미성숙의 상태로 세상에 태어나는 사실에서 그 원인을 찾았다. 인간이 그 어떤 동물보다 미성숙의 상태로 세상에 태어난다는 것은, 말을 바꾸면 지구상의 그 어떤 동물보다도 생물학적인 욕구를 스스로 충족시키며 생존할 능력이 결여된 채 태어나는 것이라고 할 수 있다. 즉 인간은 생존을 위해서는 필연적으로 타인의 도움을 필요로 하며, 그러한 타인의 도움에 의한 영향과 인간이 동물로서

---

137) 보들레르, 『1859년 살롱평, *Salon de 1859*』, *Oeuvres Complètes*, Gallimard, 《La Pléiade》, 1961, p. 1044.

지니고 있는 생물학적 (본능적) 욕구와 충동, 그 사이에 존재하는 끊임없는 주고받기 과정에서 상징적 표현이 발생하는 것이다. 따라서 인간을 상징적 동물로 간주하고 상상계의 관점에서 인간을 고찰하게 되면 두 가지 중요한 결과를 낳게 되는데, 하나는 인간의 개인적 자아에 대한 신뢰, 더 나아가 오만할 정도의 자부심이 상당 부분 약화될 수밖에 없다는 사실이고, 다른 하나는 인간 사회는 인간이 생존을 위해서 혹은 강력한 힘을 얻기 위한 필요에서 스스로 만들어 낸 인위적 결과물이 아니라, 사회성 sociabilité 자체가 바로 인간의 생존 조건 자체라는 사실이다. 따라서 인간이 타인과 갖게 되는 유대감 solidarité은 당위적 의무로서 강조될 성질의 것이 아니라 타인과의, 환경과의 유대감 자체가 바로 우리의 생존 조건이 된다. 그러므로 인간의 상상력을 강조하고, 상상력에 입각한 인류학 정신을 내세우는 것은, 우선적으로는 인류의 관점에서 인간의 유대성을 그 생존 조건 자체로 삼는다는 의미에서 윤리적이 된다. 자유로운 상상력은 자신의 에고에 갇힌 채, 그 에고의 독자성과 우월성을 강조하는 상상력이 아니라, 필연적으로 타인과의 유대감을 모색하는 상상력이다.

하지만 우리가 앞서 살펴보았듯이 인간이 포유동물로서 지니고 있는 근원적인 충동은 단일 충동으로 이루어진 것이 아니라 이질적인 충동들로 다원화되어 있으며, 그 충동들을 둘러싸고 있는 인간의 환경(사회적·문화적·자연적 환경) 또한 다원적이고 복합적일 수밖에 없다. 그리고 그러한 다원적인 충동들 자체는 상호 길항적이다. 그런데 바로 이 부분에서 자유로운 상상력의 의미가 다시 구체화된다. 그때의 자유로운 상상력이란 단순하게 나를 둘러싸고 있는 환경 및 타인과의 유대감을 강조하는 상상력이라기보다는, 인간에게 생래적인 다원적 충동들 중 다른 충동에 의해 억압되고 훼손되어 자유로운 표현을 얻지 못한(융의 표현을 빌자면 상징화에 이르지 못한) 충동의 정상적 발현을 모색하고, 내적으로 외적으로 균형을 취하려는 상상력이다.

우리가 서구의 이원론을 비판하고, 합리주의를 어느 정도 부정적으로 바라보는 것은, 이원론을 낳는 상상력, 서구의 합리주의를 낳은 상상력 자체를 부정하기 때문이 아니라, 인간의 여러 가능한 상상계들 중의 한 부분만이 지나치게 강조되고 활성화되어 필경은 인간의 인식, 삶의 형태, 제도 자체를 획일화시킬 위험이 있기 때문이다. 즉 서구의 합리주의 및 이원론에 대한 비판은 인간의 여러 가능한 인식들 중의 하나가 과도해져 부분이 전체화되려 한 데 대한 비판인 것이다. 하지만 서구의 이원론적 인식, 성상파괴주의적 인식, 합리주의적 인식 내부에도 일원적 인식, 이미지 · 상상력 가치 옹호의 인식이 공존하면서 역동적 균형을 취해 왔음을 우리는 이미 살펴본 바 있다. 우리는 여기서 조금은 도식적으로 이원론적 인식이 지배하는 사회에서 그와 다른 인식은 어떻게 나타나는지 서구의 예를 들어 간략히 살펴보기로 하자.

서구의 이원론을 도식적으로 설명한다면 진리/거짓, 선/악의 기본적 대립 항을 설정하는 것으로부터 출발한다고 볼 수 있다. 그런데 선/악을 명백히 구분하는 서구의 이원론적 인식에서 선을 지향하는 도덕적 인식을 고취시키기 위해 주로 사용된 것은 선 자체의 이미지라기보다는 악의 이미지이다. 악의 이미지가 선의 이미지보다 더 성행한 것은 선보다는 악이 여러 형태로 나타날 수 있고 악의 정도도 다양하게 나타날 수 있기에 절대적 선만큼 개념적 단순화가 어렵기 때문이다. 혹은 이원론 하에서는 절대 선이 하나의 추상적 개념(보이지 않는 관념)의 영역에 속한다면 그에 대립되는 온갖 현상들, 구체적 현상들은 모두 악으로 표현될 수 있겠기 때문이다. 그런데 우리에게 흥미로운 것은 이러한 악의 이미지를 어떤 의미로 사용하느냐, 즉 악에 어떠한 가치를 부여하느냐에 따라 우주론, 인간론, 인식론의 차이가 쉽게 드러나며, 그 변화가 바로 인식의 변화를 보여준다는 것이다.

우선 절대 선, 절대 본질을 향한 열망이 하도 드높아 그에 대립되는 모든 것, 즉 존재하는 모든 것을 악으로 간주하는 극단적인 태도가 있을 수 있다. 극단적인 기독교 이원론의 한 분파인 카타리즘 catharisme에서 절정을 보인 그 이원론은 창조주 자체까지 부인하는 결과를 낳아 기독교 내 이단으로 박해와 탄압의 대상이 되는데, 그들이 창조주를 부인하는 것은 만일 창조주가 절대적으로 선한 존재라면 이 세상이라는 악을 창조했을 리가 없다는 이유에서이다. 보들레르의 「우울 Spleen」에서 이 세계 전체를 탈출이 불가능한 하나의 지하 감옥으로 묘사한 것은 그러한 절대적 이원론의 시적 변용이라고 볼 수 있다. 하지만 그러한 극단적 이원론의 경우를 제외하고는 대개 악의 이미지는 선을 지향하는 도덕정신을 고양하기 위하여 사용되고, 악은 창조주의 의지대로 선하게 유지되어야 할 이 세상을 선/악의 싸움터로 만든 장본인으로 취급된다. 악은 그 자체

의미를 지니고 등장하는 것이 아니라 언제나 정의와 선의 이름으로 격퇴되어야 할 존재로 등장하는 것이며, 선의 중요성이 강조될수록 악은 막강한 힘을 지닌 존재가 된다[138](수많은 만화영화, 드라큘라 시리즈, 괴물을 격퇴하는 기사도 전설과 소설 등등). 그러한 이원론적 세계관이 속화되어 나타나면 권선징악, 사필귀정 같은 내용을 담은 소설과 영화가 되고, 정치적 이데올로기가 되면 대립되는 국가와 이데올로기의 악마화, 괴물화가 이루어지며, 그러한 이야기에서 주인공은 언제나 남성이며 악마를 격퇴하는 것도 남성적 힘과 지략이 된다.

하지만 그러한 선악의 이원론은 결국 나는 선하며 남은 악하다(혹은 내게 익숙한 것은 선하며 낯선 것은 악하다)라는 배타적 인식을 낳을 가능성이 농후한 인식론이다. 우리가 이원론-일원론을 다루면서 확인했듯이 그러한 이원론이 약화된 세계에서는 선신과 악신이 교대로 이 세상을 지배하며, 선신/악신의 대립은 페르시아의 오르무즈와 아리만, 고대 이집트의 이시스와 오시리스, 힌두의 신 브라마의 남성적/여성적 요소의 분리 등에서 볼 수 있듯이 음/양의 교대와 조화의 양상으로 바뀐다. 그렇다면 서구적 이원론의 세계에서(악이

---

138) 한편, 특히 기독교 내 그노시스파에서 이어져온 전통으로서 악, 죄와의 싸움을 인간 내부의 영혼이 본래의 지위에 오르기 위해 겪게 되는 일종의 고행·시련 과정으로 간주하는 인식도 있다. 인간의 삶을 일종의 영혼의 여정으로 간주하는 것으로써, 천상에 거주하던 영혼이 지상에 추락한 후 시련을 거쳐 본래의 모습으로 재생하는 과정을 영혼의 여정으로 보고 인간의 지상에서의 삶은 그 본래의 모습을 되찾기 위해 악과의 싸움이라는 시련을 겪는 단계로 본다. 추락 → 시련 → 복권의 일련의 과정이 영혼의 통과제의 Initiation의 과정이며 인간의 영혼은 복권을 통해 악과 궁극적으로 결별할 수 있게 된다.

퇴치의 대상인) 이러한 일원론적 다원론은 어떠한 방식으로 표출될 수 있는가? 간략한 예를 들어 설명해보기로 하자. 우선 보들레르의 경우, 그의 『악의 꽃 *Les Fleurs du mal*』이라는 시집의 제목이 시사하듯이 선하고 아름다운 꽃과 악을 결합시키고, 전치사 de(~의)가 의미하듯이 선을 낳은 것이 바로 악이 된다. 즉 『악의 꽃』이라는 제목 자체가 선/악의 이원론에 대한 부정이고 선과 악의 공존을 의미하고 있는 것이다. 악에 대한 이러한 인식의 변화는 무엇을 의미하는가? 보들레르의 시 세계를 동양적 인식론의 대표라 할 수 있는 노자·장자의 시각에서 분석한 책에서 심재상은 이원론에서 일원론으로 옮아가는 보들레르의 시 세계를, "세계를 이원론적으로 분할하고 그 대립에 근거하여 자신의 절대화된 이상과 행복을 추구해 가는 단계"(유위 有爲의 삶)로부터, "초자연적 형식으로 드러나는 이 세계의 깊이의 발견"을 거쳐, "자신의 감옥이 있던 바로 이 지상에서 자신을 짓누르던 이 지상의 온갖 속박으로부터 해방된 한 사람의 지인-시인 至人-詩人에 이르는 과정"이라고 요약해 설명한 뒤, 그러한 지인-시인의 모습을 노장적 사유와 직접 비유한다.[139] 즉 보들

---

139) 심재상, 『老莊的 視角에서 본 보들레르의 詩世界』, 살림, 1995 참조.
　　책의 결론 부분은 이렇다.
　　"노장적 사유의 가장 아름다운 미덕 중의 하나는 세계에 대한 궁극적 체험, 그 깊은 인식이 구체적인 삶의 지혜로, 실천의 형태로 되돌아오는 데 있을 것이다. 현실로부터 등돌리지 않으면서, 이 지상으로부터 초월해 버리지 않으면서, 무한하게 생성하고 무궁하게 변화하는 현실, 왔다가 되돌아가는 삶의 길, 그 '보이는' 양상들과 그 '보이지 않는' 실체를 고스란히 꿰뚫어 보면서, 자신의 내적인 존재 그 근본을 온전히 지키는 것, 그리하여 유한한 우주 속에서 무한한 '내적 자유'를 향유하는 것, 그것이 바로 장자가 우리에게 되돌려 주는 소요 逍遙의 메시지, 지인의 삶의 행복이다."

레르의 '악의 꽃'은 단순히 하나의 이미지라기보다는 서구적 이원론의 입장에서는 인식론적인 반역이고 전환이라고 볼 수 있으며, 그러한 인식론적인 전환은 인습적으로 악이라고 간주했던 것, 익숙하지 않은 것, 낯선 것에 대한 인식의 변화를 필연적으로 요구한다. 악에 대한 인식의 변환, 이미지적 표현의 변환은 필경 인식론 전반의 변화와 맞물려 있는 것이며, 악의 친근화로 인한 이원론의 약화는 낯선 것, 즉 이질적인 것의 수용을 수반한다.

우리가 그러한 예를 영화에서 찾는다면 스티븐 스필버그 감독의 「E.T.」와 프란시스 코폴라 감독의 「드라큘라」를 들 수 있을 것이다. 전자의 경우 언제나 적 혹은 악으로 상상되었던 외계인을 친화적 존재로 그려냄으로써 상상 속의 이질적인 존재, 우리와는 다른 존재(외계인만큼 낯선 존재가 어디 있겠는가?)를 소통과 이해가 가능한 존재로 그려냈으며, 후자의 경우는 언제나 퇴치의 대상이었던 드라큘라(이전의 모든 영화는 드라큘라를 드라큘라인 채 가슴에 못을 박아 죽인다)를 인간으로 환원시켜 인간적 죽음을 맞이하게 함으로써(드라큘라가 인간으로 환원된 이상 드라큘라는 더 이상 존재하지 않는다. 달리 말해 낯선 것을 악마시하는 내적인 시선이 사라진다는 것을 의미한다) 악마의 존재를 인간의 내부로 수용한다.

악에 대한 이러한 시적인 이미지, 영화적 이미지의 변화를 통하여 그동안 배척해왔던 것을 수용하고 그 존재를 인정한다는 것은 무엇을 의미하는가? 첫째, 내적으로 그러한 이미지의 변화가 인식의 변화와 맞물리면서, 혹은 인식의 변화를 유발하면서 이원론적 인식에 치우쳐왔던 서구 사회에 균형을 취해주는 새로운 인식의 도입을 가능하게 해준다는 것을 의미한다. 둘째, 외적으로 그러한 균형감을 통해 이타성, 보이지 않는 것, 낯선 것을 향한 시선과 가치 부여의 태도가 달라질 수 있음을 의미한다. 그리고 이 두 경우 우리는 미학과 상상력과 이미지는 바로 윤리와 직접적으로 만나는 것이라고 말할 수 있다.

첫 번째의 경우, 가장 역동적인 상상력과 상징적 상상력은 기존 가치체계, 기존의 권위적 인식에 의해(그것은 자아의 내부에도 있고 외부에도 있으며 어떤 의미로는 자아 내부에 더 큰 자리를 점하고 있다), 억눌린 인식의 표현을 위해 애를 쓰게 되며, 이미지 중심주의에 입각한 인류학은 언제나 그러한 억눌린 편, 약한 편에서 삶에 균형과 활력을 줄 역동성을 찾는다는 의미에서 윤리적이 된다. 그러한 윤리는 인간이 지녀야 할 미덕과 덕목의 서열을 정하고 가장 중요한 덕목과 그렇지 못한 덕목을 가르는 윤리가 아니라, 미덕 간의 상대성에 입각한 윤리이다.

한편 두 번째의 경우, 우리에게 낯선 것, 이질적인 것을 향한 열림은 현재의 현상·상황을 확고히 설명해주는 논리보다는 언제나 그 너머의 것을 보고, 예상하고, 그 너머를 달성하려는 상상력에 의해서만 가능하다는 것을 뜻한다. 베르그송은 인간의 도덕적 규범에는 두 종류가 있다고 말했다. 그중 하나는 닫힌 도덕으로서 사회의 공통되는 규범과 사회질서를 구성하는 것이고, 다른 하나는 개인적이고 열린 것이다. 전자는 피상적 자아에 호소하며 논리에 의존하고 후자는 인간의 심층 자아에 호소하고 인류애, 최고의 선 등 전범적 이미지에 의해 고양된다고 말했다.[140]

우리로서는 전자를 닫힌 상상력, 후자를 열린 상상력이라고 부르고 싶으며, 자유로운 상상력은 그 두 상상력 사이의 균형을 추구하는 상상력이라고 말할 수 있는 것이다. 한쪽 상상구조의 과도화로 인하여 개인이나 사회가 균형을 상실했을 때 우리는 그러한 개인이나 사회를 병들었다고 말할 수 있을 것이며, 자유로운 상상력은 그러한 개인이나 사회에 균형을 가져오게 함으로써 개인의 정신병이나 사회병 치료의 역할을 담당할 수 있는 것이다. 이른바 세계화 globalisation의 시대라고 일컬어지고 있는 요즈음, 상상력에 입각한 인류학은 세계화가 전체주의적 획일화를 의미하는지 아니면 다원적인 세계들 사이의 이타성을 인정하면서 상호 이해와 소통을 통한 화해로운 공존을 의미하는지 진단할 수 있게 해주며, 인류 사회 전체가 다원적 가치의 균형 사회가 될 수 있도록 가치의 지향점을 제시해 줄 수 있다.

　예컨대 우리가 서구적 가치의 전 세계적 팽창 현상과 마주하여 우리 문화의 정체성을 추구할 때도, 그리하여 서구 합리주의가 초래한 인류적 재앙을 경계할 때도, 마치 서구적 합리주의가 역사적으로 그 기능이 다한 과거의 유산이나 인류에게 재앙을 가져온 위험한 인식으로 간주하면서 우리의 전통적 인식이나 철학을 그 대안으로 제시하는 태도의 편협성은 상상력에 입각한 인류학에 의해 지적될 수 있다. 우리의 정체성을 찾는 문제는 그 수명이 다 되고 그 폐

---

140) 베르그송, 『도덕과 종교의 두 원천 *Les deux sources de la morale et de la religion*』, P.U.F., 1932.

해가 드러난 서구적 인식의 대안으로서 우리의 인식을 내세우는 데 있는 것이 아니라, 우리의 인식이 서구의 인식과는 다른 인식으로서 과도하게 팽배한 서구적 인식과 균형을 취할 수 있는 인식임을 자각하고 인정하고 활성화하는 데 있다.

따라서 서구적 이원론에 맞서 또 다른 대안으로서 일원론적인 다원론을 주장할 때도, 우리는 이원론적인 인식 자체의 폐기를 주장하는 것이 아니라 그러한 인식론의 축소를, 부분화를 구체적 방안으로 제시해야 한다. 환경과 자연과의 친화를 근본 바탕으로 하고 있기에 필경 일원론적인 세계관을 보여주는 '환경 운동'의 경우를 우리는 그러한 좋은 예로써 제시할 수 있다. 환경 운동이나 생태 운동을 지구를 실컷 황폐화시키면서 경제적 영화를 다 누린 서구인들의 배부른 운동으로 간주하는 태도는 탈서구화를 부르짖으면서도 실상은 서구적 인식에서 한 치도 못 벗어난 가장 저급한 태도일 것이다. 그러나 환경 운동과 생태 운동에서 동양의 전통적 인식론과 상통하는 점을 발견하고 동양적 인식의 우월성을 강조하는 빌미로 이용하는 경우는 차선책 정도일 뿐이라고 말할 수밖에 없다. 우리에게 문제가 되는 것은 전 인류가 추구할 단일한 공동 윤리 규범을 제시하는 데 있는 것이 아니라, 지금 인류의 입장에서 어떤 상상구조나 인식이 과도화되어 있으며 억압되어 있는가를 정확히 진단하는 일이다.

생태 운동은 그런 의미에서, 인간과 인간, 인간과 자연, 인간과 환경의 관계에 대한 인류 전체의 인식론적 전환이요, 균형 잡기의 차원에서 이해가 되고 가치를 부여받아야지 어느 한 지역 문화에 바탕을 둔 인식의 발현으로 이해되어서는 안 된다. 상상력에 입각한 인류학에서 시급한 것은 서구적 인식의 대안을 성급히 찾는 것이 아니라, 상상력에 입각한, 그리고 이미지와 상상력의 힘을 빌린 인류학적 도덕과 윤리의 정립이라고 우리는 말할 수 있다. 다시 말해 서로의 차이와 다양성을 인정하는 가운데, 서로간의 유대감을 확인하는 그러한 윤리를 의미한다.

# ❹ 이미지와 정치

우리는 민주공화국이라는 정치제도를 갖고 있는 국가에 살고 있다. 그리고 민주주의는 인류가 만들어 낸 가장 합리적이고 발전된 정치제도라는 사실에 일반적으로 동의하고 있으며, 따라서 지구상의 거의 모든 국가가—제 아무리 전체주의적 독재국가라 할지라도—민주주의를 표방하고 있다. 적어도 표면상으로는 민주주의라는 정치제도로 지구상의 국가는 세계화되어 있다. 하지만 우리가 이미지와 도덕·윤리를 다루면서 확인했듯이 그러한 세계화가 곧 획일화를 의미하지는 않는다. 표면상으로는 민주주의라는 이름으로 통합되어 있지만 정치제도라는 합리적 틀은 나름대로의 풍토, 기질, 목표에 따라 그 색깔이 다르고 표방하는 슬로건이 다르다. 그리고 그러한 이질화의 근저에는 나름대로의 합리적 정치적 제도를 낳게 한 상상계의 구조가 자리잡고 있다. 그러나 우리가 목표하는 것은 그러한 정치적 상상계의 풍토를 점검하고 그러한 상상계의 지도를 그리는 것이 아니라, 사회제도들 중 가장 표면적으로 합리화된 제도의 하나라 할 수 있는 정치제도의 근저에는 이미지와 상상력이 하나의 토대로 작용하고 있다는 사실을 확인하는 데 있다. 우리는 이번 항목에서 하나의 사회·정치체제가 유지되는데, 즉 각 개인들을 하나의 공동체 의식으로 묶어주고, 그러한 정치제도의 모습을 정당화하는 데 이미지와 상상력이 맡고 있는 역할을 보여주게 될 것이다.

하지만 한 사회의 정치제도는 고정 불변된 채 유지되는 것이 아니라 언제나 변화하는 것이고 변화해야만 한다. 그것이 인간 삶의 당연한 이치이고 건강한 사회가 보여주어야 하는 모습이다. 하지만 정치는 체제 유지와 안정 도모를 그 속성으로 하고 있기에 그러한 당연한 이치에 어느 정도 둔감하고 때로는 그 당연한 이치를 거부하기까지 한다. 바로 그 때문에 아주 자주 정치제도의 변화는 자연스런 모습으로 진행되기보다는 반역과 혁명에 의한 급격한 변화의 모습을 띠게 된다. 그리고 한 사회의 그러한 정치적 변혁기에 그러한 반역적, 혁명적 힘을 묶어주고 거기에 역동성을 부여하는 것은 합리적이고 논리적인 이론이 아니라 이미지와 상상력이다. 따라서 우리는 정치적 논쟁, 정치적 반대 의식 등이 나타나서 한 사회가 변혁기를 맞이했을 때 이미지가 어떻게 힘을 발휘하게 되는가에 대해서도 살펴보게 될 것이다.

## 1) 국가와 가족의 이미지

현대 국가들의 정치체제는 크게 보아 민족의 개념을 강조하는 *Nation*과 국가 구성원들 간의 의무와 계약을 강조하는 *Etat*(영어로는 state)라는 두 극 사이에서 오간다고 볼 수 있다. 그리고 *Nation*을 표명하느냐 *Etat*를 표명하느냐 하는 것은 국가에 어머니의 이미지를 부여하느냐 아버지의 이미지를 부여하느냐 하는 상징적 선택의 문제와 연결되어 있다. 한 국가의 정치체제는 친족적 이미지로 윤색되면서 국민들의 무의식적 정신·심리 구조에 뿌리를 두기 마련인 것이다. 왜냐하면 하나의 국가를 세우고 그것을 유지하기 위해서는 그 국가가 존재해야할 논리적이고 합리적인 전거를 마련하는 것뿐만이 아니라 국가 자체에 하나의 지위를 부여해서, 그 구성원들이 무의식적으로 국가를 자신을 보호해주는 하나의 인격으로 여기게 하는 것이 필요하기 때문이다. 그런 의미에서 국가라는 개념은 더없이 추상적이면서 동시에 더 없이 친근한 것이기도 하다. 더욱이, 표면상으로는 사회 구성원들이 제각각 절대적 힘을 지니고 있는 민주국가에서는 그 구성원들을 결집시키는 하나의 이미지가 절대로 필요하다.

그런데 국가의 성립에 있어서 존재론적으로는 *Nation*의 개념이 *Etat*의 개념에 선행한다. 시민들의 자유의지 표현이며 그들 간의 계약에 근거하고 있는 *Etat*로서의 국가는, 발생적으로 볼 때 *Etat*이기에 앞서 *Nation*이었기 때문이다(씨족국가, 부족국가는 계약에 의해 성립된 것이 아니라 혈연관계로 성립된다). 또한 상호 간의 자유 의지에 의해 맺어진 계약에 토대를 둔 *Etat*로서의 국가도 그것이 하나의 국가로 존속하기 위해서는, 왜 그들끼리 계약을 맺게 되었는가의 문제, 즉 그들이 계약을 맺는 관계로 이어지게 된 근거에 대한 앞선 이해, 앞선 양해가 있어야 하며 바로 거기에서 그 구성원들을 친족적 관계로 맺어줄 이미지가 필요하다.

그러나 역사적으로 *Nation*으로서의 국가(전통, 세습, 핏줄, 안정을 강조하며 여성적이고 모성적인 이미지와 상상 체계에 토대를 둔 국가)에 뒤이어 *Etat*로서의 국가(의무, 계약, 자유의지, 금기를 강조하며 남성적이고 부권적인 이미지와 상상 체계에 토대를 둔 국가)가 선조적으로 바통을 이어받았다는 생각을 우리는 버려야 할 것이다. 인간 사회가 모계 사회에서 부계 사회로 선조적으로 발전해 왔다는, 일반적으로 받아들여지고 있는 인식이 서구의 발전사관에 입각해 있는 독단적 사고인 것과 마찬가지로(다시 레비-스트로스의 구조 인류학을 상기하라), 그러한 생각은 문화에 대한 다원적 인식을 하지 못한 결과 오게 된 생각이다. 우리는 같은 민주주의를 표방하고 있는 국가들 사이에서도 그 국가의 성립 배경, 역사·사회·지리·문화적 풍토에 따라 국가의 그 두 이미지 중 어느 한쪽을 강조하는 식으로, 혹은 그 둘이 혼합되어 있는 식으로 차이가 존재한다라고 생각해야만 할 것이다. 그러한 예를 보여줌과 동시에 *Etat*로서의 국가의 성격과 *Nation*으로서의 국가의 성격을 좀더 명확히 하기 위해 프랑스와 미국을 예로 들어보기로 하자.[141]

미국은 *Nation*으로서의 국가 이미지를 바탕으로 해서 성립된 국가로서 나쁜 어머니와 대립 결별한 후, *Nation*이라는 모성적인 이미지가 강하게 부각되는 국가를 구성한 경우이고 반대로 프랑스는

---

141) 미국과 프랑스의 정치체제의 바탕을 이루는 상상 체계에 대한 분석은 전적으로 뷔넨뷔르제의 견해를 따르는 것이며 이 책의 다음 부분은 그의 견해를 요약한 것임을 밝혀둔다. 뷔넨뷔르제, 『이미지의 철학 *La philosophie des images*』, P.U.F., 1997, pp. 278~280 참조. 한편 뷔넨뷔르제는 정치적 무의식의 이러한 양극성을 발판으로 정치의 통시적 변화의 양상, 즉 정치사의 많은 특징들을 보다 명확하게 밝혀낼 수 있을 것이라고 말한다.

*Nation*으로서 유지되어 왔던 국가를 개혁하여, 그 새로운 국가 형태에 *Etat*라는 부성적인 이미지를 새로이 구축한 경우이다.

미국은 미국의 모국이었던 영국과의 관계에서 보자면 성인이 된 아이가 부모에게 반항해 스스로 독립하듯, 해방을 통한 일종의 건국으로부터 출발했다. 그리고 독립선언서에서도 자신을 소유하고 있던 어머니와의 결별을 분명히 하고 있다. 즉 미국은 역설적이게도 핏줄, 탯줄의 부정으로부터 출발한 국가이다. 친족적 핏줄의 부정으로부터 출발한 국가는 상식대로라면 구성원들 간의 계약에 의해 유지되는 *Etat*의 성격을 더 많이 띠어야 할 것이다. 그러나 핏줄의 부정으로부터 출발한 미국은, 그 이질적인 구성원들을 규합해 줄 강한 바탕으로써, 미국인 전체를 스스로 새로 태어난 하나의 민족이라는 이미지로 묶어줄 필요성을 동시에 안고 출발한 셈이다. 즉 새로운 *Nation*의 아이덴티티를 재구성할 필요가 있었던 것이다. 따라서 미국이라는 국가는 인위적인 요구에 의해서 창조된 국가가 아니라, 기독교적 소명에 의해서 미국 독립과 건국의 영웅들이 세운 국가이고 그 영웅들의 신화와 모성적인 핏줄로 연결된 국가라는 점을 강조하는 방향으로 나아가게 된다.

미국 건국의 아버지인 워싱턴 Washington은 그런 의미에서 카리스마적 지도자라고 할 수 있는 데, 그는 국가에, 신의 의지에 기초를 둔 권위를 부여했으며, 바로 그 점에서 미국의 독립과 건국은 구약 성서의 출애굽과 동일한 의미를 띠게 된다. 달리 말하면 독립 후의 미국은 미국이라는 국가의 자율권을 강조하고 키우는 데 주력하기보다는, 국가라는 가부장적 상징 체계에 *Nation*이라는 모성적 가치를 영양 공급하며 키우는 데 주력했다. 따라서 국민들의 자유의 지보다는, 헌법에 잘 나와 있듯이 건국의 아버지들의 피를 이어받은 민족으로서의 임무를 완수해야 한다는 이미지를 주입하는 데 더 주력한다. 그리고 미국의 시장 자유주의는 아버지의 금기가 적은, 어머니의 관대한 품에서 나온 하나의 자연스런 표현이다.

그와는 반대로 프랑스 혁명은 국가의 상징('짐은 곧 국가다'라는 루이 14세의 발언)인 왕을 제거하고 절대 주권을 가진 국민이 국체 國體 자체가 되는 계기를 마련한다. 그로부터 국가의 정체성 正體性 과 연속성은 왕이라는 존재에 의해 유지되는 것이 아니라, 일반의 지 la volonté générale(장자크 루소 J. J. Rousseau의 표현이다)를 가진 백성들 간의 계약에 의해 유지된다. 따라서 프랑스의 역사학자 미슐레는 새로운 프랑스는 이전 프랑스의 유물이 아니라 스스로 새롭게 태어난 하나의 창조라고 말하면서, 모든 인간이 하나의 프로메테우스가 됨으로써 진보의 주체가 될 수 있게 되었다고 말한다.[142] 프랑스 혁명 이후 프랑스에서는 이와 같이 *Nation*의 개념은 계약·금기·자유·의무 등이 강조되는 부성적 *Etat*의 지배 하에 종속되고 부수적인 것이 되어 간다.

이상에서 보듯이 정치적 공동체를 맺어주는 끈의 역할을 이미지가 맡고 있으며, 그 이미지는 문화권에 따라 다를 수밖에 없다. 미국이 *Etat*를 *Nation* 속으로, 자유의지를 전통 속으로, 남성적인 이미지를 여성적인 이미지 속으로 숨어들게 했다면 혁명 후 프랑스는

---

142) 미슐레, 『프랑스사 *Histoire de France*』, 1884.

*Nation*을 *Etat* 속으로, 핏줄로서의 경험적 통일성을 새 역사를 창조한다는 의지 속으로 감추어 들게 했다고 볼 수 있다.

　하나의 정치제도와 그 권위가 프랑스와 미국의 경우에서 보듯 친족적 이미지를 바탕으로 그 결속력을 다지고 있다면 우리는 모든 정치는 바로 이미지에 바탕을 두고 있다고 말할 수 있으며 따라서 정치의 근간이 되는 상징 체계도 각 문화권의 인식 체계, 상징 체계가 다양하듯이 다양할 수밖에 없다고 생각할 수 있다. 그렇다면 우리는 우리의 정치제도의 큰 골격 및 그것의 변화를 이러한 상징 체계의 관점에서 바라볼 수는 없을까? 일제 식민지시대와 이로부터의 해방 그리고 분단과 많은 정치적 격변을 겪는 동안 우리의 정치제도를 유지시키는 상상 체계는 어디에 근거를 두고 있었고 또 어떠한 변화를 겪었던 것일까? 우리는 우리의 정치사에서 그런 관점의 연구가 반드시 필요하다고 본다. 일찍이 최인훈이 『광장』이라는 소설을 통해 갈파했듯이 남·북 모두 몸에 맞지 않는 이데올로기의 옷을 입고 있으니 우리의 몸에 맞는 이데올로기를 찾아야 한다는 당위감에서가 아니라, 우리의 모든 정치적 현상들을 민주주의라는 어느 정도 추상적이고 원론적이고 또 너무 정통적인 기준에 맞추어, 선진과 후진의 잣대로 측정하는 태도에서 벗어나야 한다. 그리고 이는 민주주의라는 제도 하에서 그 자체를 물들이고 있는 우리의 상상 체계를 제대로 밝히기 위해서이며, 더 나아가 우리의 역사적 격변 속에서도 여전히 흐르고 있을 우리의 커다란 정치적 상상계의 모습은 어떠한 것인가, 또한 그런 커다란 정치적 상상계는 과연 존재하는가, 단절이 있었다면 어떠한 방법으로 진행되었는가를 알기 위해서도 그런 관점의 연구는 필요하다고 보는 것이다.

우리의 주장을 뒷받침하기 위해 한 가지 예를 들어보기로 하자. 프랑스의 사회학자인 마페졸리 M. Maffesoli는 근대성 modernité의 완성된 전형적 모습을, 루소의 사회계약론의 일반의지에 의한 계약으로 맺어진 국가 *Etat*의 개념에서 찾는다. 그리고 그는 그러한 계약에 의한 개인주의 individualisme적인 사회가 비슷한 이해 집단, 혈연, 지연, 학연, 지방성 등으로 인하여 일종의 친족적 공동체인 소그룹이 형성되고 그러한 소그룹이 사회의 움직임과 변동의 중심에 서게 되는 사회로 옮겨가는 현상을 정치·사회학적 차원에서의 모더니즘 사회에서 포스트 모더니즘 사회로의 이행을 보여주는 예로 꼽는다. 전자가 계약에 의한 국가 중심의(하나의 주체) 사회였다면 후자의 사회에서는 그러한 유일한 중심이 해체되고, 여러 중심이 생긴다는 것이다.[143] 마페졸리는 그러한 새로운 시대를 '부족들의 시대'라고 칭하면서 하나의 사회를 움직이는 것은 이제 하나의 중심을 상정하는 거대 이론·거대 담론이 아니라 상호 이질적인 여러 소집단들(일종의 부족과 같이 혈연적 관계로 맺어진)의 일상적인 삶의 형태들이 바로 삶의 현재의 모습과 미래의 가능성을 보여주는 여러 중심들로 기능한다는 것이다. 마페졸리의 그러한 견해에 몇 가지 의문점을 제시할 수는 있지만(예컨대 사회현상을 보는 인식이 바뀐 것인지 사회가 그렇게 변한 것인지, 또한 그의 그러한 포스트모던 현상

---

143) 마페졸리, 『부족들의 시대 *Le Temps des Tribus*』, Merdiens Klincksieck, 1988.

에 대한 분석이 과연 모든 사회에 보편적으로 적용할 수 있는 포괄성을 지니고 있다고 그는 믿는 것인지, 그러한 변화를 낳게 한 근본 동력은 무엇인지 등등), 적어도 프랑스 사회에 대한 그의 분석이 옳다고 볼 때, 그가 프랑스 사회에서는 새롭게 드러나고 있다고 보는 현상이 적어도 우리 사회에서는 일종의 풍토병처럼 아주 오랫동안 하나의 주류로 자리잡고 있었다는 사실을 우리는 주목해야 할 것이다. 프랑스에서는 새로운 현상이 우리에게는 조금도 새로운 현상이 아니라는 그 사실. *Etat*로서의 국가 개념이 지닌 한계점, 그러한 근대성이 지니고 있는 서구적 인식론의 한계점에 다다른 것이 우리에게는 하나의 극복해야 할 과제로 주어져 있는 현실을 우리는 어떻게 이해해야 할까?

우리는 근대성의 개념이 프랑스를 중심으로 한 유럽의 진보주의적 인식론에 입각한 개념이지 바로 다른 문화, 즉 미국이나 우리 나라에 적용될 수 있는 개념은 아니라는 문화적 · 인식론적 다원주의를 거기서 다시 확인할 수도 있다. 하지만 그보다 우리에게는 그가 『부족들의 시대』의 특징으로 든 것들, 즉 혈연 · 지연 · 학연으로, 또는 이해 관계 등으로 맺어진 소집단의 활동이 우리의 현실에서는 역으로 실제 정치 현실을 지배하는 커다란 바탕이었으며 정치적 슬로건과 이미지 모두 이에 기대고 있었으면서도 순전히 지역 감정이나 이기심 등의 부정적, 감정적 차원으로 배척하는 듯한 논리를 내세웠던 것은 아닌가 하는 반성, 그러한 특징들을 논리화해서, 우리의 정치 현실이 안고 있는 이율배반을 해결할 수 있는 틀로 삼는데 소홀하지 않았나 하는 반성을 할 수 있는 것이다. 그 반성이 '정치는 합리고 논리고 체계다' 라는 슬로건 내지는 환상적 믿음을 헐고, 정치 체제의 근저에는 문화 나름대로의 상상력, 이미지가 동력으로 작용하고 있다는 사실을 인식하고 인정할 때에 구체적인 성과로 이어질 수 있다고 우리는 보는 것이며, 그때 지역 감정이라는 부정적 용어로 묘사된 지역 간의 차이와 갈등을 지역 정서라는 긍정적 용어로 바꾸어 차이들 간의 조화와 균형으로 변모시킬 수 있다고 우리는 보는 것이다.

## 2) 전복의 신화를 만드는 이미지

상상계가 사회 정치적인 끈을 맺어주고 그것을 유지시키는 데 크게 기여한다면 마찬가지로 그러한 끈을 해체시키는 데도 큰 기여를 한다. 사회를 변화시키거나 권력조직을 변화시키려는 모든 역사적 움직임들은 주어져 있는 제도에 대한 논리적 비판을 마련한 경우라 할지라도 일반적으로는 그들의 과격한 계획과 행동을 이미지에 비추어 선전하고 정당화한다. 또한 자신의 행동과 논리가 새로운 세상의 도래를 바라는 대중의 정서에 직접적으로 호소력을 발휘해서 대중들이 자신들을 신뢰하고 집단적인 행동을 할 수 있도록 하기 위해 신화의 형태에 호소하기도 한다.

유럽의 경우건 제3세계의 경우건 정치적 혁명을 도모하는 경우 대개 종교적 계시에 의한 신시대의 도래를 그 행동의 원천으로 삼는데, 기독교의 지복 천년설 millénarisme(그리스도가 지상에 재림하여 천년 간 신의 나라로 통치한 후 세계는 종말에 이른다는 신앙)이 그러하고 우리의 역사 속 미륵신앙 등이 그러하며 동학혁명도 예외는 아니었다. 그러한 신화와 이미지를 통하여 현재는 악에 의하여 지배되고 있는 고난의 세월이며 진짜 신의 강림에 의해 지상에 새 세상이 오게 되어 있다는 믿음을 강화하고, 혁명·봉기 세력은 바로 그러한 소명을 실행하는 대행자와 동일시된다. 그러한 신화적 믿음에 의해 인간이 본원적으로 지니고 있는 폭력·공포에 대한 두려움은 악을 퇴치하는 성스러운 임무를 수행하겠다는 의지로 전환된다. 정치적인 투쟁이 다른 그 어떤 종류의 폭력이나 투쟁보다 중요시되는 것은, 앞서도 얘기했듯이 정치적 쇄신과 변화는 대개 그러한 폭력적 투쟁 없이는 이루어지지 않기 때문이다. 그런 의미에서 마르크스는 지복 천년설의 유토피아적 신세계를 세속화함으로써 사회의 변화를 갈망하는 수많은 사람들에게 큰 효과를 거둔 경우라고 보아도 될 것이다.

이미지나 상상력이 그렇게 정치적으로 이용되는 경우 수많은 부작용을 낳는 것도 사실이긴 하나, 사회의 온갖 체험들을 하나로 응집시켜 그들이 믿음을 갖고 한 사회를 변혁시키는 길로 나아가게 하는데 상상력만큼 유효한 것은 없다는 사실은 부인할 수 없다. 그리고 그때의 상상계와 신화와 이미지가 기존의 체제와 제도와는 다른 상상계의 구조에 속할 때 사회 혁신의 힘은 더 역동적이 될 수 있다.

# ❺ 이미지는 창의적이고 균형 잡힌 인간을 교육하는 데 필수적이다

우리는 이제 이미지와 상상력의 기능을 우리 삶의 전 분야에서 확인하기 위해 마지막으로 교육의 영역을 참조하기에 이르렀다. 사실상 이미지와 우리의 삶이 맺고 있는 필연적인 관련성을 보다 효과적으로 점검하려면 이미지와 형이상학, 이미지와 종교, 이미지와 예술의 항목들이 따로 추가되었어야 했을 것이다. 하지만 이미지와 형이상학의 관계는 우리가 이 책에서 이미지와 상상력을 새롭게 해석하려는 여러 학자들의 업적을 살펴보면서 이미 검토한 바 있기에 따로 항목을 설정할 필요가 없다고 생각되어 생략했으며, 여기서 그 내용을 또다시 요약해 보여줄 필요도 없으리라고 생각한다.

또한 이미지와 종교의 항목도 비슷한 이유에서 생략한 것인데, 그것은 이미지와 종교가 맺고 있는 관계가 이미지가 다른 분야들과 맺고 있는 관계보다 박약하거나 덜 중요해서가 아니라 그 관계가 너무나 자명하기 때문이며 또한 우리가 이 책에서 종교와 이미지의 관계에 대해서는 자주 언급을 했기 때문이다. 한마디로 말한다면, 이미지를 억압하는 이원론적 유일신 종교건 이미지를 권장하고 숭배하는 종교건, 종교적 믿음이 초감각적인 세계, 신성의 세계를 미리 상정하는 데서부터 비롯하는 것이라면, 도대체 이 세계 내에서 벌어지고 있는 일, 이 세상 내의 존재를 다른 세계와 연결시키는 상상력 없이 어떻게 그러한 종교적 믿음과 종교적 행위, 더 나아가 종교 자체가 가능했겠는가? 인간이 종교라는 초월적이고 위대한 제도나 관습을 만들 수 있었던 것은 전적으로 상상력과 이미지 덕분이다.

한편 이미지와 예술의 항목은 이미지와 종교처럼 그 관계가 너무나 자명하다는 이유와 함께, 그 관계의 제 양상을 살피는 것 자체가 상당한 양의 작업을 요한다는 이유로 제외되었다. 예술의 개념 자체도 인류 역사 이래 수없이 변해온 것이며, 그러한 개념의 변화에 따라 예술 자체가(예술적 이미지를 만들어 내면서) 스스로 이미지를 경시하기도 했고 이미지에 최상의 가치를 부여하기도 했다. 또한 예술 자체가 한 사회의 여러 문화 현상들과의 관련 하에서 어떠한 지위를 점하고 가치를 부여받는가 하는 것은 바로 이미지와 상상력이 어떠한 지위를 점하고 가치를 부여받는가 하는 문제와 바로 맞물려 있다. "예술은 상상력의 소산이며, 예술 자체가 바로 이미지의 왕국이다"라는 말을 누가 부인하겠는가? 하지만 이런 지적은 또 해야만 한다. 즉 모든 이미지가 다 예술적 이미지는 아닌 것이다.

예술적 이미지는 이미지의 광대한 영역 중의 한 특수한 영역에 속하며 그만큼 그 역할이 특수하지만 이미지처럼 보편적인 개념은 아니라는 것이다. 따라서 이미지와 예술의 관계는 "예술적 이미지는 여타의 이미지들과 어떻게 다르고 어떤 독특한 지위를 누리고 있는

가"라는 질문으로부터 시작되고 그 질문으로 귀결될 것이며, 그 질문은 이미지와 예술의 관계에 대한 답을 요구하기보다는 예술이 무엇인가? 라는 예술론적 답변을 요구하는 질문이 된다. 그리고 그에 대한 답은 천양지차일 수밖에 없다. 예술의 순수 쾌락 본능이 강조될 수도 있고, 현실 변혁의 참여적 역할이 강조될 수도 있고, 이 세상을 아름답게 하는 기능에서 그 존재 이유를 찾을 수도 있으며 이 세상과는 다른 세상을 꿈꾸는 기능을 갖는다고 답을 할 수도 있고, 상징적 상상력의 기능을 갖는 예술만이 참 예술이라고 답을 할 수도 있다. 바로 그러한 여러 가지 이유 때문에 이미지와 예술의 항목도 우리의 고려 대상에서 제외되었다.

이제 이미지 상상력과 교육의 관계에 대해서 말해보기로 하자. 우리는 이번 항목에서 왜 우리의 교육이 지식의 전달이나 지성의 함양에 치우칠 것이 아니라 상상력의 계발에도 힘써야 하는지, 또한 상상력 계발 교육이 어떻게 가치의 획일화에 저항하는 균형 잡힌 인간, 우리의 사회에 결여되어 있으며 앞으로 있어야 마땅한 것을 당당히 요구하는 비판적이고 윤리적인 인간, 존재하지 않던 것을 만들어 내는 창의적 인간을 육성하는 데 큰 역할을 발휘할 수 있는지 살펴볼 것이다. 그리고 상상력과 이미지가 교육에서 차지하는 비중과 역할은 우리가 이제까지 고찰해온 상상력과 이미지의 가치의 종합적 활성화를 의미할 수도 있다는 사실을 덧붙이기로 하자.

이미지·상상력과 교육의 관계를 살펴보기 위해 우리는 먼저 교육이란 무엇인가, 피교육자는 어떤 존재인가를 고찰해 보아야 할 것이다. 교육이란 한마디로 가르치고 기르는 것이다. 그러나 무엇을 가르치고 무엇이 되도록 기른다는 것일까? 이미 자리잡고 있는 기존의 지식을 가르치고 기존의 가치관을 충실히 지키는 인격체로 기른다는 것일까? 만일 교육이 그러한 것을 유일한 목표로 삼는다면 그리고 그러한 교육만 시행한다면 그 사회는 곧 정체되어 변화와 발전이 불가능한 사회가 될 것이다. 교육은 한 존재를 이미 주어져 있는 숙명 속에 가두는 것이 아니라 그에게 발전의 여지를 제공하는 것이며, 한 구체적 존재가 이 세상에서 자신과 타인, 자신과 사회, 자신과 자연의 관계에 대해 나름대로 고민하고 모색의 길을 찾게 하고 그 고민과 모색이 사회에 역동성을 부여하는 힘이 되는 인간을 기르는 것이다. 주어져 있는 자신의 모습, 사회의 모습을 수동적으로 받아들이지 않고 더 나은 모습을 꿈꾸고 그것의 실현을 향해 노력하는 인간을 만드는 것이 교육인 것이며, 따라서 교육은 이미 주어져 있는 현실과는 다른 그 어떤 이미지를 상정하고 자신이 그러한 이미지와 비슷하게 형성되도록 노력하는 인간을 양성한다는 뜻에서 이미지와 필연적인 관련을 맺고 있다. 자신을 그 어떤 구체적 이미지와 연결시키는 상상력을 일깨울 수 없다면 교육은 규격품을 대량 생산해 내는 기계와 같아질 것이다. 따라서 교육은 상상력의 형성, 이미지들을 자기 것으로 만들고 또한 그것을 변형시키는 힘을 숙련시킨다는 것과 분리되어 생각할 수 없다.

　하지만 피교육자의 자유로운 상상력을 계발한다는 미명 하에 피교육자를 그 어떤 속박에서도 풀어놓는 것이 옳은 교육일까? 인간은 자연 상태에서도 바람직한 방향으로 성장하는 것이 가능한 완성된 인격체로 이 세상에 태어나는 것일까? 우리는 여기서 최근에 신경 생리학자들이 밝힌 바 있는 사실, 즉 인간의 대뇌는 매우 더디게 성숙한다는 사실에 주목할 필요가 있다. 더 구체적으로 말한다면 유인원인 침팬지의 뇌가 성숙하는 데는 6개월이 걸리지만 인간의 대뇌가 완전히 성숙하는 데는 최소 25년 혹은 그 보다 훨씬 긴 세월이 걸릴 수도 있다는 것이다. 이 말은 뇌의 발달 속도로만 보더라도 인간은 아주 오랜 동안 미성숙의 상태에 머물러 있다는 것을 의미한다.

결국 교육이란 미성숙 단계에 있는 어린 학생들이 성숙 단계로 진입하는 학습과정을 돌보는 일인 것이다. 우리가 앞서 살펴본 질베르 뒤랑의 말을 빌린다면 아직 상징적 표현을 얻지 못한 미성숙의 상태에 있는 인간(욕망의 직접 표현에 이끌리는 인간)에게 상징적 사유가 가능하게 해주는 것이 교육이며 그런 의미에서 교육자란 완성된 인격체가 아니라 완성된 인격체가 될 가능성을 지닌 미성숙의 존재들이며, 그들이 지닌 가능성은 그 가능성이 어떤 환경(교육도 그 환경 중의 하나이다)에서 어떻게 길러지고 발휘되느냐에 따라 방향이 완전히 달라질 수 있는 것이다. 우리가 교육의 근본에 피교육자의 상상력의 계발이 필요하다고 주장하면서, 한편으로는 우리의 교육이 진정으로 피교육자의 상상력을 계발할 수 있는 것이 되려면 섬세한 논리적·지적 성찰과 제도적 뒷받침이 필요하다고 생각하는 것은 바로 그 때문이다.

대개의 경우 상상력은 촉발되고, 씨 뿌려지고, 유도되지 않으면 맥없는 불모의 상태로 머문다. 학생들에게 자발적인 창조성이 있다고 보는 교육법들은 겉보기에는 대단히 너그러워 보이지만 대개의 경우는 학생들을 방임의 상태로 놓게 하여 그들의 사고와 상상력이

상투화되는 것을 조장하는 것에 불과하게 된다. 그들은 학교 교육 이외에도, 아주 편안하게 자신의 욕망을 충족시켜주고, 그래서 상상력이 상투화될 여지가 많은 다른 교육들(특히 대중 매체의 영향)을 이미 받은 상태에 있으며 그들이 그렇게 이미 상투화된 상상력으로 무장된 자신의 모습을 바로 자신의 자아이며 인격이라고 주장하면 할수록, 자유로운 상상력의 계발을 목표로 하는 교육은 더욱 치밀하게 계획되고 조직되고 실천되어야만 한다.

그렇다면 자유로운 상상력은 어떻게 한 인간이 가치의 획일화에 저항하는 균형 잡힌 인간, 잘못된 것에 대하여 비판적이고 올바른 길을 모색하는 윤리적인 인간, 새로운 것을 창안해 내고 만들어 내는 인간이 되도록 기능할 수 있는 것일까?

우선 자유로운 상상력은 우리에게 사유의 장을 확장시켜준다. 자유로운 상상력은 우리 주변을 감싸고 있는 기호와 신호들의 체계가 의미하는 일차적 의미의 영역을 벗어나 그것들의 상징적 의미, 형상적 의미를 해독할 수 있게 하고, 그러한 노력을 통해 이 세상의 감추어진 의미를 읽어낼 수 있게 한다. 이 세상의 감추어진 의미를 읽어 낼 수 있게 된다는 것은 우리의 삶을 물들이고 있는 객관적 의미들을 낳게 한 원인을 읽게 된다는 것을 뜻하며, 또한 그렇게 객관화된(달리 말하면 기호화되고 특수화된) 의미들의 총체를 이해하는 길로 들어섰음을 의미한다. 따라서 자유로운 상상력은 객관화된 본의 本意의 세계가 여러 객관화들 중의 하나일 뿐임을 알게 하고, 반면 그 객관화된 의미(문화화되고 제도화된)의 압력이 강하면 강할수록 그 의미는 알록달록한 내 영혼의 다원성의 발현을 억압하는 것으로 여겨지게 될 것이다. 즉 하나의 의미, 하나의 가치가 자기가 속한 사회에서 강한 결집력으로 자신을 속박할수록 자유로운 상상력의 소유자는 그것이 곧 한 인간의 내적 균형을 파괴하는 것이고, 또한 자기가 속한 사회가 균형을 상실하고 있음을 알게 된다. 따라서 자유로운 상상력의 소유자는 자신의 내적 균형을 잃지 않으려는 노력 자체로, 자신이 속한 사회의 획일화에 저항하게 된다. 가치의 획일화에 저항하는 균형 잡힌 인간이란 따라서 되어야 할 자신의 모습을 그릴 줄 아는 자율적인 하나의 인격체(즉 상상력이 있는 인격체로서) 자신이 되어야 할 모습에 도달하려는 노력을 하는 인간이면서, 그 노력을 통해 자신이 속한 사회에 결여되어 있는 것에 대한 자각을 하고 균형 잡히지 못한 사회에 대한 올바른 비판 의식과 윤리 의식을 가질 수 있는 인간을 의미한다.

상상력이 중요한 윤리적 매개물이 될 수 있는 것은, 상상력이 우리를 주어져 있는 현실로부터 해방시켜 우리로 하여금 부재하는 것, 당위적인 것을 꿈꾸고 표현할 수 있게 해주기 때문이다. 실상 도덕적 행위라는 것은 한 주체가 해야할 행위를 예견하고 그것을 가능한 행위로 표현할 수 있음을 전제로 한다. 앞날의 행위에 대한 이러한 예견과 당위적 요구가 없다면 우리의 행동은 우리의 본성만을 쫓는 맹목적인 행동이 되거나 주어진 규범만 따르라는 수동적인 행동이 될 수 있을 뿐이다. 그런 수동성에서 벗어난 인간은 자아 내부의 균형을 지향하고 그것의 상실을 경계한다. 자유로운 상상력의 소유자가 현실에 대한 지나친 욕망과 집착에서 벗어날 수 있는 것은 그 욕망과 집착을 상대화, 부분화할 수 있기 때문이다. 삶에 대한 균형 감각은 부에, 명예에 집착하려는 자신에게 그것이 삶의 전부가 아님을, 삶에 의미를 부여하는 가치는 여럿이 있음을 일깨우고 시선이 다른 곳을 향하게 한다. 자유로운 상상력의 소유자는 우리의 현상적 삶은 언제나 우리의 다양한 욕망과 가능성의 부분 발현임을 알 수 있고 느낄 수 있기에 탈현실적, 초현실적(비현실이 아니다)이 되고, 현실 속 욕망의 실현이 언제나 부분적일 수밖에 없기에 그것은 곧 싫증이 나게 된다는 것을 안다. 현실에 대한 영원한 허기 虛氣, 그것이 자유로운 상상력의 다른 이름이며, 그 허기에 의해 인간은 지금은 부재해 있는 다른 현실을 꿈꾸고 그것을 실현시키면서 현실을 변화시킨다.

한편, 자유로운 상상력이 주어져 있는 현실로부터 우리를 해방시킨다는 것은, 어떤 의미에서는 프로이트가 말한 현실 원칙에서 벗어나 바슐라르가 말한 상상하는 자아의 활동을 활성화시키는 것을 의미한다고 볼 수도 있다. 그때의 상상력은 자신이 선호하는 대상과 만나 그 대상과 즐겁게 논다. 현실을 지배하는 유용성과 효용성의 원칙에서 해방된 그 놀이는, 놀이의 주체가 현실의 지배를 받는 것이 아니라 그것을 지배할 수 있도록, 사물들과 자유로운 관계를 맺을 수 있게 해준다. 바로 그러한 자유로운 상상력의 놀이에 의해서 현실은 변형되고 재창조되며 새로운 의미를 갖게 된다. 그것은 현실과는 사뭇 다른 새로운 세계의 모습이며 그 현실과는 다른 세계를 창조하는 창의력은(소설 속의 인생, 액자 속의 풍경, 자연의 소음이 아닌 음악 등등 예술적 표현들은 바로 그러한 자유로운 상상력의 산물로서의 새로운 세계가 아니고 무엇이겠는가) 주어진 현실과는 다른 세계를 꿈꾸는 자유로운 상상력에 의해서 발휘된다.

　그러한 자유로운 상상력이 주어진 현실의 경계를 뛰어넘어 또 다른 세계를 창조함으로써 존재하지 않던 것을 새로이 만들어 내는 것을 가능하게 한다는 의미에서, 상상력은 문학이나 예술의 영역에만 국한되는 것이 아니다. 그 존재가 불가능한 것처럼 여겨졌던 것을 발명해 낸 많은 발명가들의 뒷받침이 된 것이 바로 부재하는 것을 꿈꾸었던 자유로운 상상력이었으며, 과학에서의 새로운 첨단 이론들도 그 바탕에는 자유로운 상상력이 있었기에 그 탄생이 가능했던 것이다.

　그러한 자유로운 상상력, 현실의 한계를 뛰어넘고 이질적인 것 간의 경계도 자유로이 넘나들 수 있는 그러한 상상력은 그렇다면 언제나 하늘 아래 존재하지도 않던 새로운 상상력을 의미하는가? 상상력이 자유롭다는 것은 그런 새로운 상상력을 인간 내부에서 형성시키는 것을 의미하는가? 전혀 그렇지 않다. 만일 그렇다면 자유로운 상상력을 지닌 인간을 양성한다는 것은 매번 새로운 인간을 만들어 내는 것과 같은 일이 될 것이다. 상상력이 자유롭다는 것은 언제나 부분적이고 불완전한, 그러면서도 그 상태를 유지하려는 속성을 지닌 현실과의 관련 하에서 자유롭다는 뜻이지, 그 상상력 자체가 그야말로 자유롭게 생성되었다는 뜻은 아니다. 뒤랑이 상상계의 구조를 설립할 야망을 갖게 된 것은, 바로 그 자유로운 상상력이 인간의 생물학적인 토대, 혹은 한계로부터 왔음을 잘 보았기 때문이다(이질적인 욕망들 간의 갈등, 장기간의 유형 성숙기간).

　여기서 다시 르루와 구랑의 힘＋물질＝도구라는 간단한 공식에 대해 잠시 성찰을 해보기로 하자. 우리로서는 힘들＋물질들＝도구들로 모두 복수화 複數化하는 것이 더 옳아 보이는 그 공식에서 우리는 인간이 원초적으로 지닌 힘들이 그 힘들을 잘 발휘할 수 있는 대상을 만나 그 욕망을 실현시킨 것이 바로 인간이 만들어 낸 도구들이요 문화라는 내용을 읽는다. 그리고 그 대상은 바로 인간을 둘러싸고 있는 자연환경, 문화환경 모두를 의미한다. 그렇다면 인간이 최초의 물질과 만나 만들어 낸 도구, 즉 인간의 문화환경이 이번에는 그것이 바로 인간의 원초적 힘을 받아들이는 물질로 기능하게 된다. 따라서 동일한 힘(상상력)의 작용에 의한 것이라도 그 환경의 변화에 따라 생산해 낸 도구는 다른 것이 될 수 있다. 간단한 예를 들면 수직 상승을 꿈꾸는 누구에게나 보편적인 욕망이 나무나 화살을 통해 투영될 수도 있고 비행기를 통해 투영될 수도 있는 것이다. 그렇기에, 앞서 우리가 말했듯이 노자·장자의 저 옛 고대의 세계관과 최첨단의 물리학을 동일한 상상 체계가 각기 다른 환경에서(다른 물질 혹은 대상을 만나) 발현된 것이라고 이해할 수가 있는 것이다.

　한편 우리가 그러한 생각을 더 밀고 나간다면 이미지가 범람하고 있는 가상 현실의 세계에 대해서도 꽤 흥미로운 발상의 전환을 할 수 있을 것이다. 인간이 기술의 발달과 상상력을 바탕으로 해서 만들어 내는 그 가상 현실들은 그 자체(마치 현실적이고 실질적인 도구가 그러했듯이) 인간의 원초적 힘을 받아들이는 또 하나의 환경, 물질로 작용하는 것이 아닐까? 달리 말한다면 인간의 원초적 힘을 둘러싸고 있는 물질의 변화를 의미하는 것이지 물질 자체의 사라짐을 의미하는 것은 아니지 않을까? 즉 물질적이고 자연적인 환경에서 상상력을 발휘하던 인간이 이제는 자신이 만들어 낸 문화적 환경에서 상상력을 발휘하게끔 환경적 존재 조건이 달라진 것은 아닐까? 그 현상을 실재와 현실에 대한 감각의 상실로 보고 안타까워만 하는 것은 돌이킬 수 없는 과거로 되돌아가고픈 불가능한 욕망을 드러내는 것에 불과하지 않을까?

문제는 힘＋물질＝도구의 공식에서 힘과 물질 사이에 작용하는 역동적인 힘, 즉 진정한 의미의 자유로운 상상력이 발휘될 수 있게끔 이끌려고 노력하는 것이지, 물질 자체의 변화에 초점을 맞추어 낙관·비관에 빠지는 것은 방향이 잘못된 것이 아닐까? 우리는 일단 그 정도의 질문에서 멈추려고 한다. 단지, 새로운 현실, 이전에 꿈도 꾸지 못했던 현실, 급속히 변하는 현실 속에서 살아가야 할 우리의 후대들에게 비관 어린 시선만 보낼 것이 아니라 그들이 그 현실을 자유로운 상상력으로 창조적이고 균형 잡힌 현실로 만들 수 있도록 도와주려면 그러한 발상의 전환이 필요하다는 것만은 지적하기로 하자.

이상에서 보듯이 상상력은 우리의 도덕적·정신적·심리적 기능을 발전시키는 데 있어 아주 중요한 역할을 하며 더 나아가 한 사회의 균형, 발전, 창의성 촉진을 위해 더 없이 중요한 요소로 작용하는 것으로 간주될 수 있다. 그렇다면 그러한 자유로운 상상력을 계발하는 교육은 어떤 방식으로 행해져야 하는가. 우리는 그에 대한 모범답안을 여기서 제시할 생각은 없다. 단지 바슐라르가 말한 상상하는 자아를 일깨우는 구체적인 방법과, 인간과 사회에 대한 균형 잡힌 인식을 동시에 가능하게 하는 방법을 아주 정교하게 연구하고 제도화하는 것이 필요하다는 사실만 지적하기로 하자. 그리고 지금으로서는, 삶의 표본들을 학생들에게 구체적으로(간접적이라도) 많이 보여주는 것, 자신이 지각하고 경험하는 현실과는 다른 세상이 존재할 수 있음을 알게 하는 것, 자신의 믿음을 부정하고 아집에서 벗어나게 하는 것, 나와는 다른 존재의 삶의 방식과 사유 방식을 인정하게 하는 것, 이 모든 것이 바로 상상력의 교육에 다름 아니라는 것, 따라서 삶의 근본으로서의 미덕을 가르치고, 사회의 금기를 일깨우고 그 의미를 자문케 하고, 윤리에 대해 생각하게 하고, 더 나아가 인간의 근본에 대해 성찰하게 하는 것도 상상력을 일깨우는 교육의 하나라는 사실을 강조하고 싶다.

# 이미지를 시각 이미지로만 이해하는 것은,
# 로고스 중심주의적 인식론에서 벗어나지 못한 오류이다
## — 이미지, 인류의 삶에 대한 새로운 인식

질베르 뒤랑은 어느 잡지의 인터뷰에서 "오늘날 사람들이 왜 상상계에 대해 관심을 갖게 되는가?"라는 질문에 대해 "인간은 자신의 죽음을 의식하는 유일한 동물이다"[144]라고 약간 선문답식으로 답을 하고 있다. 그리고 그는 "나는 상상계를 이해하려고 애쓰면서 인간 표현들의 공통 토대 fond commun에 도달하고자 했다"라고 덧붙였다. 우리가 이미지론을 시작하면서 부닥친 문제는 이미지가 그 어떤 개념적 정의도 거부할 만큼 그 영역도 다양하고 그 범위도 한없이 넓다는 것이었다. 그러나 이 책을 쓰면서 우리가 차츰 확인할 수 있었던 것은, 이미지에 대한 확실한 개념적 정의가 불가능한 것은 이미지가 그 어떤 분류도 거부하는 잡다한 양태로 존재하기 때문이 아니라, 이미지가 우리 삶의 전 영역을 물들이고 있다는 것,

---

144) 「질베르 뒤랑과의 대담」, 『인문과학지 *Sciences humaines*』 90호, 1999년 1월호, p. 28.

이미지가 인간의 온갖 표현들(심리적인 것이건 물질적인 것이건 현실적인 것이건 탈현실적인 것이건)을 낳게 하는 토대를 이루고 있다는 것이었다. 이미지와 상상력이 그 무엇인가를 확실하고 정확하게 보여주는 것이 불가능한 것은 바로 그것이 인간의 정신활동과 표현들의 토대를 이루고 있기 때문인 것이다.

따라서 이 책은 이미지라는 하나의 분야에 대한 소개서도 아니고 이미지 · 상상력 연구서도 아니다(이미지 · 상상력은 하나의 분야가 아니다). 이 책은 인간 사유의 여러 양극들(이상과 현실, 개념과 감각, 논리와 비논리, 추론과 체험, 이론과 실제)의 매개자이자 접점이면서 동시에 그러한 것들을 낳게 하는 근본 원인인 이미지와 상상력에 대한 성찰을 보여줌으로써, 각 사유들 간의 소통점을 마련해주는 데 기여하고 그러한 '인간의 공통 토대'에 대한 관심을 기반으로 해서 인간의 삶과 표현들을 바라볼 때에 인간이 인간과 자연과 사회에 대해 맺고 있는 관련성에 대해 새로운 인식과 성찰이 생겨날 수 있는 계기로 작용했으면 하는 바람에서 쓰여진 책이다.

이미지는 그것이 관련되는 모든 영역(실은 인간 삶의 모든 영역이지만), 즉 논리 · 미학 · 윤리 · 교육 · 정치 · 형이상학 · 예술 · 철학에서 하나의 근본 토대를 차지하고 있다. 그러면서도 서구의 합리주의적 인식론의 전통 내에서는 가장 하찮은 것으로 경시되어온 것이 또한 이미지와 상상력이다. 말을 달리하면 서구의 합리주의는 '인류의 공통 분모'에 대한 관심이 배제된 편파적 인식론이라고 볼 수가 있고, 최근의 서구 합리주의의 위기는 그러한 편협한 인식론에 대한 반성과 전환의 의미를 담고 있다. 따라서 우리는 꽤 단순하게 말할 수 있다, 즉 서구 합리주의의 위기는 그들의 위기일 뿐 우리가 아니다라고. 서구의 합리주의가 되찾으려는 의식, 되찾은 의식은 그들이 부정해온 의식이고 되찾은 의식이지 우리도 덩달아 잃어버렸다가 되찾은 의식이 아니다. 그런 의미에서 이미지·상상력에 입각한 새로운 인식론은 콩트식의 인간 의식의 일차원적인 진보의 과정에 대한 믿음을 부정하면서, 우리 인식의 독자성을 찾을 수 있게 해준다. 우리 식의 사유에 대한 바른 인식과 반성은, "우리는 아직 멀었다"라는 식으로 행해질 것이 아니라, 우리는 과연 균형 잡힌 인식을 지니고 배타적 독단론에 빠져 있는 것은 아닌가 하는 방향으로 행해져야 한다. 이미지론에 입각해서 인간의 사고 유형, 행위 유형을 바라볼 때라야, 그러한 유형들이 실로 다양하게 전개될 수 있다는 것이 제대로 이해될 수 있으며, 우리의 인식에 대한 반성은, '서구적 진보의 모델을 빨리 뒤따르지 못했다는 식의 반성'에 대한 반성과 아울러, 우리의 사고 유형은 무엇인가에 대한 탐사를 우리가 게을리 한 데 대한 반성 및, 우리의 균형 잃은 사고와 사회와 정신 자체에 대한 반성이 되어야 한다. 한마디로 이미지를 인간정신의 핵심에 자리잡게 하고 그런 관점에서 인간과 사회를 이해하는 것이 제반 인간 정신활동을 이해하는 최선의 방법인 것이다.

따라서 우리는 우리가 이 책을 시작하면서 제기한 여러 문제점들의 답을 이미 제기한 셈이 된다. 이미지 시대의 도래의 의미를 묻고 대체한다고 하면서 이미지를 시각 이미지로 이해하는 것은, 과감히 말하자면 여전히 로고스 중심주의적 인식론에서 이미지를 해석한데서 오는 오류이다. 이미지 시대의 도래의 의미는, 이미지 중심주의적 입장에서 파악하고 해석해야만 그 실체가 드러날 수 있는 것이다.

거기에 덧붙여 다시 한 번 강조하지만, 단차원적인 일반론을 거부하는 이미지 중심주의적 입장 자체가 '모든 이미지는 등가적 等價的이다' 라는 무책임한 태도를 가질 수 없게 한다는 점을 강조하고 싶다. 그래서 우리는 이미지가 줄 수 있는 위험을 경고하는 부분을 따로 할애하기도 했던 것인데, 결론적으로 말하자면 우리로서는 그것이 시각적 이미지건, 청각적 이미지건, 언어적 이미지건, 상징적 이미지에 보다 높은 가치를 부여하고 싶다. 비상징적 이미지들이 갖는 유희 기능, 쾌락 기능을 전혀 무시하는 것은 아니지만 우리로서는 지각과 인식 사이에, 욕망과 표현 사이에 거리가 존재하는 상징적 이미지만이 우리에게 사유의 공간을 제시할 수 있으며, 깊은 성찰이 그 공간을 채울 수 있다고 보기 때문이다. 이미지가 위험한 것은 그것이 직접 우리의 '날욕망'을 자극하고 그것을 폭발시킬 때이며, 더욱이 그 날욕망이 사회의 편파적인 초자아로 위장되어 집단적 최면이나 광란을 유발할 때이다. 이미지가, 소위 합리적 이성보다 더 깊은 존재의 의미에 대해 성찰하게 하고 보다 더 깊은 사유를 이끌어 낼 수 있는 것도 사실이지만, 그것이 깊은 사색이나 성찰과 만났을 때만 그러한 힘을 발휘할 수 있다는 것 또한 사실이며, 바로 거기에 이미지의 깊은 의미와 함정이 동시에 있다. 즉 하나의 이미지는 그것을 해석해 내는 주체의 능력과 경험과 인식의 폭에 따라 얇은 기호적 이미지로서 우리의 욕망을 그대로 자극하는 이미지가 되기도 하고 그 폭넓은 의미가 되살아나서 우리의 존재 의미와 세상에 대한 인식을 바꾸는, 그래서 결국은 우리의 삶 자체와 사회 전체를 바꾸는 데 원동력이 될 수 있는 상징적 이미지가 되기도 한다. 그래서 이미지 · 상상력론은, 이미지 찬양에서만 그칠 수 없고 상상력을 계발하고, 인간의 성찰 기능을 높이는 것은 어떻게 가능한가 하는 모색까지도 포함하는 것이 된다. 그리고 동어 반복적이지만 그러한 상상력의 계발은 이미지 · 상상력에 입각해서 인간과 사회를 바라볼 때에야 진정으로 가능할 수 있다.

이미지에 대한 인식의 전환을 토대로 해서 인간 삶에 대한 새로운 인식 가능성을 모색한 이 책에 이어서 우리는 이미지와 상상력을 토대로 제반 학문과 삶과 사회의 양상을 공시적 · 통시적으로 어떻게 해석하고 이해할 것인가의 책을 곧 쓰게 될 것이다. 상상력에 의한 문화 · 사회 분석의 방법론이 될 것인데, 다소 원론적인 이 책에 비해 그 책은 보다 구체적이 되리라는 것을 미리 밝혀 둔다.

# *index*

찾아보기

- 지명색인
- 인명색인

# 이미지

| 펴낸날 | 초판  1쇄 2001년  2월  19일 |
| | 개정판 1쇄 2002년  3월  15일 |
| | 개정판 7쇄 2020년  9월  30일 |

| 지은이 | 유평근 · 진형준 |
| 펴낸이 | 심만수 |
| 펴낸곳 | (주)살림출판사 |
| 출판등록 | 1989년 11월 1일 제9-210호 |

| 주소 | 경기도 파주시 광인사길 30 |
| 전화 | 031-955-1350    팩스 031-955-1356 |
| 홈페이지 | http://www.sallimbooks.com |
| 이메일 | book@sallimbooks.com |

| ISBN | 978-89-522-0059-4    03800 |